梁晓声小说的历史叙事研究

韩文易　著

百花洲文艺出版社
BAIHUAZHOU LITERATURE AND ART PRESS

图书在版编目(CIP)数据

梁晓声小说的历史叙事研究/韩文易著.—南昌：
百花洲文艺出版社，2024.9
ISBN 978-7-5500-5537-7

Ⅰ.①梁… Ⅱ.①韩… Ⅲ.①梁晓声-小说研究
Ⅳ.①I207.42

中国国家版本馆 CIP 数据核字(2024)第 084966 号

梁晓声小说的历史叙事研究
LIANG XIAOSHENG XIAOSHUO DE LISHI XUSHI YANJIU

韩文易 著

责任编辑　陈昕煜
书籍设计　袁思文
制　　作　湖北新梦渡传媒有限公司
出版发行　百花洲文艺出版社
社　　址　南昌市红谷滩世贸路 898 号博能中心一期 A 座 20 楼
邮　　编　330038
经　　销　全国新华书店
印　　刷　武汉鑫佳捷印务有限公司
开　　本　145 mm×210 mm　1/32　　印张 8.125
版　　次　2024 年 9 月第 1 版
印　　次　2024 年 9 月第 1 次印刷
字　　数　162 千字
书　　号　ISBN 978-7-5500-5537-7
定　　价　78.00 元

赣版权登字 05-2024-180

联系电话 0791-86894717
网　　址 http://www.bhzwy.com
图书若有印装错误，影响阅读，可与承印厂联系调换。

历史的本质是真相

——韩文易《梁晓声小说的历史叙事研究》序

路文彬

看到韩文易的博士学位论文题目《梁晓声小说的历史叙事研究》，我当即想到了自己的博士学位论文《历史想象的现实诉求——中国当代小说历史观的承传与变革》。作为北语的硕士研究生和博士研究生，韩文易在这七年求学的时光里想必在一定程度上受到过我的影响，尽管我并不是他的直接导师。也就是说，他在选择从历史叙事角度切入梁晓声的小说文本时，应该是想到过我曾经做过的小说历史观研究吧。事实上，在翻开这本文稿后，我也进一步证实了自己的判断。我为师生间的这种学术传承深感欣慰，它所表征的不正是我们共同在研究着的这种历史精神吗？所谓薪火相传，意指的不过就是历史的维系和创造。历史的意义在于延续，而延续的意义则恰是生命的意义所在。

尽管我们一直力图在理性上探明历史的意义，但就直觉而言，历史首先是一种情感。而情感是由时间赋予的，对于情感的重视即对于时间的重视。华夏民族的文化曾被认为是情本体的文化，在我看来，它呈现的其实是听觉文化的本质。不管如何界定，它都是对于时间本身的重视。我们津津乐道的深情，不过就是对于无限时间的追随。我们渴望不死，期待永恒，无非是对情感消亡的恐惧使然。我们理解生命也纯然是从情感的本能层面来认同的，而这无疑也会相应强化我们占有和依赖的心理。

我注意到韩文易在论述梁晓声对历史的情感表达时，特别指出了后者的怀旧情结。这种情结是我们历史情绪的典型反映，即占有和依赖心理的昭示。虽说韩文易认识到了"怀旧情绪的泛滥让历史'指导'现实的伦理诉求遭到不可避免的损害，这自然再次加重了梁晓声创作的撕裂感"，但他还是能够理解并接纳梁晓声的历史怀旧情结的。基于此，他又着重分析了梁晓声怀旧叙事的美学价值和现实意义。作为一个青年学者，能从前辈深厚的历史怜惜情感中解读出爱与和解，而不是保守和落后，这不单单是韩文易的宽容，更有其对历史的认知深度。当然，这一深度也是来自他对历史的热爱。无可否认，韩文易的研究思路是知爱合一的，他的理性探索亦获得了足够的自由动力。

一直以来，梁晓声是被当作一个现实主义作家来看待的，甚至是被称为底层文学的代表。可是，我们常常意识不到，现实主义所注重的往往只是当下性的问题，并且这一问题更多是关乎社会范畴的实际利益，绝少涉及个体和心灵。即使表现的是个体，其问题也一定同自身无关，而终究要归于社会的某种症状。梁晓声在以现实主义作家身份书写这样的社会问题时，所彰显出的重心委实也仅仅是当下性，从而失却了历史性。正因如此，其《婉的大学》等学子系列作品着力揭示的问题便显得流于表面：在关注到物质贫困的同时，却忽略了精神贫困的问题。此种疏漏可以说正是梁晓声作为一个现实主义作家的局限：急于关切的心情妨碍了深入洞察的理性。有鉴于此，他的关怀最后可能仅仅就是一声呐喊而已。

我想说的是，如果解决不了问题，至少能认识到问题的根源也是有价值的。但由于梁晓声在现实的当下性中只能看到空间，故而他必定无法接受时间维度可以给他的启示。好在梁晓声的写作并不总是这么当下主义的，事实是他更善于从历史性的立场去讲述他所见证的现实。从他早期的《这是一片神奇的土地》《今夜有暴风雪》到后来的《年轮》《知青》《人世间》等，无不是以回溯的视角对往事进行观照的。韩文易这篇论文的依据也是建立在这个基础之上的，换言之，是梁晓声小说里的历史情怀给了他论文选题的灵感。尤为可贵的是，他又在梁晓声充满温情的历史叙事中聆听到了指向未来的召唤。

必须清楚的是，没有未来的历史和没有历史的未来一样，它们都是没有时间性的当下，即没有生命的当下。只有借助历史和未来的相互观照、相互牵挂，时间的血肉方才得以生成。就此说来，活在当下的说法所倡导的或许仅仅就是一种苟活之计罢了。毫无疑问，这是不能被梁晓声所认可的。不难看到，他一贯在作品里塑造的都是些崇高性的人物形象。韩文易论文中谈到的"好人文化"指涉的正是这些人物，他们的痛苦和牺牲绝不是当下性的。毕竟，设若不是为了未来，这样的痛苦和牺牲势必是没有意义的。而他们之所以愿意承受痛苦和牺牲，也是源自对于历史的爱与敬。

有必要指出的是，梁晓声推崇的好人文化因有过多的怀旧色彩以致很难克服历史本身的局限性。没错，韩文易的确洞见到了梁晓声历史叙事当中的未来时间向度，但他似乎没能意识到后者在极力弘扬好人文化时，一向是匮乏反省和思辨精神的。显然，在理解道德这个概念时，由于梁晓声一味观照他者，进而忽略了道德主体自身的利益。我以为，道德首先应该是利己的，是对自我的保护和要求，这样主体才能更热情主动地去利他。所有的给予都只能是自我的给予，没有主体的给予是不存在的。因此，道德的首要任务是好好建设主体自身，然后欣然为他者服务。

不能不认识到，道德是一种自由的力量，它源于主体的自由意志，绝非一种既定的历史理念。但在梁晓声塑造的好人们那里，道德往往显现为集体目光的监督，是对众人世俗喜好的绝对服从。这样一来，好人的道德标准便沦为无私或忘我，亦是对主体的无尽摧残。不得不说，这种摧残是饱含着对于自我的强烈憎恨的。那么，一种带有强烈憎恨的道德情感又如何能在他人那里转化为爱呢？究其实质，爱是同情或者说共情，而同情和共情的前提即自我的在场。没有自我便不可能有他人，同情和共情恰是自我对他人的倾听与回应。自我在自爱中形成，自爱推及爱人。否则，道德必将丧失爱的逻辑，而没有爱的道德根本就不是道德，只是某种压榨和剥削的暴力。它赞美无私，鼓励牺牲，歌颂苦难，令道德变成崇高却空洞的荣誉。实际上，那些自觉又积极的道德追随者无一不是这种荣誉的受害者。

以《人世间》里的郑娟为例，这个典型的好人不就是一个彻头彻尾的道德傀儡吗？她几乎没有个人意志，有的仅是活着的惯性力量，忍辱负重是其唯一能力。而从她忍辱负重的行为里，我们即便能够发现她对别人的爱，却实实在在看不到我们作为旁观者对她的爱。倘若我们真的爱她，又怎能忍心安然于她的忍辱负重？甚而还激赏和感动于她的受苦受难？至于郑娟对他人的奉献，能让我们从中感受到的好也多是基于她对舆论评价的看重，倒不是出自其对个体生命的热爱。她的生活信心显然是得益于历史道德观念的支持，如重义轻利的传统教化被其奉为人生至高圭臬。毫无疑问的是，郑娟不会懂得，义利价值观的二元对立表象遮蔽了重恨轻爱这一事实。而当恨被视为第一伦理准则时，道德轻易便会由律己转向对他人的苛责。不难看到，郑娟对道德荣誉的爱远远胜过了对生命正义的爱。

在我看来，恨只是正义的某种外在形式，爱才是正义的内在实质。正义本由权力和权利两个要素构成，前者是伸张正义的保证，后者是正义存在的目的。假如正义最终不能落实到权利上，那便说明这样的正义并没有尽到责任。要知道，忽视权利的正义不是正义，而仅仅是权力单方面的自以为是。权力在此关心的首先不是对象的个人利益，而是自我权威地位的存在感。简言之，利所体现的就是具体的爱，以义的名义放逐利的主张，无非是在怂恿权力去压迫个体。从这一意义上来说，我们可以追问一下，郑娟难道不属于高尚道德的被压迫者和被剥削者吗？她虔诚信奉的高尚道德实质上已然异化成了单纯的权力。那么，我们到底是该让她爱自己，还是该让她爱权力呢？

可见，梁晓声的好人史观是封闭性的，不可避免地错过了未来理性的检验。在某种程度上，它诚然回避了既有阶级斗争史观制造的分裂和敌意，意欲以一种充满仁爱情怀的人道主义作为历史文明发展的动力。但归根结底，其笔下的这些好人形象相对缺少了创造历史的英雄们的智慧和个性。他们的好往往止步于审美上的感动，完全是情绪层面的，始终未能表现出精神维度的世界。

他们的苦难和牺牲一直仅停留在身体上，而鲜见涉及精神性的痛苦。所以，由他们渲染出来的美学效果不可能是真正崇高性的，最终指向的皆是伤感的平凡。不过，梁晓声好人史观的积极意义还是不容否定的，至少它最大限度地表现出了试图温暖那个长久为寒冷所侵占的历史领域的善意。

《梁晓声小说的历史叙事研究》是第一部以梁晓声作品为论述对象的博士学位论文，作者在材料搜集和学理分析方面均显示出了细致扎实的功底，相信它必将会对此后的相关研究起到积极而有力的推进作用。我拭目以待。

2023 年 9 月 28 日
北京格尔斋

目录

导论 以历史叙事的方式 "打开"梁晓声

梁晓声是中国当代著名作家，迄今为止已从事文学创作50年，公开发表了2000余万字的小说、散文、杂论和影视剧本。作为"共和国的同龄人"，梁晓声的创作生涯与中国改革开放历程基本同步，作品对不止一代的中国人产生了深远影响。2019年，梁晓声以长篇小说《人世间》获得第十届茅盾文学奖，不仅引起社会各界的广泛关注，还极大地推动了学术界对梁晓声作品的阐释与重读。获得茅盾文学奖后，梁晓声依旧保持着旺盛的创作精力，持续有作品问世。以上种种，皆说明梁晓声是当代文坛重要的作家之一，理应得到全方位、多角度、深层次的研究和解读。

一

通过梳理历年的相关研究成果，我们不难发现，现有的研究绝大多数都是针对梁晓声某一部作品或某种类型的几部作品展开的，呈现出破碎、零散的状态，缺乏系统的整体研究。20余年来，竟没有一部对梁晓声做出总体研究的学术专著，也从来没有一篇专门以梁晓声为研究对象的博士论文。甚至梁晓声创作的大部分作品基本处于被忽视的状态，以最能代表其文学高度的长篇小说为例，梁晓声共创作了 23 部长篇小说，可是进入研究者视野的作品却十分有限，像《红晕》《欲说》《政协委员》《觉醒》《重生》等有分量的作品已经问世多年，也曾多次再版，具备一定的读者基础，可是并没有引起学术性的评议。

从历时的角度说，仅凭少数知名度较高的作品无法对梁晓声做出客观的总体评价，甚至可能导致梁晓声被贴上一些带有偏狭的标签。最典型的便是由于《今夜有暴风雪》和《雪城》等知青题材小说的广泛影响，梁晓声被定义为"知青文学"的代表作家，但是正如他自己所言"我的知青小说，仅占我创作总量的五分之一左右"[①]，笔者对梁晓声的著作进行分类整理后，认为这个数字是符合实际情况的，"知青文学"仅是其擅长写作的题材之一，绝对无法概括他的作品全貌。

如果要对梁晓声所有作品做出整体评价，那么首先必须找到一条贯穿其主要作品的线索作为研究的入口。系统阅读了梁晓声的全部作品之后，笔者发现，大部分的小说都是呈"回望"的姿态叙述某一时间的历史。即使有的小说主要描写对象是现实社会，大多数时候也会向前追溯一段历史，进而交代现实事件的来龙去脉。因此，对梁晓声小说的历史叙事展开研究，就能在极大程度上勾勒出梁晓声文学创作的概况。

---

① 梁晓声：《知青与知青文学》，载《梁晓声文集·散文 2》，青岛：青岛出版社，2018 年，第 362 页。

导论　以历史叙事的方式"打开"梁晓声

　　从历史叙事的角度入手，还能为研究梁晓声的热点问题提供一些新的观点。比如，梁晓声是否有意美化知青生活，是否以"青春无悔"的浪漫情怀渲染特殊时期的中国社会。多年以来，学术界一直争论不休，有的观点认为梁晓声以真诚的态度书写了人间情义，也有观点坚持批评的态度，认为梁晓声的创作理念不符合经典文学的标准。本项研究通过探讨梁晓声的历史意识和叙述方式，可以为判断其作品是否"牺牲历史真实"提供新的视角，进一步推动这个问题的研讨。梁晓声近年来反复提及并通过小说建构的"好人文化"，虽然收获了许多赞许的声音，可是"好人文化"的内核和来源是什么，是需要深入讨论的。从历史叙事出发，我们可以对梁晓声的文学思想有一个全面的认识，进而理解"好人文化"及其现实意义。

　　此外，本项研究还可以对当代小说历史叙事起到建构和补充作用。小说与历史的纠缠是任何时代都无法忽视的社会文化现象，历史叙事本身也是当代小说研究的重点和难点。虽然过去已经有很多研究成果，但这个话题本身亦存在诸多争议，依然会在未来引起讨论。纵观中国当代文学，小说的历史叙事经历了复杂的演变过程，流派风格与技法类型繁多，呈现百花齐放的现象。作为"共和国的同龄人"，梁晓声的创作历程与"新时期"以来的中国当代文学同步进行，完全可以将其视作反映当代小说历史叙事的一面镜子，为更广泛的研究提供崭新的视角。而且，梁晓声矢志不渝地坚持现实主义文学风格的创作实践，这种执着的精神格外珍贵，完全值得作为当代文学的独特现象看待。所以，梁晓声小说的历史叙事存在被树立为经典的可能性。

如此一来，我们就可以在展开梁晓声小说系统研究的同时，重估这位老作家在中国当代文学史上的地位，这也是本项课题的核心诉求之一。正如爱德华·W.萨义德所认为的，知识分子可以通过一种逆流姿态，"有能力持续地揭穿、粉碎那些刻板印象"[①]。梁晓声不曾迎合文坛的"时尚"去写作，有意识地与文学潮流主动保持距离，更不会将小说作为某种社会思潮或哲学理念的"试验场"。他立场鲜明，写作风格稳定的特点让文学史的编写者们难以通过流派的归属将其纳入文学史的体系，进而可能低估了梁晓声的文学史地位。本项研究将在历史的讲述中重新"打开"梁晓声的小说，把握他不同时期作品的内在逻辑，挖掘它们独到的精神内涵和美学价值，再与中国社会的变迁发展相结合，从而探讨梁晓声在当代文学史上的独特意义。

综上，这部论文的写作源于整体把握并评价梁晓声文学创作的意愿，以历史叙事作为研究线索，兼顾对相关研究热点问题的回应，为建构和补充当代小说历史叙事的研究做出贡献，并尝试重估梁晓声在中国当代文学史上的地位。

二

1972年，梁晓声以黑龙江生产建设兵团知识青年的身份在内部刊物《兵团战士报》上发表了《向导》短篇小说，这是他文学

---

① [美]爱德华·W.萨义德：《知识分子论》，单德兴译，北京：生活·读书·新知三联书店，2002年，第24页。

创作生涯的起点。1982 年，梁晓声于《北方文学》上发表短篇小说《这是一片神奇的土地》，塑造了北大荒知青同艰苦环境抗争的英雄主义崇高精神，还获得了当年的全国短篇小说奖，引起文坛关注，进入学界视野，黄益庸于《人民日报》发表了第一篇有关梁晓声作品的解读。[①]1983 年，梁晓声在《青春》（文学丛刊）发表中篇小说《今夜有暴风雪》，作为第一部正面反映知青返城现象的文学作品，引起了评论界的广泛关注，围绕这部作品展开了一系列有关梁晓声作品的研究讨论。随着由《今夜有暴风雪》改编的电影和电视剧相继上映，梁晓声的影响力达到一个高峰，甚至有的评论家称 1984 年为"梁晓声年"。

成名后的梁晓声进一步开拓了自己的创作题材，自 20 世纪80 年代中后期至 21 世纪的第一个十年，他一面继续创作与知青群体相关的作品，《雪城》和《年轮》两部长篇小说成为被学界反复解读的经典作品；一面聚焦以民生为基础的现实世界，为底层群众发声，歌颂人间真情。后一类题材的作品受到的关注不多，只有《父亲》《表弟》《人间烟火》《学者之死》和荒诞现实主义小说《浮城》等作品被学界注意到。此外，梁晓声还发表了诸多散文以及与时事相关的杂文，它们和社会时评著作《中国社会各阶层分析》一同在民众中产生了较大影响，成为国民畅销书，但也未受到学界的重视。

2012 年至 2013 年，梁晓声重拾知青题材，接连创作了《知青》

---

① 黄益庸：《悲壮的故事，瑰丽的青春——读短篇小说〈这是一片神奇的土地〉》，《人民日报》，1983 年 4 月 5 日。

和《返城年代》两部百万字级别长篇小说，再次掀起了学界关于"知青文学"和梁晓声的热议，在一段时间内产生了相当数量的研究成果。2019 年，梁晓声以《人世间》获得第十届茅盾文学奖，有关梁晓声的研究也达到了长期以来的最高峰，学者们围绕梁晓声文学创作的现实主义品格、理想主义精神和社会伦理观念等领域展开了高质量的研讨。在此期间，有学者从原型分析、生态批评、视觉文化、语言意识等全新的角度对梁晓声作品进行解读，丰富了相关研究成果。

截至目前，各种期刊上公开发表的，以梁晓声为研究对象的研究论文有 200 余篇、研究专著 2 册、硕士学位论文 40 余篇。另有一些当代学者的研究专著和博士学位论文中还设有解读梁晓声的专章，也是不可忽视的研究材料。作为一位社会影响广、创作时间长的作家，与其相关研究成果从数量上看并不算多，而且其中不乏重复陈旧的观点，解读流于表象的庸作。

专门针对梁晓声小说历史叙事的研究体量相当有限，角度也比较单一，主要从两方面展开。首先是从创作理念的角度对梁晓声历史观的解读，剖析梁晓声意图通过小说复现历史的愿望。比如，张重岗的文章《梁晓声的转向与历史救赎——1990 年前后的状况及小说阅读笔记》里提道："梁晓声的转向，与中国社会正在发生的结构性转变是同步的。"[①] 由此可知，梁晓声的小说，特别是现实题材的小说是随着社会的实时发展而不断变化的。这

---

① 张重岗：《梁晓声的转向与历史救赎——1990 年前后的状况及小说阅读笔记》，载《名作欣赏》，2013 年第 7 期。

导论　以历史叙事的方式"打开"梁晓声

一点在车红梅的文章《〈西郊一条街〉：城乡对立与融合的历史书写》①中表现得十分明显。这项研究从梁晓声早期的一篇短篇小说谈起，实际上辐射到作家整体的创作观。车红梅认为，透视历史进程，描摹生命状态，探寻人生价值是梁晓声一贯的视角。拙作《〈苦恋〉语言风格与梁晓声 20 世纪 90 年代创作观研究》②从语言的角度入手，挖掘了梁晓声力求复现历史原状的意图和启蒙立场。虽然拙作仅从一部中篇小说展开讨论，研究对象代表性不够强，但是对于梁晓声 20 世纪 90 年代创作意图的把握基本是准确的。

还有学者精准地认识到梁晓声复现历史的创作理念，却对此提出了批评。乔琛《从"重复"看梁晓声知青小说的创作误区》③认为梁晓声题材重复的问题正出于此。作者试图把"小故事"化入表现时代、历史的大制作之中的方法使得小故事无法追求宏大的历史叙事、驾驭英雄传奇的母题。因此只能通过不断的自我重复来缓解这个问题。

另有两篇学术论文是围绕着《人世间》历史叙事的策略展开的。它们分别是岳雯的《生活与历史中的好人：平民中国的道德想象——梁晓声〈人世间〉论》④和刘大先的《何谓当代小说的史

---

① 车红梅：《〈西郊一条街〉：城乡对立与融合的历史书写》，载《天津师范大学学报》，2020 年第 4 期。
② 韩文易：《〈苦恋〉语言风格与梁晓声 20 世纪 90 年代创作观研究》，载《文艺评论》，2019 年第 4 期。
③ 乔琛：《从"重复"看梁晓声知青小说的创作误区》，载《淮北师范大学学报》，2013 年第 5 期。
④ 岳雯：《生活与历史中的好人：平民中国的道德想象——梁晓声〈人世间〉论》，载《中国现代文学研究丛刊》，2019 年第 11 期。

诗性——关于〈人世间〉的札记》。① 前者认为"无法依仗时间，从而获得某种超越性的视角"是《人世间》叙述"近期历史"的难度。但是梁晓声以描摹社会各阶级民众的生活与精神肖像为方法，把民众推向社会分析的中心，由此探索与思考历史。进而发现，自 1970 年之后，政治中国与民间中国在经历了复杂的相互缠绕的过程后逐步分离，但是这也正是"现代中国"形成的原因。《人世间》中的各阶级人物互相联结，将梁晓声所要描绘的世界的基本社会因素完整地纳入其中，真正实现了"史诗性"的小说创作。后者则认为《人世间》从创作风格上继承了 19 世纪现实主义小说的遗产，并赋予其时代内容。小说展示了民间中国与政治中国之间的交融互动，文本进行过程中始终伴随着社会学的分析与议论，表现了当代史诗的成熟风貌，即"普通人的史诗"。

三

仅从字面意思来看，"历史叙事"是对于历史的文本性陈述，即"过去发生的故事"。然而从学术意义上考量，这种通俗的解释是相当不严谨的，不仅没有阐发清楚"历史叙事"究竟为何物，也没有体现出"历史叙事"的独特价值。实际上，"历史叙事"的内涵相当丰富，"新历史主义"代表人物海登·怀特曾在《后现代历史叙事学》中指出：

> 历史叙事必然是充分解释和未充分解释事件的混合，

---

① 刘大先：《何谓当代小说的史诗性——关于〈人世间〉的札记》，载《中国当代文学研究》，2019 年第 6 期。

既定事实和假定事实的堆积，同时既是作为一种阐释的一种再现，又是作为对叙事中反映的整个过程加以解释的一种阐释。①

因为"历史叙事"的复杂特性，所以从"历史叙事"的角度剖析梁晓声小说的具体文本之前，我们首先要对其进行术语界定。只有明晰"历史叙事"的具体内涵，才能据此把握作家通过小说"进入"历史的多重维度，才能最大程度地全面展开梁晓声小说的历史叙事研究。笔者认为，海登·怀特对于历史叙事的分类方法可以为本项研究提供重要参考。

海登·怀特的《元史学：19 世纪欧洲的历史想象》提出历史作品包括"认识论的、美学的、道德的"三重维度的观念，分别对应"形式论证式解释""情节化解释"和"意识形态蕴涵式解释"②，可以给本项研究提供总纲性的思路。以上三重维度的观念分别对应了"历史叙事的本质""历史叙事的意义"和"历史叙事的方式"这些受到普遍关心的问题。海登·怀特在《历史中的阐释》一文中有过更为详细的解释：

> 如此看来，阐释就至少以三种方式进入历史修撰之中：美学的（在对叙事策略的选择上），认识论的（在对解释范式的选择上），和伦理学的（在让特定再现如何对理解现存

---

① [美]海登·怀特：《后现代历史叙事学》，陈永国等译，北京：中国社会科学出版社，2003 年，第 63 页。

② [美]海登·怀特：《元史学：19 世纪欧洲的历史想象》，陈新译，南京：译林出版社，2013 年，第 2 页。

社会问题具有意识形态含义的策略的选择上）。[①]

　　虽然海登·怀特所谈论的主要是史书编纂中的历史叙事问题，但是正如他和其他"新历史主义"理论家反复强调的那样，历史著作应被视为叙事性话语形式中的一种言辞结构，所有形式的历史编纂都包含了不可回避的修辞成分。概言之，历史与文学是紧密相关的。所以，海登·怀特的理论可以作为"小说的历史叙事"的重要参照系统。另外，此项理论系统与日常话语中的"真善美"的历史表现形态也相吻合，在"普世价值"的层面增加了说服力，对应关系详见下表：

阐释方式	叙事策略	表现形态	焦点问题
认识论	形式论证式解释	历史之"真"	历史叙事的本质
伦理学	意识形态蕴涵式解释	历史之"善"	历史叙事的意义
美学	情节化解释	历史之"美"	历史叙事的方法

　　根据以上多个历史哲学维度的归纳，本文对"历史叙事"的术语初步界定为：通过认知、伦理、美学三重维度，讨论历史的本质、意义和叙述方法，以表现历史之真、历史之善、历史之美。

　　虽然笔者借助海登·怀特的历史哲学理论已经为"历史叙事"提供了比较丰富的内容，然而从文学研究的角度，特别是从叙事学的角度考量，"历史叙事"的含义却远不止于此，至少应该将文本背后的作者也纳入研究对象。就本项研究而言，作家梁晓声

---

① ［美］海登·怀特：《后现代历史叙事学》，陈永国等译，北京：中国社会科学出版社，2003 年，第 92 页。

在进行历史叙事时的所思所想、情绪感受，同样值得探讨。故而"历史叙事"还包括创作主体"回望"历史、叙述历史过程中的情感研究。这对于提炼作家的创作理念，解读作家的精神世界也可以起到重要的作用。

以上对"历史叙事"的术语界定也决定了本文的研究理路。这部论文的四个章节便是由"历史叙事"的内涵生发而来，依序展开，分别讨论梁晓声通过小说表现的历史理性认知、历史叙事的伦理诉求、历史叙事的方法，以及作家本人对历史的情感表达。

本书有两项创新之处。其一是视角的创新，相比于常见的主题研究、人物分析、创作观概述或针对单部作品的批评，本文以作品的历史叙事作为整体研究的切入口，进而辐射到梁晓声整体的创作风格与文学思想，再结合中国当代文学史上小说历史叙事的沿袭与变迁，不仅有利于向读者系统地介绍梁晓声的小说创作情况，还便于为作家寻找到一个合适的文学史定位。其二是方法的创新，虽然贯穿全文的主要研究方法是文本细读，但是笔者并不会将梁晓声其人其文作为各种文学理论的"演武场"，而是要以文本细读为路径，以历史唯物主义、新历史主义、经验主义历史哲学等理论资源为工具，将这些理论与梁晓声的文学作品结合起来，力求实现观点的创新。

另外，本文还尝试打破"在历史架构内讨论文学作品"的传统思维方式，尝试通过文本进入历史。相信这种尝试不仅有助于丰富所研究作品的解读内涵，还将拓宽"文史互证"方法的运用范围。这些都是四十余年来有关梁晓声研究未曾涉及的领域。

第一章　不自觉的历史唯物主义倾向

——梁晓声小说的历史观

　　梁晓声的文学作品无疑是通晓畅达的，但是从中梳理他的历史观却不是一件容易的事。在那些直白朴素的语言之间，虽然有大量有关历史叙事的文字，但梁晓声的历史观却呈现复杂的形态，我们难以准确地捕捉到梁晓声关于"历史是什么""历史是如何形成的"等有关历史本质的理性认知。

　　造成这种复杂形态的原因首先来自"观点的分散"。当我们想要了解一位思想家的历史观时，最直接的材料当然是他自己针对这一主题的专门论述。不过我们显然无法通过这条路径研究梁晓声的历史观，因为他从未按照研究的规范，将自己的历史意识形成理论，再以学术语言的形式表达出来。在他体量庞大的杂文随笔之中，只有 2014 年出版的《真历史在民间》汇集了梁晓声讨论当代中国社会历史现象的几篇长文，以及 2018 年出版的《中国文化的性格》收录了梁晓声反思中国历史文化特质的 7 篇文章。

第一章　不自觉的历史唯物主义倾向

不过这些文章的主要内容还是围绕着当时的社会热点展开，而且混合着大量梁晓声的个人回忆，再加上浓重的道德说教色彩，导致有关历史理性的认知在极大程度上被有关历史的伦理反思和"怀旧"情绪淹没了，我们并不能从中直接提炼出梁晓声的历史观。

因此，只有通过文本细读的方式，从梁晓声的小说入手，从大量的叙事话语中提取核心观点，方能为把握他的历史观提供必要的条件。梁晓声小说中蕴藏的历史观虽然丰富，却难以实现系统的归纳。使研究再次陷入困境的原因除了作品本身体量大、历时久之外，与作家的创作风格也不无关系。正如上文所提及的，梁晓声擅长从道德伦理与个人情怀的角度接触历史、建构历史。他的小说创作从来不是某种社会科学理论的注脚，而是遵循"从个人经验出发，向社会现象延展"的模式讲述历史与现实的故事。使得那些小说具备强大共情能力的同时也缺少了对历史本源的追问。

与此同时，评论界并未对梁晓声小说的历史观给予足够的关注。岳雯《生活与历史中的好人：平民中国的道德想象——梁晓声〈人世间〉论》、刘大先《何谓当代小说的史诗性——关于〈人世间〉的札记》、车红梅《〈西郊一条街〉：城乡对立与融合的历史书写》等论文中提及梁晓声小说具有重视历史影响，关注历史与现实的紧密联系等特点，但切入角度是小说历史叙事的方法，而非历史观本身。这些研究成果在本书的第三章会着重提及。

张重岗的《梁晓声的转向与历史救赎——1990年前后的状况及小说阅读笔记》对梁晓声的历史观挖掘较深。文章提出，历史的概念在梁晓声那里不是一成不变的，他对历史的认识会随着社会的实时发展而不断变化。然而梁晓声小说的历史观究竟是什么，文章却并未加以总结。

因此，批评家们并非不重视梁晓声小说中的历史元素，而是没有追问梁晓声小说中历史的本质，直接进入主题思想或艺术风格的解读。鉴于观点分散且缺乏研究基础的现状，为了尽可能准确地概括梁晓声小说历史观的核心内容，笔者尝试从复杂而丰富的碎片观点之中总结出一条模糊的主线，以一个总体性的概念对梁晓声小说的历史观进行把握。本文给出的回答便是对中国当代文学历史观影响最为深远的历史唯物主义。必须承认，这项论断难逃"理论先行"的嫌疑，故而在展开论述之前做出三点说明：

其一，笔者并未对梁晓声的历史观与历史唯物主义的基本观点做出机械的对应，也不同意把研究对象局限于历史唯物主义或其他历史哲学观念的范畴。之所以通过历史唯物主义的理论建立坐标系，是因为梁晓声小说的历史观本身与其有较高的契合度，方便为研究对象提供参照。其二，考虑到时代背景因素，梁晓声作为"共和国的同龄人"，创作思想的形成过程受到历史唯物主义的潜在影响是客观事实。后文还将结合具体作品谈到，梁晓声通过小说进行历史叙事时，对历史唯物主义存在一种不自觉的本能倾向。其三，为确保论证过程中的问题意识集中有效，研究材料以梁晓声的小说创作为核心，作家的散文和随笔仅作为辅助材料使用，最终结论也并不能与梁晓声的历史观念完全等同。

第一节　"进步的"与"规律的"历史认识

　　面对与个人生存境遇息息相关却又充满神秘色彩的历史，不同时代的人们围绕历史本质展开的思索浩如烟海。不过它们的基本立场却并不混乱，站在小说的立场审视历史的本质，大致可以划分为"历史进步论"和"历史循环论"两种观念。此节内容的主要任务便是在梳理上述历史观的基础上，确定梁晓声小说的基本立场，以便为后续研究提供方向性指导。

一、两种基本历史观：循环与进步

　　"历史循环论"在相当漫长的岁月里支配着中国古典小说乃至所有叙事文学的历史观。张清华在《中国当代文学中的历史叙事》中讲道：

> 　　中国传统小说不是仅仅指向"未来"一极的，也不是以所谓"新"为价值旨归的；在时间的纵向坐标上，不存在一个伦理化的二元尺度，没有"过去与未来""进步与反动"的二元对立，而所有的是与非、成与败，也都将随着时间的推移、人世的代谢，化为乌有，成为笑谈。①

---

　　①　张清华：《中国当代文学中的历史叙事》，北京：北京大学出版社，2004年，第24页。

从中可以看出，小说的"历史循环论"表现为叙述情节的周而复始，呈现由兴至衰再进入下个循环的闭合过程。《三国演义》的开篇便言"天下大势，分久必合，合久必分"，《红楼梦》从第一回的"甄士隐梦幻识通灵，贾雨村风尘怀闺秀"到最终回"甄士隐详说太虚情，贾雨村归结红楼梦"，都是"历史循环论"在中国古典小说里的具体表现。

虽然"历史循环论"曾经在中国小说的长河中扮演着重要的角色，但它并不是不容置疑的，随着时代的发展，越来越多的小说家逐渐意识到"历史循环论"的缺陷。从理性认识的角度出发，受"历史循环论"支配的中国古典小说对"何谓历史"等形而上学的命题关注不够，"古今多少事，都付笑谈中"的解释无疑是对历史本质问题的变相回避。

在新的社会背景下，"历史进步论"得到了中国现当代小说家的普遍认同。这个观念是西方启蒙时代的产物，如柯林武德在《历史的观念》里提到的，自启蒙时代以来，"历史学家开始把人类的全部历史认为是从野蛮状态开始而以一个完全理性的和文明的社会告终的一场单一的发展过程"①。近代理性主义以乐观主义的态度坚信，伴随着物质生产、制度文明和科学技术等方面的巨大成就，人类凭借理性的能力终将实现社会生活领域的全面改造。在充分高扬人类理性力量的西方哲学家眼中，人类历史基本可以等同于理性主导之下的社会进步史。

---

① [英]柯林武德：《历史的观念》，何兆武译，北京：北京大学出版社，2010年，第90页。

第一章 不自觉的历史唯物主义倾向

马克思主义的观点虽然与启蒙理性历史观存在较大的差异，但是历史唯物主义者同样不曾质疑过历史进步的客观性。他们的不同在于唯物史观从物质实践的现实基础出发，科学地考察了人类社会历史发展状态，终结了理性对历史的统摄，马克思明确指出：

> 物质生活的生产方式制约着整个社会生活、政治生活和精神生活的过程。不是人们的意识决定人们的存在，相反，是人们的社会存在决定人们的意识。社会的物质生产力发展到一定阶段，便同它们一直在其中运动的现存生产关系发生矛盾。于是这些关系便由生产力的发展形式变成生产力的桎梏。那时社会革命的时代就到来了。随着经济基础的变更，全部庞大的上层建筑也或慢或快地发生变革。[①]（选自《〈政治经济学批判〉序言》）

马克思关于唯物史观的经典表述除了揭示"社会存在决定社会意识"的原理之外，也从正面肯定了历史进步是不可逆转的客观规律。相较而言，恩格斯的表达更富激情也更为直接：

> 同这些原理相矛盾的现实……只值得怜悯和鄙视。只是现在阳光才照射出来，理性的王国才开始出现。从今以后，迷信、非正义、特权和压迫，必将为永恒的真理、永恒的正义、基于自然的平等和不可剥夺的人权所取代。[②]（选自《社

[①] 《马克思恩格斯选集》（第2卷），北京：人民出版社，2012年，第2-3页。
[②] 《马克思恩格斯选集》（第3卷），北京：人民出版社，2012年，第776页。

会主义从空想到科学的发展》)

时至今日，历史进步的客观性已经作为现代中国的常识性社会意识深入人心，也在相当长的时间内影响了中国当代小说的历史叙事。最典型的例子便是建国之后大量涌现的"红色经典"，如《红旗谱》《青春之歌》《创业史》等。这些小说的时间意识完全抛弃了古典小说的循环理念，那种面对历史无可奈何的感伤情绪也荡然无存。无论他们所叙述的革命历史进程有多么曲折，存在多少坎坷，历史的结局（即未来）必然是光明而美好的。虽然这种历史乐观主义精神的直接目的是为革命行为本身寻找合法解释，但是追根溯源，也可以看出小说家们对"历史进步论"的充分信任。

"历史循环论"与"历史进步论"仅是小说创作中两种最常见的历史观，它们并不能涵盖当代中国所有风格的小说。特别是20世纪80年代中后期以来，我们很难用"进步"或"循环"等词语概括它们的历史观念。很多小说主动放弃甚至瓦解了传统的历史叙事模式，打破了线性的时间观。它们或者大方承认历史滑坡，书写历史退化（如莫言《红高粱家族》），或者沉浸于艺术形式变革（如马原《虚构》），或者毫不掩饰凝视历史的迷茫（如格非《迷舟》），或者以正史演绎的方式走上消费历史之路（如唐浩明《曾国藩》）。总之，历史观是不够稳定的。陈晓明写道：

在当代文学转型的某一时刻，也是当代历史某种特殊的情境中，他们置身于这样的时刻，他们没有奔赴这一目标或那一目标的力量，作为一群"无父"的逃逸者，作为一群后悲剧时代的讲述者，其讲述的历史故事不过是自我表白的寓言。[①]

虽然这段评价是针对 20 世纪 80 年代末期先锋小说的历史叙事而表达的，但我们不妨将其看作"新时期"小说历史叙事的整体观照。具体到个别作家身上，很多人的历史观都发生过剧烈转折，例如，格非、苏童、余华等先锋小说家整体向"新历史小说"转型，是中国当代小说史上重要的文学现象。所幸的是，中国当代小说的历史叙事危机并没有对梁晓声的创作产生直接影响，那时的他已经树立了稳定的历史观，本文也无须再专门做背景拓展。

那么，梁晓声小说历史意识的基本立场偏向哪边呢？通过分析他不同时期的小说作品，可以看见他自从事文学创作伊始，历经多个创作时期，都是坚定地站在"历史进步论"的阵营之中的。

二、梁晓声小说坚持"历史进步论"的表现

梁晓声于 20 世纪 70 年代末期初登文坛，由于《这是一片神奇的土地》和《今夜有暴风雪》带来的巨大影响，导致社会各界普遍将这两部小说作为解读梁晓声早期创作的唯一入口，造成梁晓声小说的历史叙事仅限于知青时期的错觉。实际上，知青题材从来都只是梁晓声小说诸多侧面之一。在 1986 年于《十月》杂志连载长篇小说《雪城》之前，梁晓声就已经发表了 60 余篇不

---

① 陈晓明：《无边的挑战：中国先锋文学的后现代性》（修订版），北京：中国人民大学出版社，2015 年，第 252–253 页。

同类型的中短篇小说。另外，这两部小说的历史叙事侧重于塑造兵团战士的精神品质，存在"壮举本身的历史含义被英雄气概掩埋"①的现象。相较而言，与两部经典作品同时期创作的农村题材小说《天若有情》②和城市题材小说《遗失》③更适合现在讨论的命题。它们都通过塑造"滞留于历史中的人"的悲惨命运，揭示忽视历史进步的可怕之处，进而为"历史进步论"的合法性提供依据。

《天若有情》所叙述的历史跨度很大，从 20 世纪 50 年代末期直至 20 世纪 80 年代初期。农村女性靳秀娥（和她的父母）身处新中国，但是在 25 年的时间里始终延续着封建时代的生活习惯和思维方式，主要表现为缺乏基本法治观念和浓重的"牌坊"情结。当未成年的秀娥遭遇邓宝柱的强暴，父母除了将女儿毒打一顿之外，所想的便是如何说服施暴者娶了秀娥。二老还担心自家条件配不上"车把式"邓宝柱，丝毫未替女儿的处境考虑。靳秀娥也顺从了父母的安排，她不仅没有反抗的外在条件，也没有反抗的自主意识，对丈夫家常便饭的打骂表现得过于麻木，还整日为"没能生出儿子"而自责。邓宝柱因酗酒过度而中风瘫痪之后，思想开明的村长也曾劝她改嫁，然而靳秀娥却本着"好女不嫁二夫"的封建观念选择认命。县长听闻此事后，竟邀请她参与妇女代表大会，并将其树立为道德模范。自此之后，靳秀娥更是背上

---

① 陈晓明：《表意的焦虑：历史祛魅与当代文学变革》，北京：中央编译出版社，2002 年，第 58 页。
② 梁晓声：《天若有情》，载《飞天》，1983 年第 4 期。
③ 梁晓声：《遗失》，载《星火》，1982 年第 12 期。

了沉重的道德包袱，在惶恐与不安里生活了十几年。披着新社会外衣的"贤妇牌坊"无疑是梁晓声对旧时代封建思想的抨击和讽刺，还语重心长地告诫读者一定要跟上社会发展的脚步，不然将遭到历史的伤害。

《遗失》则讲述了另一个完全不同类型的故事。曾在抗日战争中做过"地下工作者"，在中华人民共和国成立后又在政府机关担任多年要职的许天放已经退休，过着物质生活优渥，精神生活匮乏的日子。他中年丧妻，儿子赴美留学，女儿远嫁港商，成了空巢老人，内心极度孤独。为了排解心中的苦闷，许天放终日沉湎于回忆，最终将全部情感（尤其是对亡妻的思念）寄托在一个玩具钥匙扣上。最终因钥匙扣的失窃而陷入精神崩溃。这篇小说发于"伤痕文学"和"反思文学"占据文坛主流的 1982 年，却有意淡化了历史的沉痛，富含更多的人文关怀，说明梁晓声在有意识地创作有新意的作品。《遗失》在梁晓声同时期发表的数十篇小说里也是风格比较独特的一篇，从侧面佐证了他还在摸索创作路径。尽管彼时的梁晓声还不是一位非常成熟的作家，但是我们可以确定，呼吁"接受历史进步"的意图却和《天若有情》保持一致。

类似的情节与人物设定在《雪城》里的表达更为厚重。原兵团教导员姚玉慧在返城多年之后依旧无法融入新生活，她不仅拒绝亲人为她提供的舒适的生活环境和无微不至的呵护，还排斥学习科学文化知识，不愿结识新朋友。她的关注点始终聚焦于知青时期，缺乏展望未来的能力，沉溺在虚假的荣耀和精神创伤里无法自拔。她希望"在今后很长很长一段时期内，不被别人和生活要求去做什么。更准确地说，不要被别人和生活推到某种行动中去。"① 然而将自我封锁于历史中的人恰恰是姚玉慧自己。如果说梁晓声对姚玉慧在返城初期的矛盾思绪还会表现出同情与怜悯，到了《雪城》（下）的情节里，姚玉慧已经被塑造成一个彻底被社会淘汰的怪人，她的故事随着一句"没有一条准绳，她好像就不会活了"② 的定义宣布落幕。隐含作者对姚玉慧这样故步自封的人日渐失去耐心，背后的声音还是在呼吁读者要随着历史的进步而勇于做出改变。

　　《雪城》里的刘大文也同样是一位将自己遗弃在历史中的人。自妻子袁眉死后，刘大文失去了全部的勇气和对未来的希望，整日像祥林嫂般念叨着和妻子共同经历的往事，还试图强迫两个孩子与徐淑芳一同滞留在自己的回忆里。在叙述这段故事的时候，梁晓声迫不及待地跳出文本，一针见血地指出了刘大文怯懦和虚伪的本质，认为他不过是利用回忆的碎片给自己编织了一段童话故事，实则是借此逃避现实生活：

　　　　当真实的光耀逼退了虚假的雾障，他竟毫无勇气从那耸入云端的巅峰之上跳下来。尽管根本不至于使他粉身碎骨，尽管只要一跳便可证实那巅峰并不比板凳更高，他却不敢。他怕什么？究竟怕什么？他怕一旦跌入现实，将重新负担起一个男人的种种义务么？

---

　　① 梁晓声：《雪城》（上），载《梁晓声文集·长篇小说1》，青岛：青岛出版社，2014年，第64页。
　　② 梁晓声：《雪城》（下），载《梁晓声文集·长篇小说2》，青岛：青岛出版社，2014年，第952页。

第一章 不自觉的历史唯物主义倾向

……

真是人性的自虐式的堕落啊！而他在这种灵魂的自虐中，居然体验着类乎高贵的痛苦之快感。[1]

当刘大文得知原本对自己有情的徐淑芳嫁给富商之后，终于撕下虚伪的面具，砸碎了亡妻的画像，慌忙赶往机场。他最终未能见到徐淑芳最后一面，却被几位外形靓丽的"空姐"夺走了注意力。这无疑是梁晓声对那些拒绝历史进步者最辛辣的讽刺，从侧面再次肯定了他承认历史进步客观性的基本立场。

进入 20 世纪 90 年代的梁晓声通过小说对"商业时代"的种种不合理秩序展开了猛烈的批判，毫不掩饰自己面对现实的极度失望。从那些痛心疾首的语言和描述里不难看出，梁晓声深切地怀念人们在物质匮乏时代所表现出的美好品质。陈晓明曾客观地指出："梁晓声已经不能像 20 世纪 80 年代那样，站在一个立场上肯定一种明确而绝对的价值，只能面对不同的现实来表达他激昂的批判。"[2] 这就会给我们带来一个疑问，梁晓声难道已经放弃了肯定性的历史理性态度，而转向了历史虚无主义吗？

答案是否定的，不妨以这个时期历史叙事成分较重的中篇小说《又是中秋》[3]为例。原兵团干事老隋是一位有情怀的理想主义者，立志为中国培养一批伟大的作家。兵团解体之后，老隋感

---

[1] 梁晓声：《雪城》（下），载《梁晓声文集·长篇小说2》，青岛：青岛出版社，2014 年，第 1101 页。

[2] 陈晓明：《穿过纷乱时代的承担者》，载《民生与正义：梁晓声创作研讨会会议手册》，北京语言大学主办，2012 年 10 月 13–14 日。

[3] 梁晓声：《又是中秋》，载《十月》，1997 年第 1 期。

到空前的失落，将实现理想的执念转移到金钱上，为成为企业家不择手段，最终导致家庭破裂、境遇惨淡，还因贪污公款被捕，只得在监狱里度过余生。梁晓声借助这部小说，主要表达了对迷失于"拜金主义"价值观人们的惋惜，但这并非小说唯一的主题。我们可以看到，老隋最为沉重的心结还是源于青年时期未能实现理想的遗憾，所以他渴望在现实中延续历史。然而他不曾根据历史的进程调整自己的人生目标，排斥新生事物（比如，学电脑），还不接受爱人小叶的成长，将她的帮助视为对自己的羞辱。正是拒绝承认历史进步的想法最终扭曲了老隋的内心世界。

2001 年，一部 40 余万字的长篇小说《黄卡》让梁晓声的读者进一步打消了有关"历史虚无主义"的顾虑。《黄卡》是梁晓声目前为止唯一直接揭示"历史进步论"的长篇小说。必须承认，这部小说从创作动机上的确有"前置主题"的可能，但正是它鲜明的主题彰显了梁晓声历史唯物主义的倾向。《黄卡》除了重提历史进步的客观性之外，更多地表现了进步的曲折过程。

《黄卡》从主要矛盾上可以划分为两个不同时代的相似故事。中华人民共和国成立之初，在城里开馄饨店的农民黄吉顺为了获得城市户口，利用对方不知道城乡户口分界线的信息差，算计"准亲家"张广泰一家，找理由与对方换了房。黄吉顺随即遭到了张家次子张成才的报复。没过多久，黄吉顺意图让女儿黄大翠改嫁县里的干部林士凡，此举逼死了黄大翠。两家经历了围绕户口所展开的一系列事件之后成为仇人。十几年后，黄吉顺的孙子黄家驹在阴差阳错之下来到张广泰的村子里插队，通过自己的农业知识和交际能力获得了村民的肯定，与张广泰的孙女张艳双为村里做了很多实事，并主动放弃城市户口留在村里。年轻人的努力和真情最终让上一辈暂时放下仇恨。再加上随着社会的发展，城乡生活差距减小，历史矛盾终于得到化解，步入晚年的黄吉顺和张广泰也握手言和。

在《黄卡》的前半部，梁晓声借黄大翠之口说："虽然是解放了的新社会，可是到处还流淌着封建的污泥浊水。"[①]一句话道出了"历史进步的过程是曲折的"，黄吉顺打着"完成祖上遗愿"和"为子女争个人样"[②]的名义，违背道德良知，骗取了张家的城市户口，直接造成了黄大翠和张成民的爱情悲剧，间接导致了黄大翠之死。以上情节揭示的道理与历史唯物主义的论断本质相同。列宁曾说过"设想世界历史会一帆风顺地、按部就班地向前发展，不会有时出现大幅度的跃退，那是不辩证的、不科学的，在理论上是不正确的"[③]。然而仅过了十几年，随着社会环境的变化，黄家驹作为下乡知青失去了城市户口，并和张艳双恋爱，还遭到两家长辈的强烈反对。眼看着历史悲剧就要重演，一对新人却用自己的智慧和情义，迎社会发展的大潮顺流而上，打破了"历史循环"，践行了"新事物必将战胜旧事物"的历史唯物主义理念。

除了以上重点提及的几部作品之外，梁晓声创作于不同时期的绝大多数小说都可以作为"历史进步论"的例证。受制于篇幅

---

① 梁晓声：《黄卡》，载《梁晓声文集·长篇小说10》，青岛：青岛出版社，2014年，第189页。
② 梁晓声：《黄卡》，载《梁晓声文集·长篇小说10》，青岛：青岛出版社，2014年，第53页。
③ 《列宁选集》（第4卷），北京：人民出版社，1984年，第694页。

所限，故不在本节详细展开。毕竟，对梁晓声来说，"历史进步论"更像是一个常识性的写作前提，并不需要刻意做出回应，以何种方式把握历史进步的规律才是作家更关注的问题。

三、历史规律：历史唯物主义的内在要求

我们审视漫长的人类文明史便会发现，"历史是否具有规律"几乎是一个不证自明的问题，它的答案比有关"历史进步论"的共识更早出现。中西文明在这里达成了共识。

中国传统文化的时间观是循环的，古人认为历史的运转必然符合着某种规律，这是毋庸置疑的。西方早期文明也承认历史的规律性，李维编纂《罗马史》的初衷就是搜集早期罗马历史的传说记录，并将它们融合为一个整体。李维笔下的罗马是永恒不变的存在，也是有规律的，而且人们具有把握这种规律的能力。在基督教的影响之下，中世纪的西方史学虽然抛弃了希腊罗马时期阐释历史的方式，但并没有否认历史的客观规律，只是将历史规律的解释权交给了上帝。基督教普遍主义的态度要求"历史编纂学的伟大任务就是发现和阐明神的计划"①从侧面说明了这一点。随着文艺复兴和启蒙运动的影响，基于生物进化论等实证主义的科学历史学登上历史舞台，他们将经验视作事实，以"剪刀加糨糊"（柯林武德语）的方式先确定事实，再从中总结出规律，作为阐释过去和预测未来的标准。直至今日，实证主义的历史意识仍支

---

① ［英］柯林武德：《历史的观念》，何兆武译，北京：北京大学出版社，2010年，第55页。

第一章　不自觉的历史唯物主义倾向

配着绝大多数民众的头脑，指引着他们探索历史规律：

> 他们把自己面临的现象割裂成为这类可数的、毫无联系的事实。然后他着手确定它们之间的关系，这些关系总是把一个事实同另一个在它外部的事实联结起来的链锁。一组这样联结起来的事实就又称为一个单一的事实，它与同一层次的其他事实之间的关系也是属于同样的外部性质。[①]

站在实证主义科学历史学的延长线上的哲学家被称为"历史主义"者，他们眼中的历史超越了经验事实，表现为"透过现象看本质"的抽象规律。自维柯的《新科学》以降，直至19世纪，人文学者们研究历史的前提都是寻找并把握社会发展的法则。黑格尔无疑是他们之中的集大成者，他把"绝对精神"看作决定历史进程的主宰力量，"世界历史因此是一种合理的过程"[②]。"绝对精神"按照辩证的逻辑准则自我运动，在时间中的具体展现就是历史的演变规律。哪怕反对黑格尔主义"思辨的历史哲学"的沃尔什也承认"黑格尔的逻辑可以向哲学家提供一种贯穿经验迷宫的指导线索"[③]，这里的"线索"自然还是指向那个无迹可寻却又无处不在的历史规律。

历史唯物主义的思想体系对黑格尔的历史哲学表现出"扬弃"

---

① [英]柯林武德：《历史的观念》，何兆武译，北京：北京大学出版社，2010年，第160页。

② [德]黑格尔：《历史哲学》，王造时译，上海：上海书店出版社，2006年，第8页。

③ [英]沃尔什：《历史哲学导论》，何兆武、张文杰译，北京：北京大学出版社，2008年，第152页。

态度，它一方面坚持人们只有在认识和掌握客观规律的基础上才能正确认识世界，进而改造世界；另一方面否定了黑格尔哲学体系的唯心史观。马克思提出，应该从人类思想动机背后的物质动因出发寻找基本的社会发展规律：

> 我们判断一个人不能以他对自己的看法为根据，同样，我们判断这样一个变革时代也不能以它的意识为根据；相反，这个意识必须从物质生活的矛盾中，从社会生产力和生产关系之间的现存冲突中去解释。①

马克思主义揭示的社会基本矛盾表现为经济基础与上层建筑之间的矛盾，此观点在前文引用的《〈政治经济学批判〉序言》选段里已经提及，故不再赘述。步入 20 世纪之后的西方思想界似乎失去了探索社会历史规律的兴趣，卡尔·波普尔以《历史决定论的贫困》揭开了批判历史理性的序幕，虽然承认历史规律客观性的社会常识尚未发生根本性的动摇，但是置身于后现代语境中的思想家们显然已经失去了继续论证这一命题的兴趣。

笔者之所以不厌其烦地梳理人类文明史（特别是西方文明史）中围绕历史规律认识的思想脉络，一个原因是凸显"历史具有规律"在各种社会意识之间的重要地位，更重要的则是为研究梁晓声小说历史观提供足够完整且客观的理论背景。在丰富的历史理性观念的观照之下，笔者将梁晓声小说与历史唯物主义紧密结合的论断才具有说服力。

---

① 《马克思恩格斯选集》（第 2 卷），北京：人民出版社，2012 年，第 3 页。

四、揭示历史规律的必然性

——以长篇小说《红色惊悸》为例

纵观梁晓声 50 年来的小说创作，我们会发现他时常感慨历史偶然性对某个人类群体命运的无情捉弄，个人在时代洪流面前的渺小无助，但这种感慨仅是表现于情感层面的（具体的论述请参见本文第四章），梁晓声从理性层面并不会拒绝承认历史规律的客观性，也倾向于物质与意识的辩证关系入手把握规律。早在《今夜有暴风雪》就沉痛地讲述了"小镰刀战胜机械化"给兵团战士带来的痛苦，认为他们"被这种惩罚式的劳动彻底异化了"[①]，小瓦匠因此精神失常，这正是违逆历史规律带来的恶果，其荒谬的本质并不会因"小镰刀战胜机械化"的结果而发生改变。

正如《黄卡》是围绕"历史进步论"为主题展开的，梁晓声还有一部长篇小说《红色惊悸》则着重揭示了历史规律的必然性。由于梁晓声的小说体量庞大，本文无法面面俱到，不妨将其作为梁晓声小说创作系谱的"中枢"文本进行个案分析。当时的梁晓声经过 20 世纪 90 年代系列"现实批判小说"的摸索尝试，转型初期过于激烈的"泛道德化语言表述"[②]已经得到了有效控制，现实批判与历史反思的结合也相当纯熟，小说的形式也极为独特。综合上述因素，本文完全有理由针对同样发表于 2001 年的

[①]　梁晓声：《今夜有暴风雪》，载《梁晓声文集·中篇小说 1》，青岛：青岛出版社，2017 年，第 68 页。
[②]　韩文易：《〈苦恋〉语言风格与梁晓声 20 世纪 90 年代创作观研究》，载《文艺评论》，2019 年，第 4 期。

《红晕》（后改名为《红色惊悸》重新出版）展开个案研究。

以今天的眼光来看，《红色惊悸》应当属于典型的"穿越"小说。虽然跨越时空的超现实题材在中国白话文学史上并非没有先例（如晚清的科幻小说），但是能像《红色惊悸》那样，以"穿越"故事反映历史与现实冲突的长篇小说几乎是前无古人的。小说的开篇讲道，四位来自1967年的红卫兵"重走长征路"时遭遇雪崩，被埋葬于岷山脚下，直至2001年才被地质考察者发现。苏醒过来的红卫兵们误以为自己落入了阶级敌人派来的"牛鬼蛇神"手中，在惊恐之余四散逃去。年龄最小，"革命意志"也最单纯的红卫兵肖冬梅被"过气"女模特胡雪玫带回家。胡雪玫本着游戏的心态对肖冬梅进行"改造"，想要把红卫兵少女"变成一个很现代很前卫的女孩儿"[1]。肖冬梅起初对胡雪玫是抱有敌意的，按照固有思维将这个住豪宅、喝咖啡、穿着暴露服装的陌生女子视为出身资本家的阶级敌人，还会厉声斥责她打扰自己默诵《毛主席语录》。然而肖冬梅坚若磐石的"革命意志"在胡雪玫为她提供的丰厚物质面前逐渐土崩瓦解，并且为自己享受"资产阶级生活方式"的行为找到符合"红卫兵逻辑"的借口：

> 红卫兵肖冬梅，正是从这一顿早餐开始，对于"资产阶级生活方式"所提供的享受来者不拒的。当然，她是这样想的——吃你们，喝你们，穿你们的，用你们的，但是我红卫

---

① 梁晓声：《红色惊悸》，载《梁晓声文集·长篇小说7》，青岛：青岛出版社，2014年，第80页。

第一章　不自觉的历史唯物主义倾向

兵的一颗红心永远不会属于你们！[①]

　　吃早饭的肖冬梅还会出于惯性思维延续"穿越"之前的价值立场，但是受到胡雪玫的影响，看过西方电影和时装表演的"革命小将"已经彻底忘记了自己的历史身份，言谈举止也自觉地向胡雪玫靠拢。虽然肖冬梅仅"出逃"了 30 小时就被警察和科学家找到，回到了研究所按照历史记忆为他们建造的"文革博物馆"，但是一天两夜的"现代生活"已经彻底改变了少女的精神世界与价值立场。自此之后，她敢于直接顶撞领导四人小队的赵卫东和姐姐肖冬云，拒绝向他们"早请示晚汇报"，大方地承认自己的"堕落"，甚至影响到了其他的红卫兵。自以为掌握丰富政治理论的赵卫东在肖冬梅经历的事实面前哑口无言，只能机械地重复革命理论来掩盖内心的慌乱。

　　随着四个人的身体机能趋于稳定，研究所的科研人员开始让他们接触外界事物，除了赵卫东以外的红卫兵们都开始适应现实，有的延续学业，有的回归家庭，有的为谋生学习新技能，总之都找到了自己的社会身份。只有善于利用特殊时期捞取政治资本的赵卫东延续着过去的思维方式，他努力在 2001 年的社会里寻找历史的生存空间，但是屡屡碰壁，甚至在绝望之中考虑卧轨自杀。梁晓声以冷静的语言讲述赵卫东的权威地位如何被现实的力量逐步瓦解，肖冬梅三人又是如何摆脱历史束缚，"重启"人生。其目的除了揭示"红卫兵思想"的虚伪逻辑如何生成之外，也是在

---

① 梁晓声：《红色惊悸》，载《梁晓声文集·长篇小说 7》，青岛：青岛出版社，2014 年，第 131 页。

·031·

告诉读者，虽然主人公借助超自然的力量获得了独特的生命体验，但是依旧不能做出违逆历史规律的人生选择。历史的客观规律天然存在，任何不尊重规律的行为都无法被社会接纳。这些是梁晓声通过荒诞的叙事传递给读者的道理，也符合历史唯物主义的内在要求。

"尊重客观规律"并不是马克思主义辩证法在社会历史领域的唯一要求，梁晓声也没有否认人作为历史主体的主观能动性。我们必须承认，《红色惊悸》与之前的作品并没有很好地诠释二者的辩证关系，几位主人公的行为动力略显机械，作品未能写出他们能动的人生选择。但是梁晓声写于 21 世纪的几部长篇小说弥补了这一方面的遗憾。《重生》（2013）的王文琪承受了被村民误解的压力，以智慧和才学与侵华日军巧妙周旋，帮助乡亲们躲过了历史的灾难；《人世间》（2017）以周秉昆为代表的"光字片"底层人民从未真正屈服于命运，坚守民间道义，以勤劳的双手扛起家庭的责任；《我和我的命》（2021）的方婉之勇于直面家庭变故和复杂身世，借着改革开放的历史洪流成功创业，收获了平凡的幸福人生。以上几例小说人物表面上都被历史规律所裹挟着，其实已经通过自身实践，极大地发挥了个人在社会发展中的能动性和选择性。正所谓"全部社会生活在本质上是实践的"①，梁晓声小说的主人公于实践中认识和检验社会历史趋势与个人选择的辩证统一，与历史唯物主义的基本理念产生了更密切的契合。

---

① 《马克思恩格斯选集》（第 1 卷），北京：人民出版社，2012 年，第 135 页。

通过以上论述，我们已经总结了梁晓声小说关于历史本质的基本观念，借助他不同时期的小说文本，证实了他对"历史进步论"和历史客观规律的高度认同，还结合阐释历史唯物主义的经典著作，发现了小说与理论的一致性。然而，正如毛泽东所告诉我们的，"作为观念形态的文艺作品，都是一定的社会生活在人类头脑中的反映的产物"[①]，符合历史唯物主义要求的小说使命并非论证历史本质，而是表现历史进程。因此，若想继续探索梁晓声小说的历史观，就要从文本里挖掘出作家叙述历史的动力。

第二节　从"阶级斗争"到"阶层矛盾"的历史动力

自中华人民共和国成立之初到 20 世纪 80 年代中期，有关历史动力的问题在当代小说的发展史中是有"标准答案"的，那便是来自马克思主义的"阶级斗争"。由于梁晓声小说创作的早期也置身于那段历史之中，所以本文在具体讨论梁晓声小说历史叙事的动力之前需要为"标准答案"做出历时的解析。

---

① 《毛泽东选集》（第 3 卷），北京：人民出版社，1991 年，第 860 页。

一、阶级斗争："新时期"之前小说历史叙事的主要动力

必须承认，中华人民共和国成立初期的中国作家们将阶级斗争作为小说历史叙事的动力并不是主动的选择，这对他们而言更像是一项不容置疑的命令。它的命令性首先是由"进步的"和"规律的"历史观转化为民间集体意识所决定的。虽然进化史观在晚清时期已经通过《天演论》等译作被知识分子接受，梁启超就曾经断言：

> 人类社会之赓续活动……含生之所以进化，循斯轨也。史也者，则所以叙累代人相续作业之情状者也。率此以谈，则凡人类活动在空际含孤立性，在时际含偶现性、断灭性者，皆非史的范围。其在空际有周遍性，在时际有连续性者，乃史的范围也。①

但那时中国民间社会主要的时间意识依旧是"循环"的，李杨认为，"知识分子对于历史的现代性认知和感受，迟迟未能渗入民间，并且也一直无力将其转化成民众的情感和体验。"②直至无产阶级革命发动，阶级斗争的意识普及民间，百姓们才将国家的现实与命运同他们的私人生活紧密联系起来。"历史进步论"为他们参与阶级斗争提供了必要的理由，马克思主义所揭示的历

---

① 梁启超：《中国历史研究法》，上海：上海古籍出版社，2019年，第7—8页。
② 李杨：《50—70年代中国文学经典再解读》，北京：北京大学出版社，2018年，第77页。

第一章　不自觉的历史唯物主义倾向

史规律又给予了他们饱满的胜利信心。长时间的阶级斗争使无产阶级获得了充沛的历史感，也锁定了集体记忆里的历史图景。因此，当作家们回望历史之时，他们看到无数先烈通过不同的路径，付出了巨大的代价，试图摸索出能让中国走向统一的现代国家的道路。最终只有中国共产党实现了这个目标，而马克思主义又是指导革命最终取得胜利的根本保证。正如路文彬所指出：

> 马克思主义对于无产阶级革命斗争的有效性，奠定了其在中国这个社会主义国家政治意识形态领域里的权威地位。基于此，身为无产阶级一员的作家们在反映这段英雄时代的历史时，也只能把辩证唯物史观作为透视历史景观的唯一合法窗口。①

这样一来，为了给中华人民共和国成立初期的小说历史叙事动力的答案做出解读，就必须再次回到历史唯物主义的理论体系中去。以"阶级"作为认识世界的全新角度，是马克思主义对于人类思想的重要贡献之一，恩格斯在总结马克思的历史著作时，提炼出了"一切社会历史都是阶级斗争史"的说法，还有过这样一段名言：

> 正是马克思最先发现了重大的历史运动规律。根据这个规律，一切历史上的斗争，无论是在政治、宗教、哲学的领域中进行的，还是在其他意识形态领域中进行的，实际上只

---

① 路文彬：《历史想象的现实诉求——中国当代小说历史观的承传与变革》，南昌：百花洲文艺出版社，2003年，第73页。

是或多或少明显地表现了各社会阶级的斗争。[1]（选自《恩格斯 1885 年为马克思〈路易·波拿巴的雾月十八日〉的第三版序言》）

恩格斯从家庭与国家起源的角度再次重申，随着人类历史的发展，阶级斗争已经成为推动历史进程的决定性因素，他明确指出：

> 以血族团体为基础的旧社会，由于新形成社会各阶级的冲突而被炸毁；代之而起的是组成为国家的新社会，而国家的基层单位已经不是血族团体，而是地区团体了。在这种社会中，家庭制度完全受所有制的支配，阶级对立和阶级斗争从此自由开展起来，这种阶级对立和阶级斗争构成了直到今日的全部成文历史的内容。[2]（选自《家庭、私有制和国家的起源》1884 年第一版序言）

与中国的革命斗争紧密结合之后的历史唯物主义很快被确立为具有现实指导价值的意识形态，并逐步成为重新筛选与整合各种历史事实的处理机制。它早在中华人民共和国成立之前便已建立起来。毛泽东通过《中国革命和中国共产党》《新民主主义论》等纲要性质的文章剖析了中国历史的发展动力，进一步凸显了阶级斗争在革命过程中无可匹敌的重要地位，还勾勒出了中国革命历史进程的蓝图，在规范历史的同时也建构了未来。"阶级斗争，

---

① 《马克思恩格斯选集》（第 1 卷），北京：人民出版社，2012 年，第 667 页。
② 《马克思恩格斯选集》（第 4 卷），北京：人民出版社，2012 年，第 13 页。

第一章　不自觉的历史唯物主义倾向

一些阶级胜利了，一些阶级消灭了。这就是历史。"① 是毛泽东在解放战争胜利前夕对全国人民的告诫，并规定了其性质与违背指令的后果：

> 这就是现时中国革命的历史特点。在中国从事革命的一切党派，一切人们，谁不懂得这个历史特点，谁就不能指导这个革命和进行这个革命到胜利，谁就会被人民抛弃，变为向隅而泣的可怜虫。②

新中国在政治层面将历史唯物主义树立为解释历史的唯一途径，又如此强调阶级斗争推动历史进程的决定性作用。然而新中国的文学世界存在着复杂的关系，其中不乏与政治意识相抵牾的元素。为了迅速化解这些矛盾与冲突，国家政治权力直接以意识形态规范文艺作品的创作与评价机制。

以阶级斗争作为解释历史动力的唯一答案，并非完全来源于国家层面的官方说法，它同样是当时大多数小说家的主动选择。特别是中华人民共和国成立初期登上文学舞台的"革命历史小说"③，它们的创作者本身就是积极参与新民主主义革命的无产阶级战士与社会主义的建设者，自然地倾向于从阶级视角切入

---

① 《毛泽东选集》（第 4 卷），北京：人民出版社，1991 年，第 1487 页。
② 《毛泽东选集》（第 2 卷），北京：人民出版社，1991 年，第 665 页。
③ 黄子平提出，"革命历史小说"是他对中国 20 世纪 50 年代至 70 年代的一批作品的"文学史命名"。这些作品在既定意识形态的规范内讲述既定的历史题材，以达成既定的意识形态目的，还承担了将"革命历史"经典化的功能。它们包括《保卫延安》《红日》《红旗谱》等。详见黄子平：《灰阑中的叙述》，北京：北京大学出版社，2020 年，第 1 页。

历史叙事。作者们出于革命激情与无产阶级重建历史的诉求，在小说的历史叙事里倾注了渴望战斗的意志，将彻底消除敌对阶级的话语权力视作时代赋予本阶级的历史使命。他们与认为"历史唯物主义是无产阶级所有武器中最重要的武器"①的卢卡奇产生了跨越时空的共鸣，并将"用以阶级斗争的武器弄得尽可能地完善"②。当时的小说家们相信，所有模糊阶级属性身份确认的作品都必须得到彻底清算，任何有可能动摇历史唯物主义诠释方向的力量都会被视为敌人，进而遭到无产阶级文化群体的猛烈抨击。

当特殊时期终于过去，文学迈着沉重的脚步进入新时期之后，中国文坛涌现出无数来自个人的声音，小说历史叙事的内容和主题都发生了翻天覆地的变化。可是透过时代的表象，我们也能够看到，历史唯物主义的叙事立场不仅没有受到冲击，反而得到了更多的信赖。不论是诉说苦难的"伤痕文学"还是痛定思痛的"反思文学"都以否认过去的方式肯定着未来，含蓄地重申着历史进步的真理。它们甚至不曾改变阶级斗争的对话方式，只是更换了一套阶级划分的标准。在《伤痕》与《班主任》等小说的叙述中，历史依旧是由敌我双方的矛盾冲突建构起来的。张清华认为，"伤痕文学"与"反思文学"仅在政治上推动了社会的思想解放，但是它们自身的历史叙事却落入了更为尴尬的境地：

> 其主题的延伸必须左顾右盼地看着政治的风向标，其话语方式又一直没有摆脱社会政治话语的限定，艺术上缺乏持

---

① ［匈］卢卡奇：《历史与阶级意识》，北京：商务印书馆，1999年，第317页。
② ［匈］卢卡奇：《历史与阶级意识》，北京：商务印书馆，1999年，第316页。

久的生命力。追究根本原因，这种为政治概念所限定的历史叙事，实际上仍然是"当前政治叙事"的一个折射，它不但没有真正接近历史本身，而且还在刻意宣扬一种"历史的假识"，因为它实际上是重新宣称了一次"时间的断裂"。[①]

笔者认为，由此就简单断定"新时期"初期小说的历史叙事"陷入尴尬"是失之偏颇的，因为是否坚持历史唯物主义不能作为小说艺术水平的评价标准。但是笔者赞同张清华对这一时期小说历史观的概括，即处于"概念化历史"[②]的说法。由此可以得出结论，在当代小说摆脱"新时期"的最初形态之前，阶级斗争依旧是历史叙事中最重要的动力。

二、以阶级斗争作为历史动力的惯性思维

以上内容均属于知识背景的陈述。之所以如此详细地回顾中华人民共和国成立以来30余年的小说历史叙事动力，是因为梁晓声就是在上述背景之下步入文坛的。他早期的创作也并未跳脱出他所处的时代，小说的历史叙事里存在鲜明的阶级矛盾和斗争话语。

短篇小说《夙愿》[③]的历史叙事就体现了以上特征。山东老汉马德福在东北沦陷时期因逃荒"闯关东"，在东北某地定居，

---

① 张清华：《中国当代文学中的历史叙事》，北京：北京大学出版社，2004年，第50页。

② 张清华：《中国当代文学中的历史叙事》，北京：北京大学出版社，2004年，第48页。

③ 梁晓声：《夙愿》，载《小说林》，1983年第11期。

成家立业。待生活趋于稳定之后，马德福动起了返乡探亲的念头。小说的前半部分细致地描述了马德福攒钱的不易和三次波折，先是将路费赠予身处绝境的同乡，后来因日本银行在抗战结束后倒闭而失去存款，继而在政治运动中被波及。一系列往事中，马德福都是被伤害的无辜者，这些赋予了他返乡的执念以丰富的正向伦理价值。再考虑到其中还寄托着马德福对亡妻的怀念，返乡的愿望又承载了沉重而真挚的情感。通过这些叙述，可知隐含作者梁晓声将马德福的夙愿定性为绝对的正义之举。这一性质正是我们划分人物阶级属性的首要标准。

听闻父亲的返乡计划后，大儿子马思乡当下表示支持父亲，并愿意推迟结婚日期，让出在北大荒兵团时期攒下的积蓄。二儿子马怀乡则心怀不轨，他不仅藐视父亲的愿望，还惦记上了那笔存款，妄图据为己有。三儿子马归乡从情感上理解父亲的思乡之情，但始终保持着置身事外的态度。三个儿子对于马德福返乡的夙愿呈现了三种完全不同的立场。在小说的后半部分，马怀乡不择手段地将老父亲的路费据为己有，见欺瞒不成，竟直接动手盗窃。与之形成鲜明对比的是马思乡，他识破了二弟的阴谋，虽然没能将存款追回，但是和女友徐萍以"旅行结婚"的名义一起陪父亲返乡，也算是给故事写上了一个比较圆满的结局。

《夙愿》并不能称得上是一篇佳作，脸谱化的人物形象与逻辑断裂的人物行为方式让读者难以产生共情。绝大部分故事情节在父子四人之间展开，但是读者却难以从中感受到家人的血脉亲情。马怀乡先是盗窃了父亲找准亲家徐宏海借的两百元，又试图通过敲诈的方式霸占大哥的积蓄。如此凶恶狠毒的行为背后，却

第一章 不自觉的历史唯物主义倾向

仅是为了买一套家具，行为逻辑确实难以让人信服。然而，如果引入阶级斗争的视角观察叙事情节，这些不合理之处便有了合理的解释。马德福父子四人原本都是工人，而马怀乡在特殊时期利用表演样板戏的机会捞取政治资本，不仅成为厂里的领导，还做了厂长的女婿。恰好厂长又是一个滥用权力行贪腐之事的恶人，马怀乡也就顺势站在了工人的对立面，成了父亲和兄弟的敌人。梁晓声这里便展现了"以阶级斗争为纲"的惯性思维，没有从人性的本能和道德出发，而是过度强调了马怀乡与原生家庭在历史中产生的阶级矛盾，忽视了他们原本的家庭关系。这正是1950—1970年革命历史小说"以阶级逻辑重新定义了伦理世界的爱恨情仇"[①]在新时期的重现。难怪见到父亲被二弟气晕乃至性命垂危之际，马思乡内心的仇恨却不是针对某个人，而是"从来也没有像今天这样憎恨和鄙视某些私欲膨胀的人手中的权力"[②]。小说《凤愿》里主要矛盾的根源是不同阶级的冲突，而化解冲突的方法便是同一阶级内部的友爱。马德福父子与同属底层劳动人民的徐宏海父女，以及从未谋面的老家乡亲共同完成了返乡探亲的正义之举，实现了具有历史进步意义的凤愿。比起家庭伦理层面的亲人，他们更像是并肩作战的同志。

同一时期的类似小说还有《北大荒纪实》[③]，故事里"好人"与"坏人"是按照参与"革命"的热烈程度来划分的。杨、排长、

---

① 路文彬：《历史想象的现实诉求——中国当代小说历史观的承传与变革》，南昌：百花洲文艺出版社，2003年，第99页。

② 梁晓声：《凤愿》，载《小说林》，1983年第11期。

③ 梁晓声：《北大荒纪实》，载《朔方》，1983年第1期。

连长和"我"四位厌恶政治运动的同志关爱他人、积极参与劳动，冷眼看待捞取政治资本之徒，占据着绝对的"道德高地"。而"刁小三"和几位"钦差大臣"这些没有名字只有讽刺性代号的人物只要出现，就必然要做损害"好人"利益的"坏事"。潘丽华原本属于"坏人"阵营，但她心存善念，目睹了杨死于"坏人"之手后陷入了深深的忏悔，也得到了"好人"的集体谅解。梁晓声一方面借助小说讲述了那段历史时期极端意识形态的荒谬，以及他对道德沦丧之举的痛心；另一方面也表现了他的内心是认可"阶级仇恨"存在合理性的。面对敌人的恶意攻击，梁晓声倾向于选择以更为凶狠的方式予以回击，直至将对方彻底消灭。

相比于前文中提到的作品，《第一位来访者》①更注重渲染阶级内部的温情。这部作品的内容比较简单，对阶级友爱的描述也直接得多。第一人称叙事者"我"原本是插队知青，返城之后成为记者，在考虑是否要为了融入"上流社会"与农村的未婚妻分手。正当"我"已经决定改变阶级立场之际，接待了一位想要刊登寻人启事的著名歌唱家，他为"我"讲述了他与所寻之人的往事。他在北大荒与一位具有极高音乐素养的女知青相识，女知青将原本不会唱歌的他培养成了歌唱家。可是在他的事业走上正轨之后，女知青怕自己的家庭成分影响他的前途，便不告而别。歌唱家登寻人启事，便是要找到故人。听了对方的故事，"我"大受感动，当下改变了想法。这三篇梁晓声的早期小说里，《第一位来访者》的完成度最高，人物的性格和行为也相对符合日常

---

① 梁晓声：《第一位来访者》，载《文学》，1984 年第 7 期。

逻辑。但是主人公的情感转折依旧显得生硬，歌唱家与女知青之间的关系似乎止于互相帮助，"我"给女友写的信更像一次有关立场问题的表态。从中可看出梁晓声对不同的情感缺乏区分，并把它们机械地统一于"阶级友爱"的框架之中。

显而易见，梁晓声早期小说关于历史动力的思考没有超越同时代的"伤痕文学"与"反思文学"，还停留在上一个时期的"阶级斗争"观念里，彼时的他也缺乏足够的理性认识。然而，这也是历史的局限性所导致的客观现象，将当下普及的社会意识挪移到20世纪80年代初期的文学创作中作为评判标准，本身就是不合理的。作家需要足够的时间才能从情感上走出历史的浩劫，继而做出理性的反思。梁晓声曾在《京华见闻录》里呐喊：

> 这是整整一代人的狂热，整整一代人的迷乱。而整整一代青年的迷乱与狂热对社会来说，是飓风，是火，是大潮，是一泻千里的狂澜，是冲决一切的力量！当这一切过去之后我们累了。当我们感到累了的时候，我们才开始严峻的思考。当我们思考的时候，我们才开始真正长大成人。[1]

三、关于历史叙事动力的反思和迷茫

——以长篇小说《泯灭》为例

伴随着写作技巧的成熟，梁晓声对小说的驾驭能力越来越强，

---

[1]　梁晓声：《京华见闻录》，载《梁晓声文集·散文1》，青岛，青岛出版社，2018年，第169页。

关于历史理性的反思在"新时期"初期之后也变得深刻了，最主要的表现便是他围绕着"阶级斗争"等历史概念逐步建立了自己独特的历史认知系统。1995 年先后出版的长篇小说《泯灭》与《恐惧》便是他反思过程的"阶段性"成果。我们透过文本可以看到，梁晓声成功拉开了自身与历史集体意识的距离，但也因此在叙述历史时无所依靠，陷入了新的迷茫。

梁晓声格外真诚地展现了自己的迷茫，《泯灭》的两个主人公之一便叫作"梁晓声"。需加以说明的是，《泯灭》的主人公虽然名为"梁晓声"，但小说的故事大体是虚构的，并非作者的自传。梁晓声曾经主动谈到，自己是为了增强代入感才令主人公与自己同名，类似的作品还有《一个红卫兵的自白》。①需要特别强调的是，《父亲》《母亲》与《我那些成长的烦恼》是纪实小说，与《一个红卫兵的自白》有着本质上的不同。

《泯灭》里的翟子卿自幼才智过人，少年时的梦想是成为作家，却因为家境贫寒和极端意识形态的负面影响失去了上大学的机会，自此便从好友"梁晓声"的世界里消失了。多年之后，翟子卿以"大款"的身份回到家乡，他倡导及时行乐，以满足物质欲望为人生目标，认为"历史的全部内容，无非是男人、女人、权力和金钱"②，认为对历史进行理性反思也毫无意义：

我赞同这样的口号——朝前看。我们将什么遗留给过去

① 梁晓声：《人的文学：历史真实、现实主义及其他》，载《中国文化研究》，2020 年夏之卷。
② 梁晓声：《泯灭》，载《梁晓声文集·长篇小说3》，青岛：青岛出版社，2014 年，第 261 页。

第一章 不自觉的历史唯物主义倾向

了？反正我自己偶尔回顾，只觉得自己从人生的路上走来，背后只不过遗留下了些零星破碎的垃圾。不，不是遗留，而是扔弃。

……

好比一个被一连串的厄运穷追不舍的乞丐，慌不择路地踉踉跄跄地逃窜，沿途颠掉着东西，顾不得停一步捡起来，根本顾不得捡。哪怕在当年对自己是很必要很主要的东西。①

从言行上看，翟子卿几乎是一个拒绝承认历史本质的"历史虚无者"，但作者通过"梁晓声"的观察撕破了他的面具。翟子卿之所以急切地背叛历史，正是因为他始终沉浸在历史给予的温情与痛苦中不能自拔，还延续着阶级对立的思维方式。由于旧时代已经过去，翟子卿不能在现实中找到他记忆里的阶级社会，便用金钱打造了一个专属于自己的虚幻世界。他的情人小嫚出生于工人家庭，却需要为了迎合翟子卿的个人喜好改变生活习惯和外貌，甚至连姓名都不能保留，以便更接近后者在青年时爱慕的女知青鲍卫红。小说背后的作者梁晓声却通过旁白告诉读者，翟子卿的行为本质上是对小嫚进行"阶级改造"，以弥补他内心深处的历史创伤。毕竟"阶级属性"是一种集体赋予的身份，"对阶级的认同需要想象甚至幻想，需要寻找和创造共同的历史"②。

---

① 梁晓声：《泯灭》，载《梁晓声文集·长篇小说3》，青岛：青岛出版社，2014年，第237–238页。
② 李杨：《50—70年代中国文学经典再解读》，北京：北京大学出版社，2018年，第54–55页。

当翟子卿沉浸于历史想象中不能自拔时，"梁晓声"则经受着精神世界的自我折磨。童年挚友奢侈糜烂的生活虽然让"梁晓声"受到了不小的冲击，但是这并不是他最大的痛苦。只有意识到自己甚至不能再与对方分享某些事物的基本看法之后，"梁晓声"才陷入了无法遏制的恐惧。面对一个断言文学艺术毫无价值，还傲慢地"命令"童年好友弃文从商的翟子卿，"梁晓声"感到陌生，进而迸发出一种委屈的情绪。如果说"梁晓声"愿意替久未归家的翟子卿照顾母亲还符合日常伦理的话，那么他出轨其妻子吴妍却并不感到过多自责，就非常值得我们深思了。

归根结底，《泯灭》的两个主人公是在阶级斗争的话语体系下成长起来的，他们本能地倾向于以阶级友爱掩盖其他伦理关系，并将相同阶级之间的互助和不同阶级之间的斗争视作个人成长的动力。所以"梁晓声"对翟子卿的情绪变化是源于身份差异而失去了彼此共同的"阶级话语"。

令人略感遗憾的是，梁晓声虽然认识到来自历史的阶级话语已然过时，不能为现实的发展提供新的动力，但是他并没有在《泯灭》等小说里给出新的答案，转而以浓重的怀旧情绪与丰富的细节描写回避了问题。梁晓声的迷茫在《恐惧》的情节里更为明显，也因此遭到了"以道德激情当作思想方法"[1]的批判。因此，直至 20 世纪 90 年代中期，梁晓声小说历史叙事的动能还处于摇摆不定的状态，他不再以"阶级斗争"作为历史动力，但是依旧没有找到合适的替代物。

---

[1]　朱大可等：《十作家批判书》，西安：陕西师范大学出版社，1999 年，第 97 页。

四、确立"阶层矛盾"为新的历史叙事动力

梁晓声虽然囿于阶级斗争的语境中多年，但是他找到突围的方法后，提出的解决方案也相当彻底。距离《恐惧》出版不过两年，梁晓声便以一部《中国社会各阶层分析》回答了《泯灭》和《恐惧》的遗留问题，他以少有的论述性语言阐明了"阶级斗争"历史动力论已是不合理的。梁晓声认为，当代中国的生产力足够发达，使得阶级已经细分为阶层，"阶级斗争"也不会再发生，"那一条革命理论——阶级斗争是推动人类历史前进的动力，即使从前是，以后却不会再是"[1]。新时代要求人们应当以生产力的发展程度与人类的商业活动来解释历史的进步规律：

> 以人类商业发展的脉络和轨迹梳理人类历史，阐述人类历史的沧桑进退，予以阶级斗争的观点，以宗教的观点、以文化的观点和以改朝换代的大事件演绎历史的方法相比，倒可能是更符合规律的。[2]

纵览全文，梁晓声基本是根据社会财富的占有程度来划分社会阶层的。在他看来，历史上被人们津津乐道的改朝换代和阶级斗争都是人类发展史中的"微小章节"，以商业活动为中心的日常琐事才是人类历史的基本内容。虽然梁晓声没有特别引注，但

---

[1]　梁晓声：《中国社会各阶层分析》（增订版），北京：人民日报出版社，2021年，第4页。

[2]　梁晓声：《中国社会各阶层分析》（增订版），北京：人民日报出版社，2021年，第145页。

不难看出，这种分类标准依旧是符合历史唯物主义的，而且更接近马克思主义揭示的历史发展动力。《德意志意识形态》告诉我们，"个人把自己和动物区别开来的第一个历史行动不在于他们有思想，而在于他们开始生产自己的生活资料"[①]。物质生活资料的生产是一切历史的基本条件，生产力与交往形式（生产关系）的矛盾推动着社会历史的发展，要想了解人类的历史，就必须深入探讨社会分工与商业活动的联系。中国的马克思主义者李大钊也曾格外强调经济活动对于历史的重要意义，认为"唯物史观的要领，在认经济的构造对于其他社会学上的现象，是最重要的；更认经济现象的进路，是有不可抗性的"[②]。

看到这些马克思主义的经典理论都与支撑《中国社会各阶层分析》的观点保持一致，我们有理由断定，梁晓声虽然拒绝以阶级斗争解释历史，但是没有脱离历史唯物主义的叙事轨道，从他新世纪之后的小说创作中也可以得出相似的结论。例如，出版于2006年的长篇小说《欲说》讲述了一次恶性暴力事件所引发的反腐风暴，以省委书记刘思毅和草根商人王启兆为中心的两个团队在24小时之内展开了惊心动魄的斗争。随着事件的外壳被一层层剥开，我们发现所有的恶行都源自不同阶层贫富差距过大的事实，阶层矛盾不仅不可调和，而且矛盾的爆发格外激烈。

在梁晓声提出系统的阶层划分标准之后的小说创作谱系里，以阶层矛盾作为历史叙事动力的典型文本当属获茅盾文学奖的巨

---

① 《马克思恩格斯选集》（第1卷），北京：人民出版社，2012年，第146页。
② 李大钊：《史学要论》，上海：上海古籍出版社，2014年，第135页。

第一章　不自觉的历史唯物主义倾向

著《人世间》，主人公之一周秉义的人生经历不仅集中体现了当代中国不同阶层之间的冲突，更以超越性的视角探索了打通阶层差异的可能性，正所谓"发现了某种建立自身与他者关系并附身感受对方差异性存在的希冀"①。

学生时代的周秉义曾因家世贫寒而感到自卑，觉得自己配不上副省长的女儿郝冬梅。随着郝冬梅被列为"黑五类"，作为"被改造的对象"下乡插队，与出身工人家庭的周秉义的阶级属性颠倒了过来。出于对爱情的忠诚和善良的本性，周秉义顶住舆论压力，甚至放弃了晋升的机会，与郝冬梅结为夫妻。虽然两位年轻人以实际行动打破了特殊时期僵化的社会观念，但他们并未真正放下阶层差异的心结。新婚之夜，周秉义饱尝禁果之后说的第一句话是"现在我终于可以俯视你这个副省长的女儿了"②，表明了他始终介意自己的"原生阶级"。随着政治运动结束，郝冬梅及母亲得到平反，恢复了社会地位，周秉义重新陷入纠结之中。一方面，他此时已是北京大学毕业的高才生，又在政府机关担任要职，是周秉昆等工人群体眼中的"官僚"，彻底脱离了曾经的底层社会；另一方面，他也无法彻底融入郝冬梅的世界，妻子无意间表露出的清高和岳母金月姬时常给予的"指点"都让周秉义感到压抑，并且无处诉说。

然而周秉义不仅通过强大的理性反思能力正确面对自己所处的境遇，还能够在不同的阶层立场之间坚守住职业底线。退休后

---

① 刘军茹：《〈人世间〉：承担自我与他者的责任》，载《枣庄学院学报》，2018年第3期。

② 梁晓声：《人世间》（上册），北京：中国青年出版社，2017年，第332页。

的金月姬脱离群众，又喜欢以革命的思维方式点评人生百态，难掩傲慢的态度，争吵时会向女儿说出"你不是在一般人家里，你妈也不是一般的妈"①。郝冬梅从不认为自己有陪伴母亲聊天的义务，周秉义却能耐心地与岳母交流，从老人的思想里批判地汲取营养。周秉昆因自家的住房问题与孙赶超妹妹的工作两次找到哥哥，周秉义宁愿背上"不讲人情"的骂名，也没有滥用私权，转而以巧妙的政治智慧为弟弟的公司恢复了名誉。可以说，周秉义自身的社会阶层属性虽然模糊，但他一直能够站在不同阶层的立场上思考问题，并找出合适的解决方案，这种能力是《人世间》里所有人物都不具备的。就连具备丰富人生阅历和智慧的蔡晓光，在步入晚年之际都坚持阶层之间无法真正实现共情，以周秉昆为代表的"光字片"工人阶层更是认为周秉义与他们已经形同陌路。米尔斯提出"普通人往往不知道他们要参与其中构建的历史的过程意味着什么"②，即个人容易局限于自身的社会阶层内，从而对历史的认知产生滞后。可是周秉义却在某种程度上"穿越在平民与庙堂之间"③，具备了"超越阶层"的思想意识。

因为周秉义从理性上反思了当代中国的阶层差异，而且具有浓重的理想主义情怀，所以他才敢于以个人之力与历史趋势抗衡，做了20世纪80年代末期商业大潮的逆行者。任职军工厂党委书记期间，周秉义并非不清楚国企工人在"转产"期间的普遍下岗

① 梁晓声：《人世间》（中册），北京：中国青年出版社，2017年，第351页。
② ［美］米尔斯：《社会学的想象力》，陈强、张永强译，北京：生活·读书·新知三联书店，2016年，第4页。
③ 卢桢：《与时代同构的平民生活史：论梁晓声〈人世间〉》，载《扬子江文学评论》，2020年第2期。

是大势所趋，但出生于工人家庭的他不愿看着职工们陷入困境而无动于衷，毅然奔赴苏联洽谈购买巡洋舰的业务，以患上严重胃病的代价缓解了工人们的经济压力。若干年后，周秉义从中央调回家乡担任副市长，立即着手改造"光字片"的住房问题，最终让家人和朋友们都住上了楼房，极大地改善了他们的生活状况。

同时背负多个社会阶层历史使命的周秉义在完成了最后的壮举后，以英雄的姿态轰然倒塌。无论是乔春燕和曹德宝充满怨毒的诬告，或是郝冬梅与华侨富商共度晚年的选择，都标志着阶层矛盾不仅不会因个人的奋斗而消失，还将随着历史进程自我更新。但是从另一个角度来看，周秉义是一位真正将阶层矛盾化为历史进步动力的践行者，他不惜点燃生命作为烛火，照亮通向当代中国不同群体的路径。周秉义热爱着各个阶层的热爱，痛苦着各个阶层的痛苦，以非凡的智慧和高尚的情怀克服了历史的局限，化身为历史的动力，推动了历史的进步。

这便是梁晓声试图通过《人世间》告诉我们的。

第三节　英雄的人民：梁晓声小说的历史主体

梁晓声小说的英雄叙事一直是学界和读者热议的话题。《这是一片神奇的土地》里勇敢豪爽的"摩尔人"王志刚，以及《今夜有暴风雪》里正气凛然的工程连连长曹铁强，还有同时期创作的《北大荒纪实》《荒原作证》《为了收获》《鹿心血》等北大荒知青题材短篇小说，它们共同塑造了坚毅、强悍又不乏温情的英雄群像。

这些英雄形象进入当代文学画廊的同时，也带来了持久的争议。孟繁华直接否定了曹铁强等形象存在的意义，指出"极左思潮指导下的荒谬运动却成了理想主义和英雄主义生长的土壤，显然是缺乏说服力的"①，杨健的《中国知青文学史》做出了相似的评价，认为梁晓声"把一种虚假的理想主义光辉投射在失败的历史上，使它变成了一部辉煌历史"②。陶东风从知青群体的集体心理分析出发，批评梁晓声知青小说英雄叙事的本质是"知青在新环境下产生的一种心理防御机制；不愿承认自己的失败，回避历史反思"③。从时间上看，这些横跨了几十年的研究具有共识——梁晓声小说的知青英雄是一种脱离历史语境，无视历史事实，完全出自个人情怀的虚构。本文以学界的这些争议为切入口，深入研究梁晓声不同时期的小说，解读那些带有英雄气质的人物形象，以文本细读的方法对上述争议做出客观的回应。

一、"英雄史观"倾向与"革命通俗小说"的影响

首先，笔者认为，以上批评的意见并非全无根据的误读，但实在是一种出于"前置偏见"，脱离历史语境的单向度思考。深

---

① 孟繁华：《1978：激情岁月》，济南：山东教育出版社，1998 年，第 118–119 页。

② 杨健：《中国知青文学史》，北京：中国工人出版社，2002 年，第 333 页。

③ 陶东风：《"悲壮的青春"与梁晓声的英雄叙事——知青文学回头看（之一）》，载《文学与文化》，2013 年第 1 期。

第一章　不自觉的历史唯物主义倾向

入梁晓声小说的历史叙事便会发现，那些故事里的人物是丰富多彩的，仅以《今夜有暴风雪》为例，粗鲁狭隘却忠诚无畏的刘迈克、敏感多虑而心地善良的小瓦匠、好学上进并恪守底线的匡富春……他们与曹铁强、裴晓云和郑亚茹一样，也是整个叙事文本的重要构成部分。仅强调曹铁强的英雄气质和裴晓云的牺牲情结，的确有以偏概全之嫌。

按照陶东风等批评家的表述，梁晓声的历史观与尼采提出的"英雄史观"存在一致性。尼采在多部作品里表达过"历史是由英雄推动"的观点，也就是说，他将个别杰出人物视作历史的主体。那么，梁晓声是否认同"英雄史观"呢？带着尼采的理论重新审视梁晓声的知青小说，我们必须承认，梁晓声确实肯定了王志刚和曹铁强做出的超越一般人性的高尚行为，不过并没有将知青英雄视为"语言总是如神谕一般"[①]引领历史进程的主体，甚至不曾表达过他们的精神品质应当在群众中得到推广。由此可见，梁晓声没有因过度关注英雄的壮举而忽略大多数平凡人的选择。

除去一定程度的"英雄史观"倾向之外，《今夜有暴风雪》等梁晓声的知青小说之所以长时间遭到部分批评家的过度解读，至少有三方面原因：其一，梁晓声在创作中过于关注自己的内心感受，急切地通过小说阐发议论，加上没有彻底将想要表达的思想梳理清晰，导致行文略显粗糙，没能和读者建立起有效的沟通桥梁，这其实也是青年作家的通病（梁晓声创作《这是一片神奇

---

① [德]尼采：《历史的用途与滥用》，陈涛、周辉荣译，上海：上海人民出版社，2020年，第72页。

的土地》时，距离其处女作的发表时间仅有两年多，《今夜有暴风雪》则是他第一部中篇小说）。其二，部分评论家没有完全坚持客观的批评立场，比如，孟繁华和陶东风的相关研究都列举了知青的悲惨遭遇，我们当然不能否认他们在特殊时期遭遇的身心摧残，但相关数据资料基本是有关"插队知青"的调查，而遭到批判的梁晓声笔下的英雄形象均来自"兵团知青"①。既然两者从性质上全然不同，那么这些批判的观点也不能成立。其三，单纯从创作手法的层面来看，梁晓声早期知青小说塑造人物的方式受到了其阅读经验的影响。由上文可知，现有的研究对前两个因素已经展开了相对充分的论述，故本文仅详细地讨论第三个原因，也是从艺术形象的角度提炼梁晓声小说历史观的一次尝试。

通过梳理梁晓声青少年时期的阅读经历可以看到，1950—1970 年风靡中国的"革命历史小说"对他产生了深远的影响。在回忆性随笔集《文艺的距离》里，梁晓声详细地整理了自己青少年时期（1957—1966）的"文艺活动"，读小说自然是其中最为重要的一部分。梁晓声从小学六年级起开始自主阅读，看的第一批书包括《三家巷》《红旗谱》《苦菜花》在内的三十余部"革命历史小说"，而且尤为喜欢以战争为背景的长篇小说，包括《林海雪原》《新儿女英雄传》《吕梁英雄传》《敌后武工队》《铁道游击队》《平原枪声》等。它们都是梁晓声在青少年时代反复

---

① 关于"兵团知青"与"插队知青"的本质差别和梁晓声小说中的具体体现，请参见席云舒、段宁：《梁晓声小说与当代文学中的两种知青形象》，载《文艺报》，2022 年 3 月 18 日。

阅读过的。[①]

　　我们从这份书单中可以发现，梁晓声比较偏爱那些以富有传奇色彩的战斗英雄为主人公的小说，它们恰与李杨提出的"革命通俗小说"高度重合。按照李杨的说法，"革命通俗小说"集中出现于 20 世纪 50 年代中前期，在创作手法上与中国古典小说相近，所表达的却是革命主题，它们的结构方式、人物塑造乃至叙事节奏"都再现了传统小说的风采"[②]。以上特质在梁晓声的小说阅读兴趣中起到了重要作用，他明确表达过不喜欢《保卫延安》和《红日》"用了较多笔墨交代战略决策、战役部署"[③]的故事情节。这更能证明那些英雄形象给他留下了相当深刻的印象，完全有可能对他日后的写作产生重要影响。

　　"革命通俗小说"的革命英雄是具有诸多共性的，在当时已经形成了一类"模板化"的人物塑造方式。他们除了身负血海深仇，重义轻利，忠于儿女情长这些中国民间文化对"侠士"的要求之外，最重要的使命则是代表无产阶级以革命的方式进行阶级斗争。以《林海雪原》的少剑波为例，剿匪既是组织交给他的任务，也符合他最真挚的内心冲动，因为他的姐姐就死于这群土匪之手。这样一来，英雄的行为动机包括了"国恨"与"家仇"，革命的历史使命与朴素的伦理道德要求被成功地结合起来。小说接下来的叙述充分地展示了少剑波的英勇无畏和足智多谋，这里

---

　　① 　以上史实信息请参见梁晓声：《文艺的距离》，北京：中国民主法制出版社，2020 年，第 27–58 页。

　　② 　李杨：《50—70 年代中国文学经典再解读》，北京：北京大学出版社，2018 年，第 3 页。

　　③ 　梁晓声：《文艺的距离》，北京：中国民主法制出版社，2020 年，第 46 页。

面有些情节过分夸张了主人公的个人能力，渲染了其"神性"的一面。再加上他与极度纯洁美丽，犹如仙女下凡一般的女兵白茹产生了感情纠葛，更为其增添了几分快意恩仇的侠士之风。不论是作者有意为之，还是古典传奇小说潜移默化的影响所致，仅从结果上看，都为少剑波这样的英雄人物赋予了"革命战士"与"江湖豪侠"的双重属性。相比于后来的朱老忠（《红旗谱》）、卢嘉川（《青春之歌》）等接受革命思想启蒙，并且基本按照马克思主义理论指导行为的"新英雄"，少剑波无疑更能激发读者内心的热情，从而起到动员人民群众参与革命的召唤作用。后者正是 1950—1970 年长篇小说最为重要的现实使命，我们不妨在此引用一段蔡翔的论述：

> 革命的目的是动员人民挺身而出反抗周围的环境，因此，它必然需要那些"英雄"式的人物，并通过对他们的叙述，而形成一种"榜样"的力量；但是，这一革命并不是少数人的事业，而必须有群众的广泛性的参与，因此，"英雄"不仅不能成为革命的垄断性人物，相反，它还必须起到"人人皆可为英雄"的参与可能。在这一意义上，所谓的"群众英雄"恰恰缓解了中国革命的这一现代性的焦虑。[1]

笔者认为，蔡翔关于"革命通俗小说"乃至 1950—1970 年长篇小说英雄形象生成机制的探索非常透彻，他反复强调的"群

---

[1] 蔡翔：《革命／叙述：中国社会主义文学——文化想象（1949—1966）》，北京：北京大学出版社，2018 年，第 179 页。

众性（人民性）"或"集体的英雄"本质上符合历史唯物主义人民史观的内在要求。历史唯物主义认为，在历史的发展过程中，人民群众起着决定性的作用，他们才是历史的创造者。马克思和恩格斯阐述历史唯物主义时指出"市民社会是全部历史的真正发源地和舞台"[①]，这从根本上否定了英雄史观的存在价值。毛泽东在《对英雄模范须勤加教育》里提出的"凡当选的英雄模范，须勤加教育，力戒骄傲，方能培养成为永久模范人物"[②]是政治要求，同样也是政治施加给文学的要求。于是，这一时期的英雄形象必须同人民保持密切的联系，必须极力彰显人民的力量，必须最大限度地体现人民的意志。《林海雪原》《新儿女英雄传》《铁道游击队》等"革命通俗小说"都很好地完成了这项政治任务，它们的作者对于革命思想的理解虽然不及后来者深刻，但是这些作品本身具有可读性，更容易对读者产生影响。

　　带着以上背景性知识再去审视梁晓声的小说创作，特别是那些早期的知青小说，我们会发现，作家在一定程度上沿用了"革命通俗小说"塑造英雄人物的模式，这理应是曹铁强等知青英雄的身上为何会存在"神性"的重要原因。由此，笔者得出了一个推测性的结论：梁晓声笔下的知青英雄之所以给人带来"不真实"的感觉，更多是受到青少年时期的阅读影响，并不是他刻意为之。从创作思想上来看，梁晓声从来没有尝试塑造孤立的个人英雄形象，毕竟，他在《今夜有暴风雪》的补白里明确表达过：

---

① 《马克思恩格斯选集》（第1卷），北京：人民出版社，2012年，第167页。
② 《毛泽东文集》（第3卷），北京：人民出版社，1996年，第246页。

他们身上，既有那个特定的历史时期内鲜明的、可悲的时代烙印，也具有闪光的、可贵的、应充分予以肯定的一面。仅仅用同情的眼光将付出了青春和热情乃至生命的整整一代人视为可悲的一代，这才是最大的可悲，也是极不公正的。我写《这是一片神奇的土地》《白桦林作证》《今夜有暴风雪》，正是为了歌颂一场"荒谬的运动"中的一批值得赞颂和讴歌的知青。①

因此，梁晓声的初衷可以概括为以小说"重构"被现实误解，并且被历史忽视的知青群体。只不过作品最终所呈现的艺术效果与作者的主观意愿存在一定的错位。随着小说关注的焦点扩散，不再局限于自身所属的知青群体，之前的错位便逐渐被修复了。梁晓声对此有着清醒的认识，所以才会在《雪城》出版之后以激烈的态度断言"知青经验"没有延续的可能，也可以视为他暂时告别"知青文学"的宣言：

> 故我以十二分的虔诚和坦率和衷心告诫我的当年的北大荒知青们：记住自己当年曾是一个北大荒知青，记住几乎整整一代人当代都曾是各地的知青——仅仅记住这一点就够了。因为这表明你永远记住自己是谁。那一经历毕竟是我们每个人经历的一次洗礼。但是不要寻找它——"北大荒知青"在今天在城市的群体形式。即使它存在着，也不要相信它。不要将你希望自己成为一个怎样的人和可能成为一个怎样的

---

① 梁晓声：《梁晓声文学回忆录》，广州：广东人民出版社，2021年，第229页。

人之实践与它联系起来。更不要将它视为你的生活内容和生活意义的一部分。

……

当年的知青朋友们，不要再陷入"知青情结"的怪状纠缠不清。①

二、关注民生问题，塑造平民英雄

步入 20 世纪 80 年代中期之后的梁晓声不仅在思想上做出了改变，也在很短的时间里调整了自己的创作手法，作品褪去了青涩的痕迹。在《今夜有暴风雪》发表之后不过两年，从中篇小说《沿江屯志话》（1985）就能看出，梁晓声的写作技巧日益纯熟，建构的人物形象也愈加丰满。

《沿江屯志话》的故事离开了北大荒，发生在 1950—1970 年的农村。主人公李占元起初以"革命英雄"的身份出现，他在抗美援朝的战场上英勇负伤，战争胜利之后又被分配到县委工作，沿江屯的百姓无不仰慕。然而李占元并没有沉醉于英雄的荣耀中，他始终将民众的利益看得高于一切。看到无辜的婉姐儿被迫害到家破人亡，他毅然决然地站出来为她正名，全然不顾此举有可能毁掉他的英雄名誉和个人政治前途。更加难能可贵的是，李占元对抗被极端思想洗脑的同志时所用的思想武器主要是那段尚未参加革命，在务农之余跟着婉姐儿父亲读书的历史。那是他在人民

---

① 梁晓声：《龙年 1988》，载《梁晓声文集·散文 1》，青岛：青岛出版社，2018 年，第 262–263 页。

中间的历史，也是这段历史让他始终保持着理智。可以说，他的英雄气质除了来自革命精神的启蒙，也同样源于人民群众的本色。当昔日的战友化身戕害百姓的刽子手时，李占元依旧能保持清醒，坚守正义。梁晓声显然是想要借此表现人民的力量，以及英雄来自人民，又扎根于人民的事实。李占元的行为和意识是极富象征性的，隐喻着特殊年代那批"历史的反思者"，同样延续着鲜明的"人民性"。

进入 20 世纪 90 年代之后，宣布暂时告别"知青情结"的梁晓声更为广泛地关注中国社会的民生问题，他小说里的主人公来自社会各个阶层，属于不同的身份群体。《秋之殇》《荒弃的家园》《红磨房》《证书》深入中国偏远地区的农村，塑造了或愚昧或淳朴的农民形象；《表弟》《贵人》《学者之死》《婉的大学》《选修课》讲述校园故事，反映当代学者与大学生的精神面貌；《老师》《白发卡》回溯作家更为遥远的童年记忆，试图以人文关怀救赎历史苦难；长篇小说《年轮》的主体部分，以及中篇小说《激杀》《疲惫的人》《钳工王》表现了身处时代转型阵痛之中的工人群体。《司马敦》还为当代文坛留下了一位恪尽职守又充满智慧的警察形象。可以说，在中国社会元素日益多样，社会阶层划分越来越细致的时期，梁晓声坚持以小说塑造人民的"群像"，进而勾勒出社会的基本面貌。无不彰显着人民群众构成了历史的主体。

在讲述中国社会历史的同时，梁晓声依旧塑造着英雄，只不过新英雄无须代表无产阶级以革命的方式进行阶级斗争，他们要做的是在和平年代领导人民群众参与社会建设。新英雄不是从血雨腥风里走来，而是扎根于人间烟火之中。像《年轮》里极具担

第一章 不自觉的历史唯物主义倾向

当精神的吴振庆、韩德宝,《钳工王》(1997)里以个人牺牲唤起群众觉醒的老工人姚师傅,还有《顺嫂》(1999)中那位跨越五十年历史变迁,面对不同形式的社会动荡始终坚守初心的李慧芝。他们都是所属群体里再普通不过的一员,却拥有着不可忽视的英雄气质。

我们不妨以《顺嫂》为中心做个案分析。小说起始的叙事时间是1947年,当时的中国还处于解放战争时期,山东某革命根据地民兵队长兼村长李慧芝嫁给了战斗英雄刘顺根。李慧芝在人前是英姿飒爽的女干部和英雄家属,梁晓声通过旁人的眼光描写她的形象:

> 在村人们的心目中,他们的年轻的女村长仿佛是这样的一个特殊的女人——心中只有"革命"二字,只有对党的忠诚,只有红旗和解放全中国的大理想,只有为实现这大理想而时刻准备捐躯献身的英雄主义。[1]

不过英雄主义只是她性格中的一部分,她独处时的状态全然不同,梁晓声在后者那里显然着墨更多。刘顺根参军之后,李慧芝常常思念丈夫,并担心他受伤甚至牺牲,有时陷入有关往日甜蜜的沉思,还会兀自害羞起来。相比起刘顺根"不胸戴英雄花,绝不回村,绝不踏入家门"[2]的个人英雄主义情结,李慧芝的担

---

[1] 梁晓声:《顺嫂》,载《梁晓声文集·中篇小说2》,青岛:青岛出版社,2017年,第101页。

[2] 梁晓声:《顺嫂》,载《梁晓声文集·中篇小说2》,青岛:青岛出版社,2017年,第96页。

忧几乎是一种与之完全矛盾的心理，却更符合人之常情。小说里描写李慧芝对着丈夫那些革命号子风格的信件黯然神伤的情节，无疑展现了一个与英雄形象背道而驰的小妇人，也更加贴近人性，更为真实。

中华人民共和国成立之后，顺嫂并没有过上太久安稳的日子，刘顺根二次入伍，牺牲在抗美援朝的战场上。经历了最初的崩溃之后，她从巨大的悲痛中走了出来。烈士家属的身份给她带来了一定程度的荣耀，刘顺根也在数不清的学习运动和回忆报告中被树立为越来越高大的英雄。面对与日俱增的光荣和敬意，顺嫂却始终能够保持清醒，常常拒绝做相关的报告。作为叙述者，梁晓声以旁白的形式给予了顺嫂高度的正面评价，这标志着梁晓声再一次将本能的情感置于"英雄情怀"之上：

> 她拒绝，乃因她不愿意；她不愿意，乃因她本能地需要一份完全属于自己一个人的对丈夫的回忆，乃因她觉得那样的一份回忆，意味着丈夫遗留给她的宝贵的私有财产。她怎么会愿将自己宝贵的私有财产公开于人呢？
>
> 那是崇拜英雄的年代。在那些热烈、真诚又人心亢奋火躁的日子里，她独自地、默默地、难能可贵地清醒着，以一位妻子对丈夫的深情怀念而清醒着。①

然而顺嫂身上的英雄特质并没有随着时间流逝而消散于本能

---

① 梁晓声：《顺嫂》，载《梁晓声文集·中篇小说2》，青岛：青岛出版社，2017年，第132页。

第一章 不自觉的历史唯物主义倾向

反应之中。随着政治运动的进行，白部长被打倒，遭遇批斗。顺嫂本来没有遭受牵连，还可以通过"揭发"白部长来获取政治资源。但是她毅然决然地站在了正义的一侧，挺身保护白部长等人，面对红卫兵凶恶的神情和皮鞭，顺嫂以英雄的气魄呐喊"革命根本不需要你们这种革法！"[①] 呐喊的底气源于顺嫂昔日革命英雄的身份，更源自她有关阶级斗争的理性反思。担任民兵队长期间，她曾率领民兵执行恶霸地主的死刑，却不曾动手殴打、报复过阶级敌人。出自善良的本心，她认为人道主义的关怀应置于阶级斗争之上，这同样也是梁晓声的立场。

等到她经历的第二场"革命"终于结束，顺嫂再次回归了平凡的生活。小说的最后，顺嫂在早市和小贩讨价还价，闲暇时和女儿一起游玩北京城，还时常听着收音机陷入有关往事的回忆……与其说是英雄再次回到了人民中间，还不如承认她原本就是人民的一员。梁晓声尊重英雄，但是反对牺牲，更反对极端的革命理想主义，力图将英雄还原为有血有肉有情感的普通人。在他的叙述里，顺嫂这样的"人民的英雄"不仅是新中国五十年历史发展的见证者，还深入参与了这段历史建构。

相比于20世纪80年代初期的知青小说，梁晓声坚持的"人民史观"始终未曾改变，但是在叙事风格和艺术手法上显然做出了诸多改进。这源于他向传统现实主义的靠拢，以及对中国社会各阶层的历时性观察。然而，置身于世纪末的梁晓声似乎尚未找

---

① 梁晓声：《顺嫂》，载《梁晓声文集·中篇小说2》，青岛：青岛出版社，2017年，第153页。

到将"英雄"与"人民"完全融合的方式，在他的笔下，"英雄性"与"人民性"虽然不是完全对立的存在，但至少也是一个人在不同场合下的差异性表现。不过，在创作上从未停止前进步伐的梁晓声在下一个十年便基本解决了这个问题。

三、实现"英雄"与"人民"的统一

进入 21 世纪后，梁晓声起初将更多精力用于散文和杂文的创作，小说的"产量"与之前相比有明显下降，其间被纳入评论界视野的小说似乎只有《伊人，伊人》和《欲说》这两部带有实验性质的作品。而笔者认为，梁晓声创作于 2008 年的长篇小说《政协委员》是一部被忽视的佳作，它深入反映了国家各个层级政协委员的工作内容和精神品质。截至目前仍没有任何有关这部小说的学术评论，甚至连新闻性的报道也寥寥无几。这部近 50 万字的长篇小说细致入微地讲述了李一泓成长为省政协委员的过程。仅从题目和大致内容来看，很容易让人将其与同时期层出不穷的"官场小说"画上等号。不过事实并非如此。虽然李一泓的确因为政绩突出而得到了升迁，但梁晓声显然不是为了书写一部庸俗成功主义的个人奋斗史，他更为重视表现"人在历史中成长"[①]的主题。

李一泓最初只是一位无名的文艺工作者，因为具有与人为善且工作勤勉的品格，经退休的老馆长推荐增补为政协委员。李一

---

① [俄]巴赫金:《巴赫金全集》(第 3 卷)，钱忠文译，石家庄:河北教育出版社，1998 年，第 233 页。

第一章　不自觉的历史唯物主义倾向

泓起初并不能透彻理解政协委员的工作性质，再加上他的性格原本就存在怯懦、犹疑的成分，不仅没有完成政协交给他的任务，自己的生活也陷入了困境。然而人民群众的现实苦难刺痛了他，最重要的是引发了他记忆深处同质性的生命体验。在其他政协委员与相关工作人员的帮助之下，李一泓意识到了政协委员的使命和责任，担负着巨大压力和风险，在不违背原则的前提下，帮助底层百姓解决了一系列实际问题，还提出了不少有价值的议案。李一泓和其他政协委员甚至在实地调研过程中参与了一起跨省大案的调查，并起到了关键作用。这些情节无疑为李一泓的形象赋予了英雄气质，而这份英雄的荣耀同样是属于"政协委员"这个群体的。通过塑造这个来自人民的群体，人民的主体地位得到确立，梁晓声小说历史叙事的主体初步完成了从"人民的英雄"到"英雄的人民"的转变。

《政协委员》只是梁晓声统一"人民"与"英雄"的初步探索，使它们真正融合还要等到将近十年之后出版的《人世间》。这部史诗巨著塑造了集"人民性"与"英雄性"于一体的群像"六小君子"。周秉昆和他的朋友们浓缩了从历史中走来的当代中国人民，特别是城市居民的大多特征。其实，梁晓声早在《年轮》中就讲述了几位童年挚友贯穿一生的爱恨纠葛，但吴振庆等人物始终未能摆脱"知青"这一历史的特殊身份，"人民性"的特征远不如"六小君子"集中。周秉昆们本来都是国有企业的工人，随着国家政策和社会形势的变化，吕川以烈士家属的身份被推荐上大学，毕业后进入机关工作，成长为国家干部；唐向阳通过自身努力考上了大学，也接受了高等教育，成为工程师，应属知识分子阶层；曹德宝、孙赶超、肖国庆则继续做工人，直至下岗后一直从事体力劳动；周秉昆的人生则比较复杂，除了体力劳动之外，他还参与过商业活动和文艺表演，甚至两次入狱。可以说，"六小君子"的互动与矛盾折射出中国社会各阶层的思维方式与生存状态。能将如此复杂的社会生态纳入一个群体，"六小君子"反映的"人民性"在中国当代文学史上必将占有重要地位。

"六小君子"是平凡的，他们身上存在着比较明显的人性弱点，比如，曹德宝为多得拆迁赔偿款诬告周秉义，已然丧失了做人的底线；唐向阳被美色所惑，犯下大错，断送了自己的大好前程。但是我们并不能因此抹杀他们的"英雄性"。

社会并没有给"六小君子"更多以英雄姿态登上历史舞台的机会，他们的生活很快就被琐碎的日常小事重新占据了。不过在弥漫着人间烟火的地方，民众的举动才彰显了道义和担当。《人世间》里有这样一个情节，初到酱油厂时，周秉昆曾因曹德宝和吕川的挑衅而对他们动过杀心，多亏曾经的工友孙赶超和肖国庆在中间讲和，让他们解除了误会，不然"酱油厂出渣车间便仍是一个暗伏杀机的可怕地方"，两位朋友出于本能的善举，不仅使得三位青年脱离潜在的危险，还让他们收获了一生的挚友，"给予人世间一点儿及时的温暖和抚慰"①。与之相似的故事构成《人世间》情节的主要内容，同质的情怀也于梁晓声后来小说的人物中得到延续。

2021 年，问世的《我和我的命》聚焦于"80 后"创业者，

---

① 梁晓声：《人世间》（上册），北京：中国青年出版社，2017 年，第 121 页。

方婉之和李娟成了这个平凡而又庞大的群体的"代言人"。她们也曾走入迷茫，因为无知与任性伤害过身边最亲密的家人和朋友，但是时代的发展和命运的无常促使她们快速成长，而且始终没有丢弃坚韧、智慧、友爱等美好品质，还会在关键时刻勇敢地伸张正义，保护更弱小的他人。不论是方婉之主动挺身而出，为受欺负的女工充当"保护天使"的善意，还是李娟为昔日工友倩倩挡刀，不惜牺牲生命救人的义举，都说明英雄气质始终埋藏于人民的精神世界中。

以历时的视角纵览梁晓声小说的人物谱系，我们可以发现，王志刚和曹铁强等北大荒知青的英雄主义与理想主义特质始终存在。但他们并不是一成不变的，而是经历了"从外放到内敛"和"从个别到一般"的两个转向。正是基于两个转向，梁晓声小说历史叙事的主体才由"人民的英雄"逐渐演变成"英雄的人民"。当"英雄的人民"失去了外界重大矛盾（特别是阶级斗争）的刺激，回归日常生活后，梁晓声为他们赋予了另一个群体性的称呼——好人。而"好人文化"正是梁晓声小说创作的持续追求，也是我们理解梁晓声小说的核心要义。

第二章　以历史的名义"指导"现实

——梁晓声小说历史叙事的伦理诉求

50 年来，梁晓声始终坚持现实主义的方法进行小说创作，笔下的内容与社会现实和时代发展密切相关。这种执着的态度在当代作家中极为少见。从写作意图的角度来看，现实主义并非完全是梁晓声主观选择的结果，它更接近于作家创作诉求的必然要求。在一次访谈中，梁晓声提及"写现实和时代时，如果真要靠荒诞主义和任何现代手法，都会弄巧成拙。这就意味着，我们不能用任何非现实的方法写现实和时代"①。再结合梁晓声小说的具体创作内容，我们不难发现，这些作品始终观照着现实，并试图影响现实。特别是完成了《人世间》的写作之后，梁晓声不止一次谈到自己写小说的宗旨只有两点——既要写"人在现实中是怎样

---

① 沈雅婷：《踏踏实实地运用现实主义——梁晓声访谈》，载《名作欣赏》，2019 年第 11 期。

的",也要写"人在现实中应该是怎样的"①。对后者的格外强调,彰显了梁晓声希望通过小说指导现实的"前置意图"。

具体到小说的历史叙事,上述意图就更为明显。历史唯物主义的内在规定要求梁晓声的现实主义小说必须具备指导当下的社会功能,正所谓"革命的文艺,应当根据实际生活创造出各种各样的人物来,帮助群众推动历史的前进"②。上一章已经详细论述过,梁晓声的小说创作虽然不属于革命文学,但是历史叙事基本观念的倾向与历史唯物主义保持着高度一致。再加上他始终坚信文学具备使人向善的精神力量,这些因素促使其小说的"前置意图"主要表现为一种道德建构的伦理诉求。

近年来,很多学者已经注意到梁晓声将小说传递给读者的伦理诉求凝练为"好人文化",并且准确地把握其根植于民间的价值立场和以中国传统人文精神为底色的文化符码。然而这些研究成果至少存在两个亟待解决的共性问题:其一,"好人文化"虽然是梁晓声小说创作的持续追求,但其本身并不是作家开始写作之前就存在的系统观念,所以评论者理应梳理"好人文化"的生发与形成过程,而不仅仅止于归纳它的核心要义。从历时的眼光看,"好人文化"在2018年才被评论者真正注意到,苏文韬将《人世间》的主人公周秉昆称为"好人文化的践行者"③,是这个概念第一次出现在学术论文之中。可是梁晓声早在20世纪90年代

---

① 梁晓声:《人在现实主义中应该是怎样的——关于〈人世间〉的补白》,载《中国文学批评》,2019年第4期。
② 《毛泽东选集》(第3卷),北京:人民出版社,1991年,第861页。
③ 苏文韬:《好人文化的践行者——〈人世间〉周秉昆人物形象分析》,载《枣庄学院学报》,2018年第3期。

就提出以"好人文化"作为自己的创作纲领，还发表了《关于"好人书卷"的断想》①等系列散文。步入 21 世纪之后，梁晓声在随笔集《忐忑的中国人》里，将"好人文化"视为中国人需要重新认识并弘扬的国民意识②，并且在访谈里明确表示自己创作《知青》和《返城年代》的目的是希望民众"补上好人文化，使下一代自然地拥有好人基因"③。相比于梁晓声在几十年间不断地修正、完善"好人文化"的内涵与现实指向，学术界显然已经滞后了。

其二，不能仅将"好人文化"视作一种文学创作的思想理念或作家的个人情怀，那会极大地削弱其现实关怀的特性。从梁晓声的现实诉求出发，小说更接近"指导"社会发展方法的载体，"好人文化"最终的目的并非指向文学的本身，而是为社会提供一种良善的价值观，并尽可能使更多的人接受。这让我们不由得想起百余年前梁启超对小说之伦理教化功能的寄托：

> 欲新一国之民，不可不先新一国之小说。故欲新道德，必新小说；欲新宗教，必新小说；欲新政治，必新小说；欲新风俗，必新小说；欲新手艺，必新小说；乃至欲新人心，欲新人格，必新小说。何以故？小说有不可思议之力支配人道故。④

---

① 梁晓声：《关于"好人书卷"的断想》，载《梁晓声人生独白》，武汉：长江文艺出版社，1993 年。
② 梁晓声：《舌尖上的"好人文化"》，载《忐忑的中国人》，北京：光明日报出版社，2013 年。
③ 王一：《补上"好人文化"这堂课——独家对话梁晓声》，载《解放日报》，2013 年 6 月 7 日。
④ 梁启超：《论小说与群治之关系》，载《新小说》，1902 年第 1 期。

虽然梁晓声并不认为小说具备"不可思议之力支配人道"的能力，但他写作的主要出发点与梁启超的倡导是一致的。因此，我们有必要超越"好人文化"的文学性，再将其作为社会方法展开讨论，才能更彻底地剖析其现实价值。

综上所述，本章拟围绕"好人文化"的产生动力和形成过程展开，尤其关注梁晓声创作期间与之相关的波折与矛盾，以历史叙事为中心，总结这些小说伦理诉求的变与不变，并将其作为一种方法，结合具体作品进行回顾和展望。

第一节　拆毁现实之恶：人在现实中不能是怎样的

说到梁晓声"好人文化"于小说之中的生成过程，笔者的一篇拙作曾简要地梳理过梁晓声小说谱系里"好人"形象均具备"忍耐、宽容和奉献"[①]的共性，应是探讨相关问题最早的一次尝试。然而拙作做出概括的动因仅是为了给个别人物形象的分析提供解读背景，并未进行深入的探讨。2022年年初，刘起林发表了第一篇真正意义上讨论"好人文化"历史生成的文章。该项研究从20世纪末期中国"市场化转型"的社会现象入手，结合梁晓声同时

---

① 韩文易：《〈我和我的命〉："好人"的塑形过程与伦理反思》，载《枣庄学院学报》，2021年第6期。

期的文学创作，认为作家将"好人文化"作为思想系统的核心价值理念，作为对社会文化根本性质和方向的概括与倡导，实际上源于他对 20 世纪 90 年代中国社会转型状态的观察与思考。[①] 也就是说，这篇文章认为，梁晓声的"好人文化"是为了批判 20 世纪 90 年代中国社会现象提出的对抗性策略。

可是，当我们把目光聚焦于梁晓声早期创作的中短篇小说时，便会发现"好人文化"的生成是与梁晓声的小说创作同步进行的，并不是 20 世纪 90 年代的产物。作家从写作小说伊始，就着力塑造具备"忍耐、宽容和奉献"美好品质的"好人"，彼时的梁晓声虽然还没有提出"好人文化"的概念，但是创作主题始终没有根本变化。我们也可以看到，"好人"的确主要是作为一种对抗性的符号而存在的。特别是在现实题材的小说里，基本上有一些脸谱化的"坏人"与之对应。只有少部分浪漫主义风格鲜明的知青题材小说（如《这是一片神奇的土地》），没有设置专门的"坏人"，仅专注于歌颂立志扎根边疆的知识青年。

进入梁晓声早期小说作品的文本细读之前，我们首先要确定其文学创作的起点，这需经过简短的史料考证。梁晓声在兵团时期就发表过《向导》《雷锋精神不死》和《麦种》等文学作品，并且因《向导》里前瞻性的生态文明关怀而受到关注，进而被推荐到复旦大学中文系创作专业就读。[②] 可是这些作品已经丢失，

① 刘起林：《1990 年代背景与梁晓声"好人文化"的历史生成》，载《当代文坛》，2022 年第 1 期。

② 梁晓声：《复旦与我》，载《梁晓声文集·散文 1》，青岛：青岛出版社，2018 年。

内容也不得而见，无法展开研究。1976 年 9 月，梁晓声出版了儿童文学作品《小柱子》①，它具有一定的故事性，是一部完整的文学作品，但主题思想还滞留于特殊时期，缺乏解读的价值。因此，笔者拟将梁晓声 1979 年 9 月发表于《新港》的短篇小说《美丽姑娘》（与王云缦合作）视为其处女作，也符合梁晓声本人对自己创作生涯的回顾。②

一、以"历史之善"拆毁"现实之恶"

《美丽姑娘》的叙事风格与梁晓声 20 世纪 80 年代初期发表的作品具有高度一致性，可以作为梁晓声创作生涯开端的典型文本。梁晓声在这篇小说里花最多笔墨塑造的人物徐美丽就是一个非常典型的"坏人"。她外表靓丽却人格卑劣，最为关心的事情便是如何利用自己的美貌"俘虏"一位物质条件优越的男青年作为结婚对象。徐美丽先将滑冰场上偶遇的，出身于"高干"家庭的王志松作为"猎物"，毫不犹豫地欺骗并利用了自己正在交往的男友徐彦，为自己和王志松创造约会机会。当她误会王志松的父亲是餐厅服务员时，便头也不回地走开，把目标重新锁定在一位对自己格外留意的中年导演身上。最终真相大白，原来导演正

---

① 梁晓声：《小柱子》，哈尔滨：黑龙江人民出版社，1976 年。
② 据梁晓声回忆，他在知青时期曾在《兵团战士报》和《黑河日报》上发表过若干作品，但这些作品已经丢失。因此，梁晓声将自己与王云缦合作的《美丽姑娘》定义为处女作。作品首发于 1979 年第 9 期的《新港》（后更名为《天津文学》）。梁晓声关于"处女作"的自我陈述详见其短篇小说集。梁晓声：《白猫之死》，济南：山东文艺出版社，1998 年，第 1 页。

在为"一个不理解爱情的真正价值又终日幻想爱情的姑娘"[1]的话剧角色寻找演员，才注意到徐美丽的，而这部话剧的编剧正是刚刚遭她冷眼相待的王志松。

诚然，《美丽姑娘》无论是从叙事结构还是人物性格上看，都显得机械而生硬，只能算是一部水平不高的习作。但是结合后续作品分析，我们会发现梁晓声小说在相当长的时间内都保持着和《美丽姑娘》基本一致的二元对立矛盾塑造模式。徐美丽的自私、虚荣、浅薄等负面性格特征是梁晓声猛烈抨击的对象。与之形成鲜明对比的是王志松，他行事光明磊落且宽容大度。得知徐美丽的真实想法后，他严词拒绝了对方的追求。但是当眼前的美丽姑娘被戳破虚伪的面具，真切地感到耻辱，甚至"想钻入千丈深的地底下去"[2]，王志松又开始对其进行道德教化，劝说她改过自新，重新做"好人"。结合梁晓声早期以阶级斗争为叙事动力的创作理念（请参见本文第一章第二节），我们可以清晰地发现，"好人"王志松是因为"坏人"徐美丽的存在而存在的，他在小说中的定位是对抗性的，作为抨击和改正恶行的力量出现。

如果仔细分析王志松的人物经历，我们还可以发现隐藏在现实之下的历史力量。在简要的背景介绍中，梁晓声传递给读者最重要的信息便是王志松一家因出身问题，受到过迫害。之所以在篇幅如此短小的作品里还要特别强调历史造成的创伤，很大程度上是为主人公正义的举止寻找一种合理的来源。通过阅读梁晓声

---

① 梁晓声、王云缦：《美丽姑娘》，载《新港》，1979 年第 9 期。
② 梁晓声、王云缦：《美丽姑娘》，载《新港》，1979 年第 9 期。

初期的小说，就能感受到作家将历史经验视为道德财富，几乎是无意识的选择。例如，《飞罗旋》（1981）的主人公刘志尧，他曾是医学院的高才生，被作为"走白专道路"的典型遭到批判之后，他"不肯向厄运低头，主动为牧场职工们的孩子义务行医，并且热心地培训了不少学生。几年来，他积累了许多宝贵的儿科临床经验，诊断和治疗水平都有了惊人的提高"①。正因如此，刘志尧才能在儿童医院里担任要职。历史给他带来磨难的同时，也锻炼了他的医术和坚强的意志。然而历史对个人的正向影响还不仅于此，遇到因无法正视历史创伤而自我封闭的严冬雪，刘志尧产生了极大的怜悯心和责任感。故事明确交代，严冬雪悲惨遭遇的根源是"坏人"许文琪的个人行为，与政治无关，所以刘志尧并非与严冬雪感同身受，他的怜悯心与责任感完全来自正直善良的秉性。相比而言，缺乏苦难洗礼的刘志娟（刘志尧的妹妹）不仅感情迟钝，而且缺乏辨别是非的能力，无法认清许文琪凶恶的真实面目，还险些成为"坏人"的帮凶，给严冬雪带来第二次伤害。《飞罗旋》里充满隐喻意味的人物关系暗示着读者，只有从历史深处走来，经历过浴火重生的人才代表着正义的力量，他们有资格指出现实的罪恶，并具备修正恶行、改造恶人的能力。除以上两部作品之外，《椅垫》（1980）里保护严家儿女免遭迫害的老保姆"胖妈"，《凤愿》（1981）里经受北大荒严酷环境磨炼的知青马思乡，《长相忆》（1983）里与邻居互相帮扶，携手走过艰难岁月的陈大娘，都是梁晓声20世纪80年代初期创作的"好人"形象。

---

① 梁晓声：《飞罗旋》，载《安徽文学》，1981年第2期。

还有上一章解读过的《夙愿》《北大荒纪实》等作品都具备上述特性。

来自历史的"好人"与脱离现实的"坏人"的对抗在梁晓声1985年发表的中篇小说《人间烟火》达到了极致，甚至根据这部小说改编的电影被命名为《爱与恨》。笔者曾经论述过梁晓声小说电影改编的一个共性，"经过改编之后的人物往往只保留了原著中最主要的特征……对于那些人物心理变化较为丰富的作品，经电影改编之后，人物内心的活动也变得单一且被强化了"[①]。由此可见《人间烟火》的价值立场矛盾有多么尖锐。这部作品塑造了十几位不同身份却道德标准稳定的人物，根据他们的行为认识，可大致归类为以下三种：

《人间烟火》人物道德标准划分		
	好人	坏人	迷茫的人
人物	葛全德一家、戴寻、韩所长、许维昌、戴市长	高振武及其犯罪团伙赵翠英	高局长及其夫人许晶晶
特征	善良、勇敢勤劳、质朴	无视法律没有道德底线	丧失判断是非的能力和基本的价值立场

从表格里我们不难发现，"好人"无一不是从历史深处走来，并恪守着前现代时期的朴素价值观。他们或者是年过六旬，经历过两次社会革命的老人（葛全德、韩所长、许维昌、戴市长），或者长期生活在社会底层，与工人阶级的生活紧密结合（葛玉明、

---

① 韩文易：《梁晓声小说的电影改编》，载《名家名作》，2022年第1期。

葛玉龙、葛秀娟、戴寻）。反观高振武等"坏人"，小说没有交代他们在 1950—1970 年的历史活动，缺乏成长轨迹的他们似乎跳过了历史的影响，从故事的开始就是"无恶不作"的形象，就连犯罪的动机都略显单一，似乎只能用人性本能的贪欲来解释。还有几位在"坏人"面前失去判断标准，陷入迷茫和犹豫的人物，他们之所以在善与恶之间徘徊，正是因为遗忘历史记忆所致。最典型的便是高局长的夫人，这位曾经的"模范教师"沉湎于养尊处优的现实生活中，判断是非的能力也变迟钝了，无意中做了儿子高振武和"干女儿"赵翠英的保护伞。

在故事着重叙述的几对矛盾之中，无论是"官二代"们通过特权从建筑工地上不劳而获，遭葛全德阻止后与老工人大打出手；还是小流氓"皮夹克"因抢劫未遂刺伤韩所长；抑或赵翠英试图以假怀孕要挟局长夫妇为她调换工作。作恶的一方都是"无历史"的年轻人，而最终主持正义却受到不可治愈的伤害的都是坚守历史道德的老年人。所以，《人间烟火》从宏观上可以视作一场现实之恶向历史之善"发动"的全面斗争。最终，这场"爱与恨"的斗争以高振武及其犯罪团伙被逮捕而暂时落下帷幕，只是梁晓声并未给读者带来一个充满希望的结局。年轻的工程师戴寻放下了已经获得的社会地位，抛弃了"市长儿子"的名号，甚至暂时离开了爱人葛秀娟和女儿珍珍，远赴西北参与贫困地区的工程建设。"好人"戴寻无法忍受现实之恶，只有回归历史的保护才能重拾内心的安宁。这个充满灰暗色彩的结尾彰显了梁晓声内心深处对现实的悲观态度，而且作家在相当长的时间里都没能找到解决问题的方法，反而在道德伦理的困境里越发焦虑，直接催生了

20 世纪 90 年代体量巨大而情绪激烈的社会批判小说。

二、沉痛的现实批判与"好人"的暂时退场

本章引言处已经提到，梁晓声把"人在现实中是怎样的"和"人在现实中应该是怎样的"作为自己写小说的宗旨。可是纵观他 20 世纪 90 年代的小说创作，似乎更着力于讨论"人在现实中不能是什么样的"。十年的时间里，梁晓声出版了《浮城》（1992）、《年轮》（1994）、《泯灭》（1995）、《恐惧》（1995）、《尾巴》（1998）5 部长篇小说和《又是中秋》等 30 多部中篇小说，还有同等体量的社会时评类杂文。与梁晓声旺盛的创作激情相伴而生的还有无比沉痛的现实批判，这也为梁晓声带来了一定程度的争议。有评论者直言道"你如果想知道今日中国的坏人是怎么坏的，你只要把《恐惧》拿来，随便翻到任何一页就可读到"①。而《恐惧》正是梁晓声在 20 世纪 90 年代揭露社会黑暗最为彻底的长篇小说，虽然它的情绪略显"浮躁"，梁晓声本人也承认"笔底一失控，就写成了那么不像样子的状态"②，再版时还做了大幅度的删减修改，但是它仍旧可以作为我们进入梁晓声 20 世纪 90 年代小说创作的入口，特别是其中为数不多却至关重要的历史叙事，集中体现了作家贯穿这一时期的伦理焦虑。

《恐惧》中讲道，郁郁不得志的姚纯刚遭遇富豪同学孙克上门炫富，极度渴望物欲的姚纯刚强忍嫉妒心，低声下气地恳求对

---

① 朱大可等：《十作家批判书》，西安：陕西师范大学出版社，1999 年，第 95 页。
② 梁晓声：《恐惧》，载《梁晓声文集·长篇小说 4》，青岛：青岛出版社，2014 年，第 2 页。

第二章 以历史的名义"指导"现实

方"施舍"给自己一份工作,结果却遭遇了故人赤裸裸的羞辱。令姚纯刚更加痛苦的是,孙克口中那个"什么能力都谈不上","懒惰成性,志大才疏"[①]的人确实是自己的真实写照,他深知自己不会电脑,不懂商业时代的人情世故,已经被现实彻底淘汰。清晰的自我认知加重了他的自卑。

然而让他最为崩溃的,还是历史之恶带来的虚假荣耀被孙克无情打碎,这使他几乎陷入疯狂。昔日的姚纯刚作为红卫兵的"领袖",将盗窃的罪名强加在孙克身上,逼迫他离开城市,下乡接受改造。他以同样恶劣的手段协助校方"动员"同学们"上山下乡",从而换取自己留城的机会。然而这段罪恶的历史被姚纯刚出于虚伪的本性有意识地遗忘了。接到当年"一对红"帮扶对象曲素芬的电话,又想起她纠缠自己的往事,姚纯刚被孙克打碎的自尊心得到了短暂的修复。他傲慢地复述曾经的荣耀,还自欺欺人地向曲素芬抱怨"因为现实太不公平,才勾起了我当年的回忆。"[②]结果再次被老同学戳破了掩饰事实的历史面具。梁晓声通过旁白说道:

> 如今四十岁以上的人们很需要某种精神和感情代补,在现实生活中拥抱不到什么充实得了他们灵魂安慰得了他们感情的东西,便会从过去的年代里东挑西拣一些类似物。[③]

从《恐惧》里可以发现一处与梁晓声20世纪80年代作品根本对立的设定,那就是"历史之善"的退场。代表着历史的姚

---

① 梁晓声:《恐惧》,西安:陕西旅游出版社,1998年,第213页。
② 梁晓声:《恐惧》,西安:陕西旅游出版社,1998年,第223页。
③ 梁晓声:《恐惧》,西安:陕西旅游出版社,1998年,第216页。

纯刚没有资格代表正义，便无力对孙克和曲折等人实施的现实之恶做出批判，他的愤怒与葛全德面对"官二代"们发出的呐喊全然不同，只是小丑状的表演而已。这便导致描写"现实之恶"与"历史之恶"交锋的梁晓声陷入了伦理的困境。他像一位失去了武器的战士，只能徘徊在战场的边缘，却不能加入其中，正义力量的缺失让作者自己也失去了价值立场。同样的问题也出现在《泯灭》里，作家不断哀叹翟子卿堕落为"坏人"，却也只能止于哀叹。如刘起林的文章所谈到的，20 世纪 90 年代的梁晓声针对中国经济市场化转型之下的社会现象进行了"文明单向度发展的忧思"①，揭示了痛心疾首的事实，"我们正处在这样一个时代的入口处——它似乎将一切法则都归结到了金钱本身的法则上"②。但是他"破而未立"，没有像上一个时期那样树立与"坏人"相对的"好人"，究其原因，随着历史反思的程度逐步加深，梁晓声意识到历史的复杂性，不能将历史一味看作批判现实的道德力量。思想的转变带来的结果便是——20 世纪 90 年代的梁晓声失去了 20 世纪 80 年代的勇气，在层出不穷的罪恶面前越发无力，高度的社会责任感和悲悯情怀又使得他无法回避中国的现实问题，只得尝试以不同类型和不同题材的文学创作寻求破解之法。

于是我们看到，20 世纪 90 年代的梁晓声不仅出版了《泯灭》和《恐惧》这样传统的现实主义小说，还创作了《浮城》《尾巴》

---

① 刘起林：《1990 年代背景于梁晓声"好人文化"的历史生成》，载《当代文坛》，2022 年第 1 期。

② 梁晓声：《九三断想》，载《梁晓声文集·散文 1》，青岛：青岛出版社，2018 年，第 297 页。

第二章 以历史的名义"指导"现实

《鬼畜》等超越现实，没有明确社会背景的"荒诞现实主义"小说，历史叙事的范畴也逐步从自己熟悉的城市拓展到相对陌生的乡村，中篇小说《荒弃的家园》（1995）就表现了梁晓声尝试突破的努力。

如果说翟子卿、姚纯刚等人在堕落之前还经历过内心的挣扎，那么《荒弃的家园》的主人公芊子的良知自出场便已然彻底泯灭。出于照顾残疾母亲的缘故，芊子没有和村里其他同龄的伙伴一起外出打工，成了唯一"健康、俊美、青春勃发"[①] 却留村务农的女青年，只能沿袭着过去的生活方式。她的命运与《天若有情》里的靳秀娥类似，都是被现实"遗弃"而滞留于历史中的人。然而芊子和靳秀娥的不同之处在于，后者缺乏自觉的反抗意识，而芊子无一日不想摆脱历史的捆绑。她辱骂同村老人，殴打瘫痪的母亲，引诱中学生并与之发生关系……实施一系列罪恶的动因都指向女青年对现实的不满，而她的现实却是由多重历史因素直接造就的。在现实与历史的交错叙述之间，芊子找不到出路，又不能接受自己的宿命，甚至无法寻找到一个准确的复仇对象，只能继续向老人、母亲和少年等更加弱小的群体施暴。唯一能够理解她的人便是同村的老支书翟广泰，老人代表着村庄昔日的荣光，然而"翟广泰一发动，什么办不到的事，村人齐心协力地拼着一干，最终无不办到"[②] 的历史在今天看来只是个笑话。随着老支书为

---

① 梁晓声：《荒弃的家园》，载《梁晓声文集·中篇小说4》，青岛：青岛出版社，2017年，第332页。

② 梁晓声：《荒弃的家园》，载《梁晓声文集·中篇小说4》，青岛：青岛出版社，2017年，第316页。

挽救村庄命运所做的最后一次上访以失败告终，芊子诱使一位回村的中学生放了一把大火，将翟广泰与母亲谋杀于火海之中。

值得注意的是，梁晓声以极其冷静的语气平淡地叙述了这个充满罪恶的故事，而且没有以叙述者的身份对芊子展开道德批判。这让我们不由得想起余华在《现实一种》《河边的错误》《一九八六年》等小说里以纯粹零度的叙事语言描述死亡与暴力。郜元宝认为余华令人费解的冷漠"刻意延迟、回避甚至排除主体对苦难人生和人生对苦难明确的价值评判与情感渗透"，使"作者似乎从那些阴惨恐怖的图画中抽身隐退"①。梁晓声通过《荒弃的家园》所表现的也是一种暂时"退场"的姿态——与其将自己置于"拔剑四顾心茫然"的道德困境，还不如先做一个秉持客观立场的记录员。中篇小说《山里的花儿》（1997）里，作者再次让"梁晓声"以人物的形象出场，聆听一个癌症患者临终之前的忏悔。年轻有为的经济学家 A 君出身贫寒，家世凄苦，无父丧母的他由一位遭到毁容的女知青抚养长大。A 君原本答应女知青会报效祖国，将致力改善落后地区人民的生活，但他很快忘记了自己的初心，转而以知识谋取私利。当 A 君得知自己将不久于人世之后，希望作家"梁晓声"曝光自己的心路历程，以警后人，并表示忏悔。然而还未等"梁晓声"决定动笔，A 君的癌症便被证实为误诊，他找到"梁晓声"收回请求，继续过着利己主义的"精致"生活。纵观整个故事，无论是文本内的"梁晓声"还是文本之外的叙述者本人，都没有表现出明显的情绪波动。对于 A 君背弃理想的行

---

① 郜元宝：《余华创作中的苦难意识》，载《文学评论》，1994 年第 3 期。

为，梁晓声也仅是表示遗憾而非批判，关注的重点更多是放在自己的内心活动上。同时期的《疲惫的人》（1998）、《司马敦》（1998）等中篇小说也表现出相似的风格，这证明着梁晓声在坚持探索，积极地寻找通过小说实现伦理诉求的新路径。《红色惊悸》里有关"上流社会"奢靡生活的描写大概是作家在世纪之交期间最后一次犀利的批判，2001 年至 2010 年的十年里，梁晓声小说很大程度上回避了"善与恶"的交锋，创作的体量也急剧减少。

三、怨恨情绪："好人"形象的局限性

回顾梁晓声二十多年（1979—2001）借助小说展开的现实批判，我们可以从中看到浓重的怨恨情绪，表现为类似复仇的叙事动力。当拜金主义、成功主义等商业文明的产物逐步蚕食梁晓声深深眷恋的民间道德，作家便以笔为矛，对其进行了立场鲜明的战斗性批判。这种道德批判也是历史唯物主义指导下的文学作品很容易出现的一个结果，本雅明曾在《历史哲学论纲》（汉娜·阿伦特编）里指出，"被压迫阶级本身作为复仇者出现，这个复仇者以世世代代的被蹂躏者的名义完成了解放的使命"[①]。符合无产阶级伦理要求的历史叙事往往以阶级复仇的方式展现历史的进步，它是来自 1950—1970 年文学的遗产，也是梁晓声这段时间里的写作习惯。我们要格外注意的是，不能将梁晓声小说的叙事习惯理解为他的历史立场，作家虽然承认"今不如昔"，但他从

---

① [美]汉娜·阿伦特:《启迪: 本雅明文选》，张旭东、王斑译，北京: 生活·读书·新知三联书店，2014 年，第 272 页。

未动过"不如回到过去"的念头，更未改变过"历史进步论"的立场（参见本文第一章第一节）。

需要特别提及的是，作者通过创作表现的复仇情绪仅是一种情感宣泄，与《基督山伯爵》等以复仇为主题线索展开叙事的文学作品有本质的不同。20世纪80年代至90年代的梁晓声是极富英雄主义气质的批判者，面对传统民间伦理秩序在现代社会的崩塌，疾恶如仇的他难免会产生些许负面情绪，这些情绪在梁晓声的内心翻腾、难以宣泄。高度的社会责任感使他执着于通过小说寻找破解之法。

长时间遭遇困境，难免会产生怨恨。根据舍勒的观点，怨恨"是因强抑某种情感波动和情绪激动，使其不得发泄而产生的情态"[1]，遭到"强抑"的情绪包括梁晓声对那些反感现象的报复冲动，也有挥之不去的自我怀疑。尼采认为，处于怨恨情绪中的人"不能通过采取行动做出直接的反应，而只能以一种想象中的报复得到心理补偿"[2]。作为一位渴望通过小说创作影响现实的作家，梁晓声的内心持续感到沮丧，作品便透露出些许鲁迅式的"毒气与鬼气"来。鲁迅的人生经历和文学创作已经告诉我们，启蒙者在批判敌人的过程中会不可避免地失去自我，遭到扭曲。在1924年9月致李秉中的一封信里，鲁迅写道：

> 我不大愿意使人失望，所以对于爱人和仇人，都愿意有

① [德]马克斯·舍勒：《道德意识中的怨恨与羞感》，刘小枫主编；罗悌伦、林克译，北京：北京师范大学出版社，2017年，第7页。
② [德]弗里德里希·尼采：《论道德的谱系》，赵千帆译，北京：商务印书馆，2016年，第30—31页。

以骗之，亦即所以慰之，然而仍然各处都弄不好。

　　我自己总觉得我的灵魂里有毒气和鬼气，我极憎恶他，想除去他，而不能。我虽然竭力遮蔽着，总还恐怕传染给别人，我之所以对于和我往来较多的人有时不免觉到悲哀者以此。[①]

　　比较鲁迅与舍勒的描述后，我们可以发现，"毒气与鬼气"的本质就是怨恨情绪。对作家来讲，在作品里出现怨恨情绪虽然是正常现象，但对于小说本身却是有害的，很可能将具有正向伦理价值的要素遮蔽起来，掩埋"好人"出现的路径。

　　怨恨情绪的消极影响在梁晓声的小说里表现得相当明显，相比于他发表于 20 世纪 80 年代初期的部分知青小说，20 世纪 90 年代大多小说的伦理价值是存在倒退现象的。我们不妨带着以上理解重新审视梁晓声的知青小说。这些作品的背景都处于特殊的历史时期，因此塑造了大量的"坏人"，但是梁晓声没有在他们身上花费太多笔墨，而是将叙事的重心放在高扬"好人"正直善良的品格上。专注于塑造"好人"的梁晓声展现了自信而强大的主体意识，他笔下"被侮辱与被损害的"生命反而被催生出守护正义的高尚价值追求。

　　笔者想重点提及一部很少进入研究者视野的短篇小说《阿依吉伦》，它首次发表于 1985 年由百花文艺出版社出版的短篇小说集《这是一片神奇的土地》。故事讲述了兵团知青"我"遭到兵团文书韩竹平的报复，被牵连进某件严重的政治要案后判处死

---

① 鲁迅：《鲁迅全集》（第 11 卷），北京：人民文学出版社，2005 年，第 453 页。

刑，被连队的战友和鄂伦春人联合救出。鄂伦春少女阿依吉伦深爱着"我"，然而在得知"我"心有所属后便不再试图将"我"留下。在共同生活的几个月时间里，少女一直默默地付出，积极帮助"我"重回连队。正是阿依吉伦"友善、慷慨，衔人之恩、誓心以报"①的民族品质给予了"我"深情的安慰，使"我"获得了坚持下去的勇气，重返连队后，与爱人重逢。纵观整部小说，梁晓声专注于歌颂鄂伦春人和连队战友的高尚品格，描写韩竹平等人的恶行仅是点到即止。小说最终以"我"与妻子永远思念并感恩着阿依吉伦的帮助而结束了历史叙事，甚至没有交代韩竹平是如何遭到惩罚的。笔者认为，《阿依吉伦》淡化罪恶的叙述才真正彰显了"好人"应该具有的正向价值。正如路文彬揭露中国文学伦理困境时谈到的：

> 不懂得救赎的价值，也就不懂得保护的价值。仇恨只会让他总是将敌人看得过重，反将亲友看得过轻。不知不觉中，一个荒谬的逻辑成立了：敌人比亲友更具价值。于是，人们存在的理由不是因为亲友的爱，乃是因为敌人的恨。②

某种程度上说，梁晓声早期的知青小说对"坏人"的藐视反过来建构了"好人"的伦理价值，若想打破"荒谬的逻辑"，作家就必须展现对邪恶的蔑视。从这个角度来看，梁晓声 20 世纪

---

① 梁晓声：《阿依吉伦》，载《梁晓声文集·短篇小说3》，青岛：青岛出版社，2017 年，第 112 页。

② 路文彬：《中西文学伦理之辩》，香港：中国文化战略出版社，2019 年，第 51 页。

80 年代的部分知青小说为实现他的伦理诉求建筑了良好的开端。这也是那些作品之所以被列入当代文学经典之林的重要原因,代表了他在同时期最高的创作水平。

令人略感遗憾的是,梁晓声没有及时将知青小说的叙述经验平移到现实题材的创作中去。在出版了具有总结性质的知青题材巨著《雪城》后,梁晓声急于向这段熟悉的历史告别,以激烈的态度发布了暂时告别"知青文学"的宣言,表示不会"再陷入知青情结的怪状而纠缠不清"。① 以上选择直接导致了梁晓声在1980—1990 年的更多小说里放下"历史之善"的道德武器,忙于拆毁"现实之恶"。虽然长时间的挣扎与彷徨使得梁晓声审视中国社会的视角更为敏锐,以历史"指导"现实的思想策略也更为深邃,但是他在后续小说创作中表现的焦虑与犹疑,以及并未完成系统建构"好人"形象的意愿,也是客观存在的事实。

第二节 作为建构社会道德方法的"好人文化"

2006 年,已经连续五年没有推出重磅作品的梁晓声接连出版了《欲说》和《伊人,伊人》两部长篇小说。因为小说里缠绵悱恻的爱情故事与梁晓声"文坛硬汉"的旧有形象相距甚远,所以

---

① 梁晓声:《龙年 1988》,载《梁晓声文集·散文 1》,青岛:青岛出版社,2018 年,第 263 页。

它们一经问世便引发了读者的激烈反应。对于那些惊愕和质疑的声音，梁晓声这样回复：

> 长期以来，人们对我的作品，形成了一些较为普遍的看法，诸如：关注社会现实，同情底层民众之悲苦命运；张扬对社会丑陋现象的批判精神；善于驾驭宏大事件的特征；捕捉灵感的个性角度；相当理想化的人物；较强的可读性；编故事的能力；充满激情的语言风格……我的小说如此这般地打上了"梁记"风格的烙印。而我清楚，或曰有一天终于猛醒——这不值得得意，而很可能意味着一种悲哀。①

一、"重返历史现场"之后的波折与探索

看得出来，源于对自己过去的风格感到不满，梁晓声有意识地颠覆了曾经的写作策略。在这两部小说中，他不仅收起了尖锐的批判视角，还回避了有关重大社会事件的叙述，似乎完全放弃了之前的理想追求与创作风格，转身躲到了"纯情"的爱情童话里。然而，当我们深入两部作品的历史叙事，剖析小说里现实与历史的纠缠时便会发现——梁晓声确实在有意识地讲述一些过去很少涉猎的故事，但是贯穿其中的理念却没有本质变化。陈晓明将《伊人，伊人》的转变称为梁晓声的"虚晃一枪"②，是一个非常贴切的比喻。主人公乔祺和秦岑表面上都是颇有小资情调的都市青

---

① 梁晓声：《关于〈伊人，伊人〉》，载《文艺报》，2006年3月30日。
② 陈晓明：《穿过纷乱时代的承担者》，载《民生与正义：梁晓声创作研讨会会议手册》，北京语言大学主办，2012年10月13—14日。

第二章　以历史的名义"指导"现实

年，然而各自的成长环境却使得他们不能也不愿摆脱"底层人民"的阶级属性。于是，纯美的爱情实质是作为底层叙事的附属品存在，故事的内核依旧是民间百姓的命运和抉择。不难发现，《伊人，伊人》内在的思想主题与之前的作品相比没有根本区别，依旧表达着对人间真情的向往，呼吁着人们追求向善的品性。

笔者认为，这两部小说与前作最大的差异是不再刻意强调"人在现实中不能是什么样的"，梁晓声基本放下了激昂的批判立场。当《伊人，伊人》里追求爱情失败的知青高翔面对压力选择自杀，将还在襁褓中的女儿托付给乔祺抚养时，作者没有厉声指责时代的荒谬造成了个体的悲剧命运，也没有痛心疾首地控诉恶人戕害了年轻的生命，而是将这些情绪转化为乔祺进行音乐表演时充满诗意的哀伤，也让他更加珍惜与乔乔这份来之不易的情感羁绊。《欲说》的主人公王启兆是地产大亨，他出身贫寒，精明贪婪，常年游走于社会的灰色地带，巨额的财富上沾满了血腥和罪恶，与《泯灭》里的翟子卿同属"欲望时代"的代言人。然而只要涉及历史，王启兆与翟子卿的反应却是全然不同。相比于翟子卿对历史的仇恨与"重塑历史"的迫切愿望（参见本文第一章第二节），王启兆回首往事时只会充满了感伤——这让他显得格外脆弱，具备了忧郁的气质。有论者提出，《欲说》的本质就是表达"理想主义的欲说还休"[1]，梁晓声放下"批判现实主义"的武器之后，内心产生了深深的倦怠，只得"用忧伤、用疲倦、用人格分裂、

————————

[1]　左去娟：《〈欲说〉：无法疗治的倦怠》，载《理论与创作》，2007年第3期。

· 089 ·

精神危机来填补空缺"①。笔者认为，以上观点虽然过分夸张了梁晓声的迷茫，但是对作者情绪的把握还是准确的，《欲说》的确反映了梁晓声"在理想主义和现实主义之间左顾右盼"②的徘徊状态。梁晓声发现"拆毁现实之恶"的破坏性叙事不能在认知层面完成历史反思，对现实社会的道德建构也没有太多帮助，便从情感的角度进入小说创作，试图以"纯情"化解历史的沉重，可是高度的社会责任感又使自己不愿回避宏大的现实主义命题，结果导致作品的历史叙事与现实描写略显割裂，人物形象也存在难以避免的矛盾。

虽然上述猜想只是一个基于文本的可能性判断，但是我们从中能够确定，此时的梁晓声依旧坚持着以小说引导现实生活的伦理诉求，并且已经开始寻找社会道德的建构方法。其实这也是21世纪小说历史叙事普遍面临的问题，邵燕君就非常担心现实题材的长篇小说缺乏批判现实的价值支点，特别是1930—1950年出生的成熟作家，他们的价值立场已经稳定，但是又面临"文化的瓦解和一种新秩序建立的艰难"③，比年轻的作家更加需要及时做出改变。梁晓声对此也有自觉的意识，并且在刚刚进入21世纪的第二个十年之时，快速推出了《觉醒》（2011）、《知青》（2012）、《重生》（2013）、《返城年代》（2013）四部长篇

---

① 左去媚：《〈欲说〉：无法疗治的倦怠》，载《理论与创作》，2007年第3期。
② 梁晓声：《我与文学》，载《梁晓声文学回忆录》，广州：广东人民出版社，2021年，第192页。
③ 邵燕君：《新世纪第一个十年小说研究》，北京：北京大学出版社，2016年，第57页。

小说，还因电视剧《知青》引发收视热潮。[1]

《觉醒》的出现在梁晓声个人的小说创作史上具有重要意义，是他经过长时间沉淀之后的"回归之作"。它不仅标志着阔别宏大主题历史叙事十年之久的梁晓声"重返历史现场"，还塑造了陶姮这样一位彻底剥离对抗性特征的"好人"。她的身份与生活表面上已经与历史彻底切割，可是根植于内心的良善却令她的命运与历史紧密纠缠着，小说里的跨文化冲突和有关中国传统思维方式的深省，标志着"好人文化"真正以社会道德建构方法的姿态被树立起来。然而具备以上"两个标志"的《觉醒》未能得到学术界的足够重视，《重生》也遭受了相同的"冷遇"。关于这两部小说的研究可以说是完全空白。

《觉醒》叙述的历史在20世纪70年代末期。1975年，13岁的陶姮与父母在南方某村进行劳动改造，她的班主任陶老师先是当众掘了外公的坟墓，后来又刻意在考试中压低陶姮分数，二人之间结下了很深的仇怨。有一次，陶姮忘记将同学们的学费上交，为保护自己不受迫害，也出于报复陶老师的目的，她决定掩盖事实真相，并栽赃给陶老师。最终，陶老师被警察带走，并且遭受刺激，成为精神病人。35年之后，已经移民美国，成为华裔学者的陶姮难以克制内心的自我谴责，决定在丈夫沃克的陪伴下返乡忏悔。梁晓声通过以上错综复杂的历史恩怨向读者宣布自己

---

[1] 《生非》于2011年由百花文艺出版社出版，《懦者》于2013年由湖南文艺出版社出版，两部作品均于2020年由天津人民出版社再版，并分别改名为《觉醒》和《重生》。较之初版，再版的作品无内容修改，但社会影响更广泛，故本文采用新版本作为研究对象。

放弃了"好人"与"坏人"二元对立的格局，在陶姮与陶老师之间，并没有正义与邪恶的区别。这无疑是一场果断而郑重的自我颠覆。

梁晓声不仅颠覆了自己 1980—1990 年"拆毁现实之恶"的创作意愿，还揭示了 21 世纪初期以"纯情"逃避历史之重的无力。陶姮对那段不堪回首的历史表现出多少慈悲的胸怀，她在现实之中就有多幼稚。《觉醒》里参与陶姮"赎罪之旅"的每个人都被她的善良和宽容所深深折服，同时对她的弱小与天真又感到极度无奈。自踏上回村之路的那一刻起，陶姮三番五次地将自己和丈夫置于危险的境地，每次都得依靠村民王福至的"民间智慧"或基层公职人员出面协调才能化险为夷。在派出所的同志将陶姮夫妇又一次从危险中解救出来后，对她不客气地斥责道：

> 哎，简简单单的事让你们搞复杂了！陶女士，你说你们两口子亲自回来干什么呢？不是无事生非自讨没趣吗？你们给我们，给我们省市县各级领导也添了多大烦恼多大麻烦啊！①

经历了诸多始料不及的意外之后，陶姮陷入了极大的无助，而她坚持的高尚初衷又给予了她更深的痛苦：

> 前院只剩陶姮一人时，她心中顿生一种大的孤独感和一种新的内疚感。如果说回国前她认为自己只对不起陶老师一人，那么现在则不然了，别人使她明白，她给不少人添了事

---

① 梁晓声：《觉醒》，天津：天津人民出版社，2020 年，第 183 页。

第二章 以历史的名义"指导"现实

端和麻烦，她也应该觉得对不起那些人……①

陶姮如提线木偶一般协助各种组织完成了"表演"后终于见到了陶老师。然而似疯非疯的陶老师以"伪记忆"为理由委婉地拒绝了她的忏悔，陶姮也无可奈何地接受了陶老师"修改历史"的建议。陶姮表面看起来已经通过"赎罪之旅"解开了内心的郁结。但是笔者认为，缺乏认识现实和反思历史的能力，空有"纯情"的陶姮在理想破灭后堕入历史虚无主义才是《觉醒》真正的结局。陶老师那套"伪历史"观念的本质是拒绝反思，将历史拖入神秘主义之中，静候其被遗忘，从而逃避真相。在希腊语里，真相（Αλήθεια）的反义词是遗忘（Να ξεχάσει），柯林武德曾警示我们"反对对事实进行判断，具有同样的损害作用。它不仅阻碍了历史学家们以一种恰当的和有条理的方式去讨论……还阻碍了他们不容许自己同时代的事件或制度所做的判断。"②从中可见，主动选择遗忘历史或修改历史，不仅不利于我们认识过去的事物，同样也无法"让历史指导现实"，而后者正是梁晓声始终坚持的意愿。

相比于《觉醒》的陶姮，《重生》的王文琪不仅具备同样的高尚品格和宽阔胸襟，还拥有非凡的智慧与过人的勇气，更富有道德建构的价值。《重生》的故事发生在抗日战争时期，它也是梁晓声唯一以中华人民共和国成立前历史为背景创作的长篇小

---

① 梁晓声：《觉醒》，天津：天津人民出版社，2020年，第185页。
② [英]柯林武德：《历史的观念》，何兆武等译，北京：北京大学出版社，2010年，第131页。

说。既为保护村民免于遭受日军侵害，也为敌后武工队获取情报，王文琪自愿以"汉奸"的身份进入敌人内部。他在做"汉奸"期间不仅时刻面临着生死考验，还要接受村民的猜忌，后者无疑给他带来了不可估量的精神创伤。尽管王文琪也曾有过焦虑和恐惧，但是他从未逃避真相。尽管负责与之联系的地下党员韩成贵都劝他不要在汇报里过于坦诚自己与敌人的交往，恐会遭人误解或利用，王文琪也没有"修改历史"，哪怕这段历史在特殊时期让他再度遭受折磨，他也不曾怨恨过自己对记忆的忠诚。王文琪坚守的善念让他敢于直面历史的残忍与荒谬，这印证了黑格尔关于"自在自为地实在的个体性"的分析：

> 自在自为的本质和目的自身就是直接的实在的确定性自身，就是自在存在和自为存在、普遍性和个体性的渗透或统一；行动本身即是它的真理性和现实性，而对个体性的发挥或表达，就是行动的自在自为的目的。①

善于隐忍且意志坚强的王文琪在漫长的岁月里守护着正义和最初的信仰，是真正实践了"好人文化"的个体。只是他的生命体验过于特殊，这种身份复杂的人物很难引起读者当下的"共情"体验。梁晓声也知道这一点，便没有继续塑造类似的人物。他还是更愿意叙述那段自己最为熟悉，体验最为深切的历史，《知青》与《返城年代》便应运而生了。

---

① [德]黑格尔：《精神现象学》（上册），贺麟、王玖兴等译，北京：商务印书馆，1962年，第294页。

二、《知青》：从历史中感受人性温暖

在"知青一代"已经彻底进入历史之后重写"知青故事"，无疑是一次冒险。徐兆淮得知梁晓声创作百万字体量的《知青》之后，便这样说道：

> 发生在四十多年前的知青上山下乡运动，的确曾经是一个激情浪漫的时代，也是一个充满痛苦磨难，又值得终生回味反思的时代。不过20世纪80年代初书写知青题材，与时隔三十多年后再来书写同样的题材，其书写角度与反思深度，自应有着重大的不同：在21世纪来临之后，在完成对"文化大革命"的全盘否定，在世界民主化大潮日益高涨的背景下，如今再来书写知青题材之时，作家在思想与艺术上理应注入诸多新的元素……都应持有一种新的审视目光。①

徐兆淮的表达是一种期望，同样代表着忧虑。梁晓声当然也认识到了新时代的创作要求，并在小说里践行自己的创作使命。除了作家熟悉的黑龙江生产建设兵团之外，《知青》的另一主要叙述空间是陕北坡底村，塑造了赵曙光、冯晓兰、李君婷、武红兵等"插队知青"。小说的部分情节还延伸到内蒙古牧场、北京和中苏边境。看得出，梁晓声意图通过这部史诗巨著，整合"兵团知青"与"插队知青"两个群体，撰写一部总结性的"知青史"。

---

① 徐兆淮：《知青情结与平民情怀——编余琐忆：〈知青〉与梁晓声为人为文印象》，载《扬子江评论》，2012年第6期。

借用王春林的比喻，《知青》是"梁晓声意欲对于知青题材进行的正面强攻"①。

除了题材的"正面强攻"之外，《知青》还是梁晓声小说伦理诉求的一次集中表达，没有任何的暗示或隐喻，小说的引言直接展示了作家的"前置意图"：

> 人不但无法选择家庭出身，更无法选择所处的时代。但无论这两点对人多么不利，人仍有选择自己人性坐标的可能，哪怕选择余地很小很小。于是，后人会从史性文化中发现，即使在寒冬般的时代，竟也有人性的温暖存在，而那，正是社会终究要进步的希望。②

透过《知青》，我们看到梁晓声理想的"史性文化"是建立在"好人文化"基础之上的。在认知的层面，他主张尽可能全面地了解史实，所以《知青》的历史细节非常丰富，真实还原了大量的时代符号。但是回到道德建构的层面，梁晓声又希望读者应当有意识地感受历史里"人性的温暖"，从而践行他执着通过小说表现的伦理诉求。志存高远的赵曙光、勇敢坚韧的齐勇、心地善良的冯晓兰、睿智明理的方婉之……从北大荒到黄土高原，主人公们的身上无不闪耀着人性的光辉和理想主义的情怀。就连出场时存在"左"倾问题的赵父和李君婷，也在坡底村百姓的真诚

① 王春林：《情感记忆与历史反思之间的精神位移——"知青文学"视域中的梁晓声〈知青〉》，载《创作与评论》，2014年11月（下半月刊）。

② 梁晓声：《知青》（上），载《梁晓声文集·长篇小说15》，青岛：青岛出版社，2014年，引言。

感化下改变了想法，为读者传递着正向的精神营养。梁晓声再次真诚而坚定地告诉我们，没有"坏人"扮演历史叙事的"他者"，"好人"也能作为历史主体被建构起来。

然而梁晓声建设"好人文化"的努力似乎没有达到预期的效果，《知青》在学术界遭到了很多质疑，几乎所有的评论文章都认为这部小说的历史反思存在局限性。笔者基本是认可这种质疑的，不过问题的根源并不在于作者自身的价值立场。相比创作于20世纪80年代的知青小说，梁晓声已经极大地克制了英雄主义的滥用，并做出了根本性的转变。最典型的例子便是周萍和赵曙光的改变。周萍内心原本存在"求死"的牺牲愿望，但是在朋友和爱人的关心之下，她渐渐改变了想法。特别是通过村支书梁喜喜的积极开导，这位曾经因迫害产生创伤反应的女青年开始聆听自己内心的声音，承认心存怨恨的同时超越了怨恨，在山东屯作为插队知青开启新生活。另一个空间里，最具理想主义气质的赵曙光原本在道德上自视甚高，存在明显的局限。后来在爱人冯晓兰与坡底村的乡亲的帮助下完成蜕变，真正实现了"在广阔天地里大有作为"[①]的抱负。这些人物和情节的设计都可以看出梁晓声叙事策略方面的调整，且卓有成效。

那么《知青》究竟因何导致"有限的反思"呢？在我看来，是源于梁晓声整合两种知青群体的意愿，这本质上是不合理的。

---

① 1955年9月，毛泽东《在一个乡里进行合作化规划的经验》里有一句针对"插队知青"的名言："一切可以到农村中去工作的这样的知识分子，应当高兴地到那里去。农村是一个广阔的天地，在那里是可以大有作为的。"载《毛泽东文集》（第6卷），北京：人民出版社，1999年，第462页。

"兵团知青"与"插队知青"的政治身份与生命体验完全不同，很难产生历史情感的共鸣，进而导致《知青》的情节产生了明显的撕裂感。有幸的是，梁晓声在数年之后创作的《人世间》里寻找到了整合的方法，那便是将两种知青置于更大背景的中国社会之下展开叙述。于是我们看到"兵团知青"周秉义，北大荒"插队知青"郝冬梅，贵州"插队知青"周蓉和"接受劳动改造的右派"冯化成和谐共存于一个文本里，他们的情感也因同属一个家庭而产生了紧密联系。

因此，梁晓声希望通过《知青》唤醒的，应当类似于努斯鲍姆提出的"诗性正义"。我们看到不同背景、不同性格的知青们身处大是大非之前，往往能快速在公共生活的层面上汇聚正义的力量，从而表明了梁晓声对于正义伦理的积极维护，印证了努斯鲍姆的判断："小说阅读并不能提供给我们关于社会正义的全部故事，但是它能够成为一座同时通向正义图景和实现这幅图景的桥梁。"①可是努斯鲍姆对经济学和现代司法所提供的正义标准再感到遗憾，也必须承认文学想象带来的"诗性正义"只能为"司法的中立性标准提供一种补充"，仅是"公共理性的一个组成部分"②。与"诗性正义"内在要素接近的"好人文化"叙述中国社会如此复杂的问题时，表现出的力不从心也就不足为奇了。

---

① [美]玛莎·努斯鲍姆：《诗性正义：文学想象与公共生活》，丁晓东译，北京：北京大学出版社，2010年，第26页。

② [美]玛莎·努斯鲍姆：《诗性正义：文学想象与公共生活》，丁晓东译，北京：北京大学出版社，2010年，第5页。

三、将民间伦理作为道德建构的基石

不过，创作《知青》的"力不从心"并不代表梁晓声的使命感落空。他通过各种题材的历史叙事，奠定了"好人文化"的道德基石，并为其寻找到了丰富的理论资源。虽然在梁晓声的伦理视域中，善良属于人性的本能，并不需要后天习得，但是如果一定要为它赋予理论层面的定义的话，应当是儒家文化"君子人格"的内在要求与西方人道主义核心要素的有机结合，它们也是梁晓声讲述中国民间社会的主要理论资源。

在分析这些理论资源之前，我们有必要尽可能还原梁晓声对它们的认识。阎纯德《20 世纪末的中国文学论稿》里为梁晓声撰写的简介里就提到他"创作上受西方 19 世纪现实主义和浪漫主义影响，遵循和平主义、人道主义和平民思想从事创作"[1]，可以说是有关梁晓声创作观来源的一次高度提炼。不过学界在这个问题上的探讨似乎止步于此，并未做出更为细致的阐发。以经常被论者与梁晓声本人提及的"人道主义"为例，贺桂梅曾将作为中国"新时期"作家理论资源的西方人道主义思潮称为"19 世纪的幽灵"，包括"马克思主义人道主义话语、19 世纪欧美和俄罗斯批判现实主义及浪漫主义文学、以康德与黑格尔为核心的德国古典哲学，以及 16 世纪西方'文艺复兴'以来的启蒙话语"[2]。

---

① 阎纯德：《20 世纪末的中国文学论稿》，北京：中国文联出版社，2003 年，第 420 页。

② 贺桂梅：《"新启蒙"知识档案：80 年代中国文化研究》，北京：北京大学出版社，2021 年，第 72 页。

反观梁晓声的创作，那些作品显然没有被如此多的"幽灵"笼罩着。从伦理诉求的角度看，给予梁晓声最多启示的当数剥离了启蒙主义的"浪漫派人道主义理想"，即雨果和狄更斯等作家用以批判启蒙理性的主张。梁晓声将其运用于中国民间社会的讲述和关于人性的想象，也符合"当代中国与19世纪欧洲文学可以接轨的历史前提"①。至于儒家学说等涉及中国传统文化的思想资源，梁晓声则多是基于朴素的情感所展开的，虽然其中不乏一些功利色彩的实用性理解（如"孔子实际上是希望通过传播好人文化而实现其对于好社会的理想……胡适与孔子如出一辙"②），不可否认的是，它们在一定程度上达成了"重构德性文化"③的效果。基于上述研讨，我们有充分的理由相信，梁晓声已经获得了巨大的精神力量，足够支持他向社会推行作为方法的"好人文化"。

除了人道主义等理论资源的支撑外，梁晓声的自信心更多来自中国民间社会伦理的天然凝聚力。它的核心要义并不深奥，"好人最重要的一条标准就是善良，这是根"④。刘起林认为梁晓声"相信人性理想的存在，实际上是对人性基本规律的把握与遵循"⑤。

---

① 贺桂梅：《"新启蒙"知识档案：80年代中国文化研究》，北京：北京大学出版社，2021年，第104页。

② 梁晓声：《一句"民为贵"抵得过半部〈道德经〉》，载《中国文化的性格》，北京：现代出版社，2020年，第12页。

③ 关于梁晓声"重构德性文化"的论述，参见刘起林：《〈人世间〉：重构德性文化的温暖与崇高》，载《中国文学批评》，2019年第4期。

④ 丁薇：《梁晓声谈〈返城年代〉：补上"好人文化"这一课》，载《中国艺术报》，2014年3月5日。

⑤ 刘起林：《1990年代背景与梁晓声"好人文化"的历史生成》，载《当代文坛》，2022年第1期。

第二章 以历史的名义"指导"现实

这种力量强大到甚至有效地缓解了叙述中国社会政治问题的压力，因为人性共通的道德品质有可能建立真实而非"想象的"共同体。正如本尼迪克特阐述过的："民族是一种想象的政治共同体"①。虽然民族或国家并不是政客操纵人民的幻影，但政治符号越浓重，被想象的"共同体"就越虚假。孟悦曾在重读《白毛女》时阐发过相同的问题，明晰了政治力量在建构"共同体"过程中的位置：

> 政治力量最初不过是民间伦理逻辑的一个功能。民间伦理逻辑乃是政治主题合法化的基础、批准者和权威。只有这个民间秩序所宣判的恶才是政治上的恶，只有这个秩序的破坏者才可能同时是政治上的敌人，只有维护这个秩序的理论才有政治上及叙事上的合法性。在某种程度上，倒像是民间秩序塑造了政治话语的性质。②

孟悦的论述向我们揭示了一个容易陷入的误区，那就是将"政治力量"与"民间伦理"对立起来，二者的现代性关系其实是依附与被依附的，即政治力量依附于民间伦理。正如李杨所谈道："当想象的共同体被解释为有着久远历史和神圣的、不可质询的起源的共同体时，它的合法性才不可动摇。"③这里的"不可质询的起源"

---

① [美]本尼迪克特·安德森：《想象的共同体》，吴叡人译，上海：上海人民出版社，2016年，第6页。
② 孟悦：《〈白毛女〉演变的启示》，载唐小兵编：《再解读：大众文艺与意识形态》，北京：北京大学出版社，2008年，第78—79页。
③ 李杨：《50—70年代中国文学经典再解读》，北京：北京大学出版社，2018年，第262页。

自然是指扎根于中国社会的民间伦理，亦是"好人文化"最主要的生长土壤。梁晓声的"好人文化"有助于去除意识形态的掩饰，使叙述更接近历史真相。我们似乎看到了梁晓声从《知青》最大的叙事障碍中突围的可能。

从真相处获得的力量不仅使梁晓声初步具备了解构"政治中国"①的能力，还让他以更加宽容的目光审视历史的局限与得失。在《觉醒》之后的作品里，对宽容的提倡随处可见。《知青》里的孙家姐弟与齐勇曾经因失控的政治运动结下死仇，但是连队里的朝夕相处让他们之间产生了战友情（齐勇和孙敬文）与爱情（齐勇和孙曼玲）。在他们经历一系列的生死考验后，不约而同地放下从历史中继承的仇恨，承认了彼此之间的崭新身份。《重生》的韩铸为保住自己的"政治生命"，将自己少年时的救命恩人王文琪划为"右派"。后者在改革开放后恢复了名誉，但是没有对韩铸等人进行报复，甚至不曾表露出丝毫怨恨，携妻子隐居他乡，彻底与历史告别。《人世间》的周志刚得知周蓉与"右派"冯化成私奔的消息后大怒，决定与女儿断绝关系。然而当周志刚远赴贵州，目睹了冯化成的人品，确认他"一直要求自己做一个好人"②之后，便宽容了二人给家庭带来的伤害，将冯化成视作家庭的一分子。周秉昆对周楠的存在原本心存芥蒂，得知养子与外甥女相恋之后，完全不考虑郑娟自尊心地说道：

---

① 孟悦：《〈白毛女〉演变的启示》，载唐小兵编：《再解读：大众文艺与意识形态》，北京：北京大学出版社，2008年，第78页。

② 梁晓声：《人世间》（上册），北京：中国青年出版社，2017年，第209页。

第二章　以历史的名义"指导"现实

> 郑娟我今天把话明明白白地告诉你，你别忘了他是谁的种！他将来怎么可以成为我姐姐的女婿？别说我姐反对不反对，我周秉昆也绝不允许你的白日梦成为事实！[①]

周秉昆缺乏理智的言语恰恰暴露了他内心的真实想法，他更加在意郑娟被侮辱的往事给自己带来的不适，而非妻子内心的创伤。周楠与周玥的关系也因此蒙上了一层不属于他们的历史阴影，这是已为人父的周秉昆没有意识到的。可能周秉昆向骆士宾动手时，内心依旧怀有周楠"恩将仇报"的恼怒。但是结束了十二年的牢狱生涯之后，曾经的仇恨已经完全消融于郑娟和家人朋友的温情中了。周秉昆宽宥历史的同时也实现了人格的升华。《我和我的命》里，方婉之不堪老家亲戚的纠缠选择肄业，在深圳重新开始的"创业人生"原本已经步入正轨，得知未曾谋面的外甥遇难后却毅然伸出援手，其间完成了自我的疗愈。和梁晓声小说里的其他主人公一样，方婉之在人间烟火的深处继续践行着"好人文化"。以上均说明了，"宽容"是梁晓声小说这个阶段历史叙事的主要转向。

有必要加以阐明的是，梁晓声提倡宽容历史，并不是要为历史的局限和谬误做出掩饰，他只是要将反思的主要精力放在现实改造上来。他主张"厚道的眼光，反而会更接近史实一点儿"[②]，并在回顾封建社会的历史时谈道：

---

① 梁晓声：《人世间》（中册），北京：中国青年出版社，2017年，第455页。
② 梁晓声：《文化的好与坏》，载《中国文化的性格》，北京：现代出版社，2020年，第4页。

封建思想并非一概得一无是处。伟大的封建时期的思想家之所以伟大，乃在于其思想不但有益于促进当时之社会的和谐与进步，对于当代的人类社会仍部分地具有文化思想遗产的价值。①

不过这也会带来另一个隐患，那就是陷入韦伯所警惕的资本主义文化"工具理性"的陷阱。韦伯认为，"工具理性行动是根据目的、手段和附带后果作为行动的取向，它要把……各种可能的目的相比较，做出合乎理性的权衡"②。这样一来，"所有的道德态度都被染上了功利主义的色彩"③。如果梁晓声过于重视历史在现实中的实用价值，并着急地将其应用于社会道德的建构方法中，便不排除适得其反的可能，从而滑向梁晓声1980—1990年所抨击的对立面，使得"好人文化"沦为一种输出价值立场的手段。幸亏"好人文化"基于民间伦理产生，它的稳定性让我们对此尚可保持足够的乐观。

只不过，民间伦理同样是一把"双刃剑"，底层百姓身上具有"前现代"的伦理特征，他们真挚而单纯的"情义社会"中暗藏着破坏现代社会道德的力量。如何认识它们，并将其从传统文化里剥离开来，这对梁晓声和他的"好人文化"来说，也许是一个更加紧迫的问题。

---

① 梁晓声：《一句"民为贵"抵得过半部〈道德经〉》，载《中国文化的性格》，北京：现代出版社，2020年，第11—12页。

② 陈嘉明：《现代性与后现代性》，北京：人民出版社，2001年，第141页。

③ [德]马克斯·韦伯：《新教伦理与资本主义精神》，马奇炎、陈婧译，北京：北京大学出版社，2012年，第47页。

第三节 情义社会的"无历史感者"

——以《人世间》人物郑娟为中心

梁晓声小说里最为人称道之处便是关于底层民众的现实生活，那些充满烟火气的日常叙事里饱含着人间真情，是培养"好人文化"最主要的土壤。然而，我们面对那些有情有义的可爱人物时也得报以适度的警惕，因为他们的行为逻辑很多时候仅仅遵循着"情义社会"的底层逻辑，缺乏现代社会应有的法治意识。从中不难看出梁晓声真诚的写作态度与细致入微的生活观察，但是这类描述仅仅是对历史某些片段的记录式还原。除此之外，并不能为他的小说增添更深的价值，与梁晓声实现"自觉地提升和弘扬人类之人性境界，使人类精神品质更加符合文明原则"[1]的宏大诉求还是有一定距离的。如果不能克服这些局限性，梁晓声的小说就只能止于复述历史，而不能超越他讲述的时代。

要想解读梁晓声在小说里歌颂的"情义社会"之局限性所在，就必须先明晰其中占主导地位的"情义"究竟为何。梁晓声小说中的"情义"本质是一种判断事物的价值标准，如果他通过情节

---

① 梁晓声：《关于文艺之本能性与自觉性》，载《梁晓声文集·散文8》，青岛：青岛出版社，2018年，第259页。

结构设置或者言语立场倾向赋予一个人物"有情有义"的品质，那么等于同时为他（她）打上了"好人"的标签，哪怕人物的性格存在较大的瑕疵，也不会从根本上掩盖他（她）作为"好人"的正向伦理价值。仅就人物塑造来看，虽然有"脸谱化"的嫌疑，但随着梁晓声人物塑造手法的日益纯熟，近年来的小说主人公的性格更为复杂，接近 E.M. 福斯特《小说面面观》里提出的"圆形人物"[①]。《觉醒》的陶姮、《重生》的王文琪、《知青》的赵曙光等人物都存在非常严重的性格缺陷，而且直到小说的故事结束也未能改正。然而，这并不影响他们成为传递梁晓声伦理诉求的载体。因为他们心中"情义"的准则并未动摇过，所以他们的价值立场始终是可以信赖的。

《人世间》在梁晓声小说创作谱系中的重要地位已经无须多言，虽然这是一部人物繁多的群像小说，不过着笔墨最多的还是 A 市的底层社会，"光字片"的平民形象无疑最能揭示"情义"的内在需求。郑娟作为这部巨著中最重要的女性角色贯穿始终，可以被视作梁晓声笔下的"情义"化身，集中体现了作家在上述方面的表达，是"好人"的典范。所以，围绕她展开的研究结论自然也具有代表性。因此，我们不妨围绕郑娟做出个案分析，深入了解梁晓声塑造的"情义社会"。

---

① "圆形人物"的概念参见 [英]E.M. 福斯特：《小说面面观》，冯涛译，上海：译文出版社，第 59–76 页。

第二章　以历史的名义"指导"现实

一旦将视线聚焦于郑娟个人身上，我们便会发现一个令人惊讶的现象，在如此厚重的《人世间》中，能够体现她个人意志的事件却非常少。特别是和周秉昆结婚之后，郑娟只是忙于日常生活，几乎没有进行过任何选择性的决策，家中的事情基本上由周秉昆定夺，如果事件超出了周秉昆的能力范围，便会听取周秉义或蔡晓光的建议。其他的家庭成员并未觉得郑娟的缺席有何不妥，她自己也不会因此产生剧烈的情感波动。

从社会现实层面出发，作为家庭主妇的郑娟在家庭决议中"隐身"是符合常理的。特别是在 1980—1990 年，郑娟的状态是没有经济收入且文化水平不高的已婚女性的常态，哪怕直至今日也并不少见。但是小说不应该满足于做历史的摹本，从叙事伦理的角度出发，隐含作者理应帮助郑娟这些在历史中"失语"的人物发声。因为现实主义文学作品不应止于反映现实，更应该对现实做出引导。可惜的是，我们并未在《人世间》里看到这些。梁晓声一直以来都是一位善于塑造女性形象、关注女性权益的作家，为何在郑娟的塑造上"发挥失常"，表现出了倒退的迹象？最直接的原因便是郑娟承载了太多梁晓声的伦理诉求，迫使与民间社会产生抵牾的现代性别意识只能让步。

从郑娟为数不多的独立决定中，我们还是能够归纳出她的主导行为动力。看到老友于虹处于居无定所的困窘境地，郑娟未经犹豫便将自己名下唯一的房产赠送给她，说明郑娟有奉献精神。得知周楠在美国因见义勇为牺牲之后，郑娟顶着巨大的悲痛拒绝了美国民间慈善基金提供的救济，表现了她宽容的胸襟。^①无论是奉献还是宽容，都是"好人文化"的核心要义。这些事例证明了郑娟确实是梁晓声有意塑造的"好人"典范，是作家心目中"好人"理想的化身。

在"好人"郑娟诸多的好品质之中，"知恩图报"也是一个重要的部分，是《人世间》前期郑娟最重要的精神品质。接受了周秉昆一段时间的帮助之后，又看出了他对自己的着迷，郑娟便自愿与其发生了关系。其实就当时的情况来看，说是郑娟的诱导也毫不为过。虽然周秉昆主动探望郑娟的行为很大程度上是出于情欲的驱使，但内心也是有怜悯情绪在的，再考虑到他善良正直的人品，如果郑娟不加以引诱，周秉昆断然不会强行与她发生关系。文本提到，在郑娟主动表明心迹后，周秉昆才放下内心的负担，"心里委屈得一塌糊涂，也因为那委屈终于对她决堤而泻"^②。那么郑娟为何要这样做呢？答案便是希望以此"报恩"。看到周秉昆的犹疑与自责后，郑娟说：

---

① 对于郑娟拒绝救济金的行为，不同的文章表达了不同的观点。有的论者认为郑娟不应放弃属于自己的合法权益，笔者也在之前的一篇文章里将郑娟的举动归类为"平庸的恶"，是缺乏基本权利意识的表现。详见《〈我和我的命〉："好人"的塑形过程与伦理反思》，载《枣庄学院学报》，2021年，第5期。但是另一篇文章认为，在作品的情景预设中，校方本有义务主动提供赔偿款，但是周楠属于公派留学生，没有缴纳人身安全意外保险，于是从法理出发拒绝赔偿。提供款项的组织是美国民间的慈善机构，出于怜悯才提供了经济补偿。所以郑娟拒绝救济金的同时正是对校方不作为的宽恕。详见肖瑛：《在苦难中成就生命甘甜——〈人世间〉郑娟人物形象解读》，载《名作欣赏》，2020年，第2期。经过考量，笔者承认郑娟将赔偿与道义对立的看法是缺乏基本权利意识的表现，一味强调受难和牺牲的伦理价值更是不可取，但是这种想法与宽容的品性并不冲突，梁晓声显然更重视后者的传递。

② 梁晓声：《人世间》（上册），北京：中国青年出版社，2017年，第382页。

第二章　以历史的名义"指导"现实

　　我绝不会黏上你的，我怎么会那样呢？对任何一个男人我都不会，更别说对你了……就是他们知道了咱俩之间的事也没什么，他们不会嫌弃我的，更不会认为你是坏人。我觉得，大概我妈和我弟也都希望我能替他们报答你。除了像刚才那么报答你，我还能怎么报答你呢？如果你有对象了，那你就千万不要再来了。如果你结婚了，那你就必须把我忘掉。[①]

　　从这段话里我们可以看出，郑娟将自己的人格看得非常卑微，与自卑相伴而生的还有因"不能及时报恩"而产生的焦虑感。正是为了缓解这种焦虑，郑娟才以身体作为"偿还"的工具，从而实现内心的平衡。必须承认，郑娟贫寒的家境与被侮辱的经历让她承受了难以形容的痛苦，在巨大的苦难面前，一切有关人格平等独立的标准都是空谈。但是站在叙事伦理的客观立场上，我们也应该看到，隐含作者充分肯定了郑娟以身体作为"偿还"工具的选择，并将其溶解于青年男女纯粹的情爱里，其中的立场就值得深思了。至少在两个人刚开始交往的时候，郑娟不能说对周秉昆没有产生爱情，但是"报恩"的愿望远大于其他情愫。

　　可能郑娟并没有意识到，"报恩"于她而言也是一种求生的手段。彼时的郑娟完全没有能力保障母亲、弟弟和儿子最基本的生存空间，只能依靠周秉昆、骆士宾和水自流的定期帮助。在生活的胁迫之下，她甚至对骆士宾和水自流都产生了感恩的心理：

　　他俩每个月给我们钱，替我们修屋子，那是有原因的。

---

① 梁晓声：《人世间》（上册），北京：中国青年出版社，2017年，第384页。

> 我也开始感激他俩了，不管什么原因，如果他俩不那么做，其实也就不做了。他俩也是不坏的人，起码我这么看他俩。①

事实上，骆士宾是将郑娟的人生逼入绝境的始作俑者，而水自流之所以出手相助，则是完全源自涂志强的遗愿，笔者看不出他对郑娟有最基本的怜悯心。在他们复杂的关系之中，郑娟始终是承受伤害的那个人，从未得到过周秉昆以外任何人的尊重。我们有理由相信，郑娟的心理在终日的恐惧和耻感之下产生了畸变，难以产生起初对骆士宾和水自流的憎恶和仇恨，甚至于出现了类似感恩的情感。这并非真的感恩，而是出于自我保护的本能反应，只不过郑娟自己未能意识到。

按照梁晓声小说历史叙事所弘扬的伦理价值，郑娟病态的心理应当随着生活境遇的改变而得到改善。被周家接纳之后，又做了"六小君子"的大嫂，受到精神重创的郑娟是有可能在亲情、友情和爱情的温润下逐渐修复内心创伤，树立自我人格的。所以，《人世间》中郑娟的人物塑造显然是表达不足的。周秉昆第一次入狱之后，郑娟承担着巨大的道德压力和经济负担，在周家照顾周母和周玥长达半年之久，却依旧没有摆脱"报恩"的焦虑，只是通过自己日复一日的辛勤付出得到了一定程度的缓解，一句"我也没想到，能为你把那么多事做得有条有理。现在，我觉得不欠你多少恩了"②显示着她仍然自视卑微。

从叙事结构的角度来看，《人世间》的主线情节跨越五十年，

---

① 梁晓声：《人世间》（上册），北京：中国青年出版社，2017 年，第 381 页。
② 梁晓声：《人世间》（中册），北京：中国青年出版社，2017 年，第 14 页。

第二章　以历史的名义"指导"现实

郑娟也从二十多岁的女青年逐渐变成年过七旬的老妪。如果她的内心在如此漫长的岁月里都没有得到成长，那么"好人文化"的正向伦理影响又从何谈起？海德格尔曾言"命运绝不是一种强制的厄运"①。意味着自由的主体应该通过命运的约束认识到自身的存在，郑娟经受的苦难如果未曾帮助她建立自身，那么就仅仅是苦难而已，缺乏更为深邃的价值。

所以，郑娟自我意识的觉醒之路是《人世间》绝对不能忽略的情节。令人遗憾的是，梁晓声没能充分表现郑娟的变化，虽然郑娟也曾经向周秉昆发出"我是你老婆，不是你的玩具"②的抗议，表现了她朦胧的主体意识。但是这样的声音仅是昙花一现，郑娟更多的时候依旧延续着迟钝的感知，与外界近乎完全绝缘，只有关涉亲情和友情的大事发生时，才会出现比较激烈的反应。所幸，善良的郑娟得到了同为"好人"的周秉昆热烈的情感回馈，恩情与爱情最终融为一体，他们结成一对患难与共的"恩爱夫妻"，成为"情义社会"的完美代言人，寄托着作者对理想婚姻的期待，昭示着民间伦理在现代社会依旧有着旺盛的生命力。

对严重缺乏主体意识的郑娟来说，对历史的感知能力自然也是微弱的，她在社会历史的重大变革面前表现得非常迟钝。郑娟的表现与《人世间》同阶层其他人物是截然不同的。"光字片"的底层百姓普遍是具有"政治嗅觉"的，乔春燕烧毁吕川充满"反动言论"的信等事件属于底层民众在重大历史转折面前的自主反

---

① [德]马丁·海德格尔：《演讲与论文集》，孙周兴译，北京：生活·读书·新知三联书店，2005年，第24页。

② 梁晓声：《人世间》（中册），北京：中国青年出版社，2017年，第302页。

应，显示了他们试图参与社会历史进程的主观意愿。就连周母也发出过具有初步反思色彩的抱怨。可是，与他们置身于同一段历史之中的郑娟却表现出近乎绝对的麻木，笔者将这种丧失历史感知能力的人群称为"无历史感者"。

梁晓声显然是在自觉的意识下塑造"无历史感者"的。《人世间》将"政治中国"与"民间中国"的纠缠状态描述得细致入微，不仅写出了后者对前者的激情与恐惧，还讲到了前者对后者潜移默化的影响。郑娟主动邀请周秉昆以性的方式"庆贺"历史的进步。对此，梁晓声表示：

> 这是很有中国特色的现象，由于物质生活与精神生活极其贫乏单调，一切被底层人家认为值得庆祝一番的事，要么以集体狂欢的方式来呈现，要么以夫妻间的性喜悦来表达。在平时他们连瓶酒都舍不得花钱买来喝的年代，后一种庆祝方式不但不需花钱，而且快乐指数最高。①

郑娟虽然在历史转折面前与时代产生了模糊的共鸣，但是并不认同周秉昆渴望参与历史进程的使命感，告诫丈夫"国家兴亡是大人物的责任，咱们小老百姓没多大责任"②。周秉昆充满启蒙精神的理想主义情怀在郑娟的"民间智慧"面前不堪一击，与妻子进行过"思想碰撞"的周秉昆觉得这次交流"有胜读十年书之感"③。

---

① 梁晓声：《人世间》（中册），北京：中国青年出版社，2017年，第52页。
② 梁晓声：《人世间》（中册），北京：中国青年出版社，2017年，第52页。
③ 梁晓声：《人世间》（中册），北京：中国青年出版社，2017年，第54页。

第二章　以历史的名义"指导"现实

要知道，周秉昆是具有一定知识储备和反思能力的青年，遇事往往有自己的独立见解。他自幼在周秉义、周蓉、郝冬梅和蔡晓光的影响下，阅读了不少中外名著。哪怕因为资质愚钝，在优秀的哥哥姐姐面前时常感到自卑，但是依然没有放弃思考，没有变得人云亦云。当"周家读书会"的几位成员讨论《叶尔绍夫兄弟》时，周秉昆便主动表达自己对于谢尔盖的看法，令在场的所有人都大为惊讶。成为酱油厂的工人后，周秉昆很少再有时间读书，但是在和朋友聚会期间，会自然地联想到车尔尼雪夫斯基的《怎么办？》，感悟到"对于大多数普通人，所谓人生，原本便是一个怎么办接着怎么办的无休止过程"①。再想到生活里的困难便豁达了很多。正是因为周秉昆具备自觉的反思能力，拥有让各位工友信服的见识，成为"六小君子"其他几位成员共同认可的大哥。

可是，周秉昆虽然能够通过自己的言行改变肖国庆、孙赶超等工友的认识，成为化解他们心结的关键因素（比如，改变他们对"老太太"曲秀贞的偏见），但是不能影响郑娟，反而很容易被妻子"同化"。这表现了梁晓声对郑娟所持价值立场的高度肯定，也从侧面说明了"情义社会"的民间伦理规范在《人世间》中明显高于知识分子的启蒙立场。虽然梁晓声并未因此否认启蒙立场的社会价值，但是他也借郑娟的存在表达了态度倾向。至少对当代中国社会的人们来说，保持对历史的"钝感"仍有必要。

周秉昆的变化并不是个例，《人世间》里历史使命感更强，知识积累远超弟弟的周蓉在回到 A 市生活之后，价值立场也明显

---

① 梁晓声：《人世间》（上册），北京：中国青年出版社，2017 年，第 145 页。

地转向民间伦理。在思想层面，她的转变更多表现在接受中国传统文化"君子人格"的道德要求；在生活层面，她愈加欣赏郑娟的为人处世，学会适应民间社会的人情世故，并将其用于和金月姬的交往中，帮助周秉义缓和家庭关系。不过，周蓉最终还是无法摆脱知识分子的傲慢，她指责周秉义为官后远离民间社会，背弃了父亲的教导，还讽刺大哥"越来越不像周家人"①。周蓉的刻薄恰恰证明她对于"情义"的理解还很肤浅，直至《人世间》的末尾，已经步入晚年的周蓉还需要蔡晓光根据社会现状为她做"职业规划"。周蓉的弱小与幼稚和《觉醒》的陶妲类似，她揭示了作者对新时期知识分子启蒙理想局限性的认识，将"情义社会"的伦理旗帜再次高扬。

从维持生存的现实要求出发，拒绝参与历史的确有助于提升底层民众的安全感，减少他们无可奈何的焦虑。然而过度强调底层逻辑的合理性，排斥形而上学层面展开的历史参与，是否也是一种价值立场的偏见？仅从《人世间》的创作看，梁晓声当然具有亲近民间伦理的自由，但是以往的经验同样揭示着，历史感匮乏的群体往往是滋生虚无主义的温床。"世纪之交"前后的中国当代文坛曾被卫慧、棉棉等享乐至上的拥护者占据着，当我们重温《上海宝贝》和《香港情人》等风靡一时的小说时，便应该意识到，这些作品的叙事是在纯粹的空间层面展开的。由于缺乏历史的纵深感，那些故事才得以肆无忌惮地挥霍欲望、消费身体。

---

① 梁晓声：《人世间》（下册），北京：中国青年出版社，2017 年，第 161 页。

第二章　以历史的名义"指导"现实

至于创作它们的作家，至少在当时属于"历史空白者"①，与本文讨论的"无历史感者"存在一定的共性。

其实梁晓声也意识到了"情义社会"被现代文明挤压之后的伦理危机，被"好人"周秉昆和郑娟养育成人的周玥一心却想"傍大款"，最终成了周秉昆老板的"第三者"。这件事情不仅使周秉昆丢了工作，还给调回 A 市的周秉义带来了恶劣的政治影响。周聪虽然没有做过什么让家人蒙羞的事，但是他和妻子对劳动者的冷漠无礼显然也不符合民间伦理的要求，两个周家的"第三代"都走上了背离"好人文化"的道路，使得整个故事的结尾都被消极的情绪所笼罩着。难怪电视剧《人世间》的编剧王海鸰谈到改编的首要任务就是"把底色从铅灰色调成火燃烧一样的明黄色"②，以便给观众传递更加积极的精神力量。笔者认为，电视剧对于郑娟的刻画比小说更为丰满，在周秉昆因过失杀人而入狱期间，郑娟被迫融入社会，人格上得到了极大的成长，具备了一定的历史参与感。她积极响应拆迁工作，并且在乔春燕和曹德宝面前维护周秉义的形象，并非完全出于对周家大哥的亲情，更多来自她独立意志的自由判断。这些电视剧的原创情节让郑娟避免沦为一个"无历史感"的道德僵尸，还减少了原著结尾部分的悲观情绪，昭示了植根于民间伦理的"好人文化"在现代社会依旧具有广阔的生存空间。

---

① 路文彬：《历史想象的现实诉求——中国当代小说历史观的承传与变革》，南昌：百花洲文艺出版社，2003 年，第 410 页。

② 许莹：《于时代开阖处听见精神拔节的声音——访电视剧〈人世间〉王海鸰》，载《文艺报》，2022 年 2 月 19 日。

梁晓声之所以这样设置郑娟的人物形象，并且在她的身上倾注了如此厚重的情感，除了寄托自己的伦理诉求之外，恐怕也有一部分原因出于个人情怀。梁晓声密切地关注着现实，然而他同样是一位理想主义者。现实与理想的冲突在本质上是不可调和的，这往往让他难以掩盖悲哀的情绪。《人世间》的最后两章里，龚维则、唐向阳和曹德宝这些曾经的"好人"不再讲"情义"，在利益的面前腐化堕落；改变自身社会阶层的郝冬梅和吕川与之前的朋友们渐行渐远；未曾经历过贫苦生活"洗礼"的周玥和周聪都有明显的人品瑕疵……随着周秉义去世，周蓉与蔡晓光开启浪漫的晚年生活，曾经喧嚣热闹的底层社会仿佛只剩下了周秉昆和郑娟这对"有情有义"的"恩爱夫妻"，历史似乎忘记了他们，时间在他们身上停滞。这实则仅是作者的美好理想，他们在小说结尾处的背影是温馨的，亦是孤独至极的。梁晓声明知自己挚爱的"情义社会"终将不复存在，却依旧让他通过小说的历史叙事存在，也是一种情感的宣泄。

面对历史的幽暗，梁晓声在复杂的伦理困境里奋力挣扎，属于作家的敏锐让他时常感到沉重的叙述负担，这使得他个人也时常陷入苦闷的情绪，其小说的历史叙事始终难以摆脱压抑的基调。在梁晓声走向历史深处的过程中，情感体验便成了他历史叙事的重要策略，从中生发出的多重美学元素和有关生命意义的终极叩问，将是本书最后一章要讨论的内容。

第三章　当代现实主义的
"史诗性"典范

——梁晓声小说历史叙事的方法

我们谈及小说，特别是长篇小说的历史叙事时，"史诗性"都是一个无可回避的词语。在中国文坛乃至世界文坛，它都意味着小说艺术的至高成就，以至于成为茅盾文学奖等评奖活动的重要标准。人们在讨论梁晓声的小说艺术时，也总是冠以"史诗性"等词语。比如，青岛出版社出版的《梁晓声文集》的《出版说明》里便将梁晓声的作品称为"史性与诗性的综合体"。

不过，"史诗性"也存在被滥用的现象。刘大先在一篇研究《人世间》的论文开篇便提道："'史诗性'是一个被过度使用的词语，尤其在涉及长篇小说的时候，似乎只要情节时间跨度够长、涉的人物够多都无所用心地被称作'史诗'，其实不然。"[1]刘大先的"警告"是具有普遍意义的。纵览当代文坛，超长篇幅

---

① 刘大先：《何谓当代小说的史诗性——关于〈人世间〉的札记》，载《中国当代文学研究》，2019年第6期。

且格局宏大的长篇小说层出不穷，读者们似乎对这类鸿篇巨制的伟大作品已经产生了审美疲劳。在以上背景之下，本文再讨论梁晓声小说的"史诗性"就要格外谨慎，必须先厘清术语的概念，才能结合作品展开后续研究。

在世界文学传统的等级序列中，史诗是最为庄重、严肃的存在，肩负探索民族精神与价值的使命。黑格尔认为，史诗"以叙事为职责，须使人认识到它是一个民族和一个时代的本身完整的世界密切相关的意义深远的事迹。"① 符合黑格尔标准的史诗包括《伊利亚特》《奥德赛》《尼伯龙根之歌》和《摩诃婆罗多》等传统作品。如果按照这个标准审视中国文学，恐怕只有少数民族的《格萨尔》《江格尔》和《玛纳斯》等作品可以被列入史诗经典之林。显然，这套标准已经不适合当代的文化环境，这印证了巴赫金对史诗的断言，"我们发现它已是一种完全现成的，甚至是僵化的、几乎失去作用的体裁。"② 马克思也从物质发展的角度理性论证了史诗消失的必然性，"随着印刷机的出现，歌谣、传说和诗神缪斯岂不是必然要绝迹，因而史诗的必要条件岂不是要消失吗？"③

当传统的史诗形式已经彻底成了历史的收藏品，继承史诗精神的文体正是小说。考虑到中国当代小说所处的时代特色与文化氛围，本文还是以洪子诚在《中国当代文学史》提出的有关"史

---

① [德]黑格尔：《美学》（第三卷·下册），朱光潜译，北京：商务印书馆，1997年，第107页。

② [俄]巴赫金：《小说理论》，白春仁、晓河译，石家庄：河北教育出版社，1998年，第516页。

③ 《马克思恩格斯选集》（第2卷），北京：人民出版社，2012年，第711页。

诗性"的定义作为参考：

> "史诗性"在当代的长篇小说中，主要表现为揭示"历史本质"的目标，在结构上的宏阔时空跨度与规模，重大历史事实对艺术虚构的加入，以及英雄"典型"的创造和英雄主义的基调。①

以上四项"史诗性"标准中，除了"揭示'历史本质'的目标"属于主题思想领域之外，其他标准均是在艺术层面展开的。实际上，"史诗性"的内涵远不止于此，卢卡奇表示"史诗可从自身出发去塑造完整生活总体的形态，小说则试图以塑造的方式揭示并构建隐蔽的生活总体。"② 所谓"总体性"主要指能够揭示普遍性的历史经验。具有"总体性"的文学作品不仅是孤立的艺术品，而是可以作为"一个民族的秘史"存在，这部分的理论结构将在本章第三节详细展开。据此可知，梁晓声的小说，特别是现实题材的长篇小说，全景式立体展现了当代中国不同阶层的社会面貌，并在其中倾注了自己的反思，正是"史诗性"小说的集中体现。

除却继承史诗体裁的崇高传统之外，"史诗性"小说还要践行当代中国的现实要求。"新时期文学"虽然已经实现了高度的繁荣，但文坛依旧"渴望着'纪念碑'式的伟大作品"③。像《平

---

① 洪子诚：《中国当代文学史》，北京：北京大学出版社，1999年，第96页。
② [匈]卢卡奇：《小说理论：试从历史哲学论伟大史诗的诸形式》，燕宏远、李怀涛译，北京：商务印书馆，2018年，第53页。
③ 曹文轩：《中国八十年代文学现象研究》，北京：人民文学出版社，2010年，第381页。

凡的世界》《白鹿原》等跨越多重时空，依旧具有极强的现实指导性、丰富的可阐释性，以及持续的审美内涵的小说，在中国当代文学史上还是极其缺乏的。丁帆表示：

> 作家作品，尤其是长篇小说，活在"未来"的时间更应该是一条至关重要的评价标准，但更重要的则是它必须活在"历史"之中，活在"当下"之中。也就是说，历史、当下和未来这三个时间维度是衡量作品是否经典化缺一不可的三个审美元素，但在这三个属概念之上的种概念则是"真理性"。①

也就是说，长篇小说需要在不同的时间维度下都具有生存能力，才有可能具备"当代性"要求的"真理性"，进而蜕变为一个民族的精神文化符号。由此便为本文带来了一项新的任务，即挖掘梁晓声小说内在的"成长性"，因为只有处于持续成长的作家和作品，才有可能在高速发展的当代社会保持旺盛的生命力。这也是"史诗性"长篇小说的最终理想。笔者认为，《人世间》等梁晓声的几部长篇小说是具备上述潜力的，至少可以为这个理想提供有价值的参照。通过解读梁晓声小说历史叙事的方法，便有助于归纳"史诗性"长篇小说的叙述策略，进而挖掘出某些共性的要素。

综上，本章将重点剖析"史传传统""成长性""总体性"

---

① 丁帆：《现代性的延展与中国文论的"当代性"建构》，载《中国社会科学》，2020 年第 7 期。

等梁晓声小说"史诗性"的主要元素，对它们的生产过程和艺术手法做出策略性的解读。鉴于本章讨论的话题内容驳杂，笔者本着回顾过去、立足当下、展望未来的历时性原则，重点讨论以下三方面内容：研究对象与中国小说"史传"传统的关系；小说在历史中成长的内在动力与叙事方法；"总体性"历史意识统摄下的历史叙事如何展开，作家的写作实践对当代文学又有何启示。

第一节　对"史传"倾向的纠正与继承

在当下的文化环境中，小说与历史似乎长期处于时而暧昧、时而敌对的纠缠状态。然而回顾相对遥远的中国古代小说，我们便会发现，小说与历史的地位是完全不对等的。

一、影响中国小说的"史传"传统

根据传统目录学规定，小说或在"子部"，或在"史部"。因此中国古代的小说根本不能被视为一种独立的文体。鲁迅有论，"史家成见，自汉迄今盖略同；目录亦史之支流，固难有超其分际者矣。"[1] 在中国古代社会，小说家也不被官方认为是一种正当的行业，《汉书·艺文志》记载"小说家者流，盖出于稗官，街谈巷语，道听途说者之所造也。"更有甚者，古代小说家的自

---

[1]　鲁迅：《鲁迅全集（第九卷）》，北京：人民文学出版社，2005年，第11页。

我定位与官方基本一致，乃至于羞于承认自己正在从事小说创作。所以，古代小说并未获得独立地位，很多时候只能作为史书的附属品存在。正如陈平原在《中国小说叙事模式的转变》所说，近代之前的中国社会"作小说借鉴'史传'笔法，读小说借用'史传'眼光。"①

若要追问中国古代小说为何如此脆弱，问题的答案实则在中国史学发达的原因之中。可以断言，几乎没有国人会质疑历史对于中华文明建构的重要意义，丰富的史料和发达的史学保证了历史作用于国家发展、民族繁荣的持续生命力。历史在中国文化中占据着极其关键的位置，如钱穆所言"若要指陈中国文化之特点，其人民对于历史之重视，以及其史学之成就，亦当为主要一项目。"②"尊史"作为一种公共道德标准存在于每个人的心中。而我国自古以来完备的史官制度与知识分子"青史留名"的"不朽"追求进一步巩固了历史在民族集体意识里的崇高地位。孔子晚年定居鲁国专心修订《春秋》，通过修史为后世树立典范，虽然与其"述而不作，信而好古"的言论有所矛盾，但修史的行为令其本身也成了后人瞻仰的历史。至于将全部人生价值寄托于著述《史记》的司马迁更化身为后世的楷模。古代文人对历史著作以及著史者的极端推崇让"入史"成为他们近乎唯一实现自我的渠道，正所谓"苟史官不绝，竹帛长存，则其人已亡，杳成空寂，而其

---

① 陈平原：《中国小说叙事模式的转变》，北京：北京大学出版社，2010年，第198页。

② 钱穆：《中国历史研究法》，北京：九州出版社，2019年，第187页。

事如在，皎同星汉"①。如此"尊史"的文化氛围不可能不带来史学的高度繁荣。

由此可知，中国古代小说创作天然倾向于"史传"传统。在思想层面，古代小说普遍排斥"虚构"存在的必要性，不仅着重讲述的历史题材集中于掌握社会资源的"帝王将相"，还遵循史书的实录精神，以保证文本的"真实性"为创作前提。就连魏晋南北朝时期的志怪小说，都是根植于道教的巫鬼和方术之事。那些记录自然界和人类社会奇闻逸事的故事看似荒诞离奇，实际上，有些小说的作者本身就是道教中人，作者对那些传奇事件的真实性是坚信不疑的。如东晋道教学者葛洪所著的十卷《神仙传》，收录了92位道教仙人的事迹。在今人乃至不信道教的晋人眼中，《神仙传》都是一部幻想之作，但是葛洪等道教中人却相信它们是真实存在的，作者仅仅是将历史事实记录下来。志怪小说尚且如此，更不要说那些基于正史演绎而来的小说。"实录"精神并非仅限于内容反映客观现实，更接近一种叙事原则。本文赞同以下说法：

> 作为真正小说本体特征之一的想象及虚构，便反过来倒戈成为小说的天敌。不过应该指出的是，这种实录原则并不囿于对现实实在事件的客观拟写，否则，有关"鬼物奇怪之事"的小说就不可能产生。它所着重强调的还是小说创作要"语出有凭，事依有据"，而这种"凭"和"据"主要就是

---

① [唐]刘知几：《史通》，[清]浦起龙释，上海：上海古籍出版社，2015年，第275页。

指先圣们的典籍。因此，古代小说的实录原则实质上反映的不过是"宗经"和"征圣"的写作观念罢了。①

古代中国除了将小说创作的理念关进了"史传"传统的笼子，也改变了艺术层面的小说创作方法。虽然有必要承认，"尊史"的集体意识极大地推动了中国叙事艺术的蓬勃发展，但是古代小说的叙事策略也遭到了限制。从结构来看，古代小说基本是沿着编年体（如《三国演义》）或纪传体（如《水浒传》）的策略进行的，基本上采用第三人称的全知视角，难见主观情绪强烈的心理描写，"小说的作者把人物事件客观展现在读者面前，自己藏在故事的背后，绝不横亘在读者与故事之间"②。这无疑使得原本多元的叙事艺术变得单薄。相比于受限的叙事结构，古代小说的语言风格更为单一。受"史传"传统的影响，小说的语言多以凝练为美，过度追求准确简单的陈述描写，即使这种风格确实体现了汉语之美，但它在"注重语言的自主存在与自然生长，注重语言变革中历史的延续性"③是远远不够的。

时至晚清，随着梁启超号召发动"小说界革命"，小说对于中国社会的地位之高是前无古人的，恐怕也是后无来者的。然而梁启超等先驱看到的是小说"反封建"和推行新政的宣传功能，均在政治层面展开。回归到小说的本体上来，这种颠覆性变革的

---

① 路文彬：《历史想象的现实诉求——中国当代小说历史观的承传与变革》，南昌：百花洲文艺出版社，2003年，第8页。

② 石昌渝：《中国小说源流论》，北京：生活·读书·新知三联书店，2015年，第22页。

③ 郜元宝：《汉语别史》，临沂：山东教育出版社，2010年，第71页。

意义还是相当有限的。"小说界革命"令小说从名义上暂时摆脱了"史传"的束缚，是为了更好地完成政治家交付的其他社会性任务，其本身的宿命并未发生根本变化。实际上，晚清小说只要进入历史叙事，它们虚构的"本能"就会继续受到压制，陈平原表示：

> "史传"传统间接促成小说叙事角度的转变，可又严重妨碍了这一转变的真正完成——作家为了补正史之阙而轻易抛弃视角人物，转而大写事变的各种琐事逸闻。①

中国小说进入白话形态之后，曾一度处于自由生长的环境中，虚构的"本能"得到了一定程度的生长，"史传"传统对其的影响力也相对有限。不过，中华人民共和国成立之后的系列"革命历史小说"似乎又有向"史传"传统靠拢的迹象。《保卫延安》《红岩》《红日》等小说的部分叙事内容植根于史实，作家便着力证明小说情节的历史真实性，这种努力实则是再次混淆了小说与历史的边界。

中国当代小说向"史传"靠拢的原因并不难理解，当时的中国刚刚迈入新的历史阶段，急于建立民族和国家层面上的文化共同体，最有效的方法自然是重述无产阶级的历史，建构全新的集体记忆。蔡翔谈到"一个所谓的现代民族，首先是一个政治民族，但是政治民族仍然需要文化的支持，而如何讲好这一现代民族的

---

① 陈平原：《中国小说叙事模式的转变》，北京：北京大学出版社，2010年，第147页。

历史以及相应的神话建构，就成了叙述的重要命题。"①在这场"重述历史"的全民行动中，小说占据着举足轻重的地位，它的创作策略与风格便再次向"史传"靠拢了。

二、梁晓声对小说"史传"倾向的自我反思

回溯到这里，本文已经为剖析梁晓声小说的历史叙事方法做足了准备。必须加以强调的是，为探究一个当代作家小说创作方法的渊源，反向追溯整个中国小说的"史传"传统的努力并非小题大做。原型批评的重要理论基础，荣格的精神分析学说就曾揭示文艺形象来源于社会集体意识的道理，作家或艺术家的创作实际上被多种多样的传统支配着，也许要经过很长时间才能被个人意识到，毕竟集体意识具有隐秘的特性，"艺术代表着一种民族和时代生命的自我调节"②。马克思主义的社会历史批评则更加强调"过去"对"当下"的决定性作用。这些经典批评方法都证实了探源传统文化的必要性。

从梁晓声的创作杂谈里，我们首先能读出作家对"史传"传统的自觉纠正。纵观他五十年的创作历程，虽然在主题和内容上有多次转折，但他始终站在民众的立场上写作，对中国古代小说的"帝王史观"持以激烈的批判，这种态度是从未改变过的。他在多篇读书随笔性质的杂文里痛心疾首地批判古代文人为实现

---

① 蔡翔：《革命／叙述：中国社会主义文学——文化想象》，北京：北京大学出版社，2018年，第19页。
② ［瑞士］荣格：《论分析心理学与诗歌的关系》，冯川译，载《西方文艺理论名著选编》（下卷），伍蠡甫、胡经之主编，北京：北京大学出版社，1987年，第378页。

第三章　当代现实主义的"史诗性"典范

"青史留名"的夙愿而谄媚统治阶层，无视百姓疾苦。梁晓声也认为封建王朝的文化环境是不允许"帝王将相"以外的社会阶层发声的。他的杂文集《真历史在民间》便是针对传统"帝王史观"而编纂的，它的收录原则是"每一个普通人大都经历过的历史"①，我们不难发现梁晓声的野心和强对抗性的意愿。同时，我们也能看到，作家的愿望仅是基于"反封建"立场和朴素的道德感，缺乏反思的深度。梁晓声在杂文里讲述民间历史的时候，大多从个人经历与见闻出发，这些私人化的经验显然是远不能代表"一个人类大种群的心灵轨迹"②的。梁晓声在后来也认识到了这个问题，便不再追求讲述"民间历史"，而转向"个人历史"，2019 年出版的《那些岁月……》与 2020 年出版的《文艺的距离》均来自个人经验，至于 2022 年出版的《小人物走过大时代》更是完全遵循了新的编选原则，即在"民间"与"个人"之间更倾向于后者。这一侧重点的转变也可以看出梁晓声对于历史的理性认识逐步深入，从而为其更好地认识并突破"史传"传统奠定了思想基础。

梁晓声不仅在杂文里承认了自己对封建时期"正史"的厌恶，还不加掩饰地表达了对"野史"的喜好。这种略带偏见色彩的观念在梁晓声 2011 年之后的作品里已经极为少见了，但是对大多事物已经极富宽容情怀的作家还是"倔强"地写下《正史与野史》等风格犀利的杂文。梁晓声旗帜鲜明地拥护顾颉刚"古史是层累地造成的"③说法，并将这一说法拓展到其他"正史"：

① 梁晓声：《真历史在民间》，北京：民主与建设出版社，2014 年，序言。
② 梁晓声：《真历史在民间》，北京：民主与建设出版社，2014 年，封面。
③ 顾颉刚：《古史辨》（之一），上海：上海古籍出版社，1982 年，第 59 页。

梁晓声小说的历史叙事研究

　　全世界各国的古代史，都或多或少会掺入传说的部分，都不同程度也是难免地会有文学色彩。七分可信，三分文学，几是共性。而且，便可视为好的史学著作了。不这么看，许多国家都会对自己国家的历史陷于历史虚无主义的泥潭，自寻烦恼。①

　　与之相对的是，梁晓声从鲁迅那句评价《史记》的名言"史家之绝唱，无韵之离骚"出发，揭示了文学标准与史学标准的矛盾性，准确擎住了"史传"传统对小说艺术的压抑本质，认为古代文人以"小说笔法"编写"野史"，正是突破这一束缚的自觉努力。这让我们不由得想起鲁迅对"野史"和其他边缘史料的重视：

　　　　历史上都写着中国的灵魂，指示着将来的命运，只因为涂饰太厚，废话太多，所以很不容易察出底细来。正如通过密叶投射在莓苔上面的月光，只看见点点的碎影。但如看野史和杂记，可更容易了然了，因为他们究竟不必太摆史官的架子。②

　　回顾了鲁迅的说法，再看梁晓声重申的"许多野史，未必不具有稗史的重要意义"③，我们便可以确定作家对"野史"的推崇。

---

　　① 梁晓声：《正史与野史》，载《中国文化的性格》，北京：现代出版社，2020年，第107页。
　　② 鲁迅：《忽然想到·四》，载《鲁迅全集》（第三卷），北京：人民文学出版社，2005年，第17页。
　　③ 梁晓声：《正史与野史》，载《中国文化的性格》，北京：现代出版社，2020年，第108页。

第三章 当代现实主义的"史诗性"典范

不过，梁晓声的思想至此还停留在史学领域，作为小说家，他继续以小说的虚构标准对"史传"传统展开纠正，集中体现于他围绕《聊斋志异》展开的系列评述。

笔者在导言部分就总结过，当下学界有关梁晓声创作资源的研究严重匮乏，少有的几篇文献中，也仅关注到了他对18—19世纪西方文学和俄苏文学的接受，几乎忽视了中国古代文学经典的作用。实际上，梁晓声的创作深受古典小说的影响，早在1987年，他就结合当时的社会现实，以现代汉语改写了三篇《聊斋志异》的文言小说。① 这次创作实验应是梁晓声"荒诞现实主义"小说谱系的一个重要环节，不过与本文研究的主题不符，便不再深入讨论。

2019年，梁晓声出版了《狐鬼启示录：梁晓声说〈聊斋〉》，它包括12篇品读《聊斋志异》的随笔与12篇"荒诞现实主义"的短篇小说。在这部著作里，梁晓声极为敏锐地指出《聊斋志异》的史料价值，认为小说里描述的风土人情极具写实性，少有史家讳笔，存在不少隐藏的历史真相。例如，《地震》一篇，将发生于康熙年间的大地震对民间造成的灾难进行了极为翔实的记录；《野狗》与《公孙九娘》两篇细致地回顾了"于七一案"，那是清朝对民间"反清复明"运动的一次残暴镇压。梁晓声表示：

> 此次地震，在皇家"正史"中，却只不过两行冷静的文字而已……所谓"于七一案"，仅无辜冤死者亦近千人。"正史"

---

① 梁晓声：《新编〈聊斋志异〉三篇》，载《天津文学》，1987年第11期。

中曰"平乱"，以"大捷"颂之，而"野史"一向无敢记者。蒲松龄能在《聊斋》中如实写下几笔，亦算勇气可嘉也！[①]

在肯定《聊斋志异》"可作为当时年代的民间记忆来了解"[②]的史料价值以外，梁晓声本着历史理性的原则，将小说中显然不足信的流言传说视为糟粕，也指出了蒲松龄"以颂孝故事为一卷首篇，意在表明自己的宗旨与圣贤主张保持高度一致"[③]的自保态度，《席方平》《王六郎》和《画壁》等篇目也能佐证蒲松龄的顾虑。梁晓声认为这种意识在当时的年代无可厚非，但是也限制了《聊斋志异》的历史价值。

讨论到这里，我们惊奇地发现梁晓声关注点的"偏差"。作为小说家，梁晓声对"史传"传统的批判并非基于小说艺术的立场，而是为历史的责任焦虑着。这便为后续的研究结论带来了两种可能，其一，梁晓声自始至终都忽视了小说的艺术性，在他的眼中，历史叙事的方法仅是小说辅助历史完成使命的手段；其二，梁晓声不觉得小说的历史叙事应该挣脱"史传"传统，至少"彻底地摆脱"并不是必要的，所以并未在小说的历史叙事策略上付出太多精力。若想得出一个明确的结论，还是要深入小说的文本之中，观察梁晓声的创作实践。

---

① 梁晓声：《狐鬼启示录：梁晓声说〈聊斋〉》，北京：现代出版社，2019 年，第 46 页。

② 梁晓声：《狐鬼启示录：梁晓声说〈聊斋〉》，北京：现代出版社，2019 年，第 38 页。

③ 梁晓声：《狐鬼启示录：梁晓声说〈聊斋〉》，北京：现代出版社，2019 年，第 25 页。

三、梁晓声小说创作对"史传"传统的批判性接受

通过系统的文本细读可知，梁晓声的小说虽然没有复杂的技巧变化，但是他也从未忽视过小说的艺术性。因为忽视小说的艺术无疑是一种偏见，本质是否定了小说的独立性，将小说彻底消弭于"史传"之中。如果梁晓声持有这样的创作观，那么他的作品就不可能在当代社会有如此广泛的影响力。毕竟小说作为一种独立的文体已经获得了社会的普遍认同，是一种常识性的认识。在当下的文化环境里，小说没有必要也不可能再苟活于"史传"的阴影下。

梁晓声对"史传"传统的批判性接受主要表现于结构和语言。从结构来看，梁晓声1980—1990年的长篇小说《雪城》和《年轮》与"史传"传统契合度还是很高的，它们都采用全知全能的第三人称视角叙述，而且隐含作者经常从文本之后跳出对读者进行解释或说教，这都是典型的史书笔法。自21世纪初开始，梁晓声的小说叙事艺术形式愈加丰富。《黄卡》就明显拉开了读者与叙事内容的接受距离，为读者体验小说的情节提供了便利的条件。2012年之后出版的《知青》与《返城年代》又做出了新的改变，它们运用更多的镜头语言在不同的空间频繁切换，加快了叙事节奏的同时，也丰富了叙事内容。到了2017年的《人世间》，梁晓声在长篇小说的结构方面再度实现了突破，王春林将其概括为"辐射性伞状艺术结构"，认为"周家三兄妹"构成了小说文本中贯彻始终的结构性线索，使得"三个不同的社会阶层交叉并置在一起，自然也就使得这部《人世间》构成了一部多角度、多层面、

立体性地全面呈现近半个世纪以来中国社会总体发展演进状况的优秀长篇小说。"① 笔者同意王春林的概括,同时也要补充,《人世间》的"结构之伞"不仅由三位主人公构成,来自社会各阶层的数十位人物亦是支撑"伞"的骨架。

以上谈及的六部长篇小说具有叙事时间跨度大、人物数量众多且身份复杂、篇幅超长的共性,同时还是梁晓声创作生涯里付出很多心血也极为看重的作品。它们在历史叙事中存在某种恒定的东西,那便是不曾消解的庄严肃穆感和夹叙夹议的叙事方式。这些都是"史传"传统的典型特征,且有益于小说的艺术表达。

相比于小说的结构,梁晓声小说的语言表面上与"史传"传统不符,实则蕴含着向"史传"传统靠拢的迹象。梁晓声小说的语言个人风格强烈,极富"主体性",按照刘恪在《中国现代小说语言史》的论断,"小说语言的主体性,必须深入到小说语言的描绘能力、讲述语式、口气语调、语言特殊的感觉,语象在句子上的具体特征、造词和句法的关系,甚至是一些特殊的词汇组织形式"② 。概言之,就是一定要保持独特的风格,而且这种风格不能是刻意为之,有必要遵循作家的主观意愿。梁晓声的小说语言无疑是符合上述要求的,作品里有关往事的讲述激情澎湃,特别是大量的心理描写,真诚地表达着作家的内心想法。虽然梁晓声在很长的一段时间里显得有些过于急躁,使得小说语言风格略感粗粝,篇幅也显得些许臃肿,但是内在的"主体性"从未改变。

---

① 王春林:《〈人世间〉:民间伦理立场与史诗性书写》,载《中国文学批评》,2019 年第 4 期。

② 刘恪:《中国现代小说语言史》,天津:百花文艺出版社,2013 年,第 330 页。

这种品质对于小说的艺术是极为珍贵的。

　　然而，如果继续深入梁晓声小说的语言，特别是在他 2011 年之后的长篇小说里，便会发现梁晓声并未将小说与"史传"对立起来。《知青》《人世间》等小说的篇幅依旧宏伟，但是语言的厚度仅表现在人物对话上，无论是场景描写还是心理描写都变得精简，并且有意识地增添了不少历史重大事件的介绍，它们表面上与梁晓声笔下的"小人物"不直接产生关系，但实际上深刻影响着他们的命运和选择。从这个角度讲，在梁晓声的笔下，历史的责任亦是小说的责任。中国传统史学要求历史著作应是文化建设中树立典型的重要路径，不仅对个体生命具有极大的价值，还可以引领社会风气，有利于指导现实，并提升个人修养，这种作用可称为"史鉴"①。

　　"史鉴"是"史传"传统的重要元素。不仅古人将"史鉴"视作历史承载的核心要义，中国现代史学的奠基人之一梁启超也将此作为自己史学理论的纲要：

　　　　史者何？记述人类社会赓续活动之体相，校其总成绩，求得其因果关系，以为现代一般人活动之资鉴者也。其专述中国先民之活动，供现代中国国民之资鉴者，则曰中国史。②

　　从这里我们可以看到，小说之所以能够具备与历史并肩而立

---

　　① 　"史鉴"的具体表现与本文第二章研究的主题有相似之处，但是切入的角度完全不同，前文集中于梁晓声小说的伦理诉求，这里主要讨论的是其与"史传"传统的关系，属于方法研究。

　　② 　梁启超：《中国历史研究法》，上海：上海古籍出版社，2019 年，第 6 页。

的资格，很大程度上要归功于担负起"史鉴"的责任。如果在"尊史"的传统里，无法摆脱虚构属性的小说只有处于被排挤的地位，那么"史鉴"很大程度上是依靠一代又一代小说家的继承与革新才实现的。在中国小说家不同时期的创作之中，历史叙事的方式也因小说艺术的不断拓展而呈现"百花齐放"的形态。

"史鉴"便是梁晓声维系小说与历史紧密关系的纽带，也是他批判性接受"史传"传统的核心要义。无论是"记录知青一代青春理想"的《知青》还是"呈现中国社会五十年变迁史"的《人世间》，它们并非在辅助历史完成记录和讲述的义务，而是践行着自我的使命。正如梁晓声论及现实主义小说的本质时所言："小说是为读小说的人而写的。读小说的人，是为了从小说中了解自己不熟悉的人和事才读小说的……这便是当代中国现实主义小说和读者之间的主要联系。"①

以上说法虽然有些武断，但梁晓声后文又重申了自己的观点应限制在小说"现实主义的当代性"②之中，便也合乎情理了。这份"本质"既是属于小说的，也是属于历史的。或许梁晓声的小说创作向我们揭示了一个道理：发展至当代的小说艺术可能已经摆脱了"史传"传统的束缚，"史"与"诗"将以合作共生的方式继续纠缠下去。站在历史的角度，恐怕也期待着新的"史诗性"小说出现，借用李大钊史学著作中的一段话作为本节的总结：

---

① 梁晓声：《小说是平凡的》，载《梁晓声文学回忆录》，广州：广东人民出版社，2021年，第177页。

② 梁晓声：《小说是平凡的》，载《梁晓声文学回忆录》，广州：广东人民出版社，2021年，第178页。

历史似应作成一个传奇小说的样子,以燃烧他们的想象;无须作成一个哲学的样子,以启悟他们的明慧。这样的奋往向前欢迎将来的少年精神,诚足以令人活跃,令人飞腾。[①]

第二节 表达成长主题的小说时空艺术 与"文本成长"

梁晓声为中国当代文学做出的重要贡献便是在小说中塑造的一系列性格鲜明且凝聚时代色彩的人物形象,尤其是其中的知青形象。李晓燕、曹铁强、姚玉慧、吴振庆、赵曙光、林超然……这些名字早已成为深入人心的"知青"典型,而不仅仅是"知青文学"中的典型人物。除此之外,见证并体验时代变迁的"小人物"周秉昆和80后创业青年方婉之也在相当广泛的社会层面引发了人们的共鸣。这些都说明了梁晓声善于在小说中塑造典型人物,他的小说主要也是围绕着各类人物所展开的。

一、"成长性"在"史诗性"小说中的重要位置

梁晓声小说里的主要人物有一个共性,那便是表现了"人在历史中成长",按照巴赫金的说法,即"人的成长与历史的形成不可分割地联系在一起,人的成长是在真实的历史时间中实现

---

① 李大钊:《史学要论》,上海:上海古籍出版社,2014年,第40页。

的，与历史时间的必然性、圆满性、它的未来、它的深刻的时空体性质紧紧结合在一起。"[①] 这种共性无疑与梁晓声小说普遍存在的时间跨度密切相关，应作为其历史叙事方法研究的重要环节。同时，"成长性"也是当代现实主义"史诗性"的衡量标准之一，如果没有书写与时代并行的个人成长，那么篇幅再长，叙述内容再广的小说也会因缺乏现实关怀而无法被赋予"史诗性"的赞誉。

梁晓声笔下着力塑造的典型人物也许没有清晰的自我成长意识，但他们实际上是时刻处于成长之中的。这恰巧符合了巴赫金有关"成长小说"的另一层定义，人物"与世界一同成长，他自身反映着世界本身的历史成长。他已不在一个时代的内部，而处在两个时代的交叉处，处在一个时代向另一个时代的转折点上。他不得不成为前所未有的新型的人"[②]。概言之，人物是否成长，并不是他自己的"私事"，在历史洪流的裹挟之下，绝大多数人都不愿也不能置身事外。当然，成长于人生而言未必都是积极的，堕落亦可能是成长之旅的结局，有很多个体在历史的快速变迁中沉沦（如翟子卿、赵卫兵），他们在梁晓声小说的谱系里也长期占据着关键位置。

据以上论述可知，梁晓声小说（尤其是长篇小说）符合"成长小说"的定义，理应被纳入后者的框架内展开研究。而"史诗性"

---

① [俄]巴赫金:《巴赫金全集(第3卷)》,钱忠文译,石家庄: 河北教育出版社,1998 年，第 227 页。

② [俄]巴赫金:《巴赫金全集(第3卷)》,钱忠文译,石家庄: 河北教育出版社,1998 年，第 228 页。

第三章　当代现实主义的"史诗性"典范

小说时间跨度大，主要人物普遍会经历变化的过程，表现其"成长性"是必不可少的重要内容。既然如此，那么本文接下来要重点商议的问题便应该围绕梁晓声讲述"人在历史中成长"的叙事策略展开。

纳入本文研究视野的应该是小说的时间艺术。不论任何叙事学的理论流派都不会否认历史与时间的亲密关系，传统现实主义的小说需要循序渐进才能为故事塑造历史感，而现代小说（或先锋小说）的历史叙事很多时候都表现为一种时间的游戏。在20世纪80年代成长起来的小说家中，梁晓声恐怕不是操控时间的高手，至少没有在小说中表现出来操控时间的愿望。他的作品是具有传统风格的现实主义小说，这些文本的时间艺术相对比较单一，绝大多数时候表现着线性的时间观。笔者在另一篇研究梁晓声小说电影改编的拙作中提道："梁晓声非常善于运用插叙的叙事技巧，他小说的开始时间一般不是故事开始的天然时间，而是故事中间的某一环节，然后通过'解释性的回忆'（热奈特语）将故事完整地叙述完。"[①] 现在看来，这项论断的局限性很强，虽然的确是作家惯用的模式，但多出现于梁晓声那些篇幅较短，且适合改编为电影的小说。这些中短篇小说里的人物成长空间有限，显然与"史诗性"的要求相距甚远。

《雪城》《年轮》《黄卡》《知青》和《人世间》等超长篇小说则不同，它们的故事时间与叙述时间的轨迹基本保持一致，主人公的性情与思维也随着故事时间的推移而逐步变化。笔者认

---

① 韩文易：《梁晓声小说的电影改编》，载《名家名作》，2022年第1期。

为，这种简单朴素的历史叙事策略非常适合"成长小说"的结构，对跨度较大的时间进行频繁切割或拼凑容易导致叙事的断裂，也不容易表现人物历时性的成长过程。反观不断向前发展的线性时间，在审美体验上也暗合了历史唯物主义要求的"历史感"，便于读者能够代入自己的主观情感，参与到主人公的成长历程中。

二、以小说的空间叙事表现历史变迁

梁晓声小说的时间艺术往往不是独立存在的，它对于空间叙事的依赖程度相当高。这使得"时间"与"空间"在梁晓声的小说中呈现"表"与"里"的关系。读者不难发现作者对空间叙事的"偏爱"，《人世间》等长篇小说的空间元素远比时间元素要丰富。不少作品均是直接以某处空间的名称命名的，除了为人熟知的《雪城》之外，一些中短篇小说如《红磨房》《冰坝》《高高的铁塔》《在 A 城》《北方的森林》等也是如此。

更重要的是，小说的历史变迁很多时候是通过某种空间形式来表现的。一方面，空间的身份和意义会随着时间的推移而发生变化，最典型的便是《人世间》里的周家老宅。它原本是"光字片"最体面的住宅之一，"住两间打了地基的土坯房的周家很被人羡慕"[1]。它在 20 世纪 70 年代为"地下读书会"提供了场所，承载着周家三兄妹与蔡晓光、郝冬梅美好的少年记忆。但是随着时间的推移，老宅日复一日地破败下去，竟逐渐沦为周秉昆作为底层人民贫穷与苦难的标志。最终随着周秉义大刀阔斧的城市改

---

[1]　梁晓声：《人世间》（上册），北京：中国青年出版社，2017 年，第 24 页。

造，周家老宅在"时代的进步浪潮"中完成了它的历史使命，不复存在于世间。可以说，周家老宅以及它所处的"光字片"是历史时间的载体。

另一方面，某些空间在小说的历史叙事中会始终保持静态，以相对恒定的面貌审视着时刻处于变化的时间与时间里成长的人。这种叙事方式在梁晓声的小说里更为常见，不管是城市题材小说的"A城"还是农村题材小说的"翟村"，它们并不参与历史的变迁，而且都是一种拟人化的存在，在时间之外注视着人的成长。《雪城》的返城知青在生活不如意时，会像孩子向母亲撒娇一般向 A 城埋怨。刘大文在深夜里放声高歌，向家乡诉说着他的痛苦与委屈，渴望"向城市证明自己有一副完全够资格当歌唱家的好嗓子"[①]。他的呼唤也得到了家乡热烈的回应：

> 连他自己也惊奇于自己的歌声竟如此冲天动地，如此浩荡辉煌。再也没有比万籁俱寂的夜晚的城市更理想的舞台了。他幻想着有一千名穿黑色夜礼服的大提琴手排开在他身后弓弦齐运为他伴奏，另外有一千名平鼓手隐蔽在马路两旁的一条条街巷之中，如同隐蔽在巨大舞台的两侧。而他觉得这城市的千灯万盏都是为他照耀的。马路两旁高低参差的楼房将他的歌声造成多层次的回音，就好像整座城市都跟随着他唱了起来。[②]

---

① 梁晓声：《雪城》（上），载《梁晓声文集·长篇小说》，青岛：青岛出版社，2014 年，第 107 页。
② 梁晓声：《雪城》（上），载《梁晓声文集·长篇小说》，青岛：青岛出版社，2014 年，第 124 页。

如果将上述情节放在小说的内部去观照，它自然属于刘大文的臆想。但是跳出叙事情节，A城好似造物主般超脱于时间的束缚，却不可以真的像造物主那样无所不能，它只不过是一位返城知青的观察者，深情地凝视着生活在城市里的人们。按照福柯的理论，空间是权力运作的基础，"凝视"是权力运作的机制。而梁晓声似乎为我们带来了一种全然不同的"凝视"方式，赋予了空间饱满的正向情感价值，至于在叙事层面，将空间拟人化的作用是让时间的流逝与人的成长变得更明显了。

当然，赋予空间以人性情感的"空间拟人化"并非梁晓声的原创，这也是符合历史叙事基本方法的一种叙述策略，是存在充分学理依据的。龙迪勇在《空间叙事学》里提出："尽管历史是凝固时间、保存记忆、探究往昔的一种形式，但历史总是生活在某一个地方上的人物、发生在某一个空间内的历史。显然，不考虑空间维度的历史文本是不可能存在的。"[1]克罗齐根据不同的"精神态度"将史学著作区分为"历史"与"编年史"，并评价后者是"空洞的""算术性的""缺乏真实性的""如死尸般的"存在。[2]其实按照克罗齐的描述，"编年史"就是纯粹时间性的叙述，不论它们编纂的方式多么严谨，搜集的资料多么翔实，最终都只是一些堆砌的材料而已，对人类文明的继承与发展毫无意义。

以空间表现"人在历史中成长"最主要的方法就是隐喻（或

---

① 龙迪勇：《空间叙事学》，北京：生活·读书·新知三联书店，2015年，第360页。

② [意]贝奈戴托·克罗齐：《历史学的理论和实际》，傅任敢译，北京：商务印书馆，1982年，第5-6页。

称象征），这也是空间存在的艺术价值。如果没有隐喻，空间就仅仅是承载情节的工具。赵冬梅在探讨中国现代文学中的小城小说时，提出了一个涉及所有小说的普遍问题："一个时代的小说创作中经常出现的空间场景，到底蕴含着什么样的作用或意义？"[1] 在接下来的回答中，赵冬梅写道："它们或是社会、时代、民族的投影和浓缩，或寄托着作者的某些希望与理想，从而被赋予并具有了某种象征性。"[2] 在此论断的基础上，赵冬梅高度肯定了《果园城记》的文学史地位，原因是它塑造了"当时中国社会的一个缩影"，"不仅仅因为它虽简陋但却包括了组成一个社会的一切因素，而是透过小城的历史变迁、小城儿女的命运遭际，能够看到或感受到现代中国的影子。"[3] 我们也可以据"果园城"联想到，从现代文学里鲁迅的"鲁镇"、沈从文的"湘西"，到当代文学中莫言的"东北高密乡"、曹文轩的"油麻地"和徐则臣的"花街"，以及西方文学里广泛存在的"约克纳帕塔法小镇"体系，也包括梁晓声的"A城"和"翟村"，之所以频繁出现在不同时代、不同风格的小说之中，究其根本，还是作家们普遍认识到了空间的隐喻作用，并在各自的小说里表现了出来。

再回到梁晓声的小说，最富隐喻效果的空间意象无疑是荒诞现实主义小说《浮城》里那座漂浮在海上的巨大城市，但它更多

---

[1] 赵冬梅：《小城故事：中国现代文学中的小城小说》，北京：人民文学出版社，2006年，第188页。

[2] 赵冬梅：《小城故事：中国现代文学中的小城小说》，北京：人民文学出版社，2006年，第189页。

[3] 赵冬梅：《小城故事：中国现代文学中的小城小说》，北京：人民文学出版社，2006年，第192页。

是作为当时中国社会的现实象征存在的，情节的叙事时间也比较短，其中的成长因素不算丰富。可佐证本节主题的文本范例还是要到作家格外钟情的北大荒与家乡哈尔滨市（A城的原型）去寻找。

正如前文多次谈到过的，梁晓声小说的历史叙事大多来自他的亲身经历，被称为"东北"的地域是他最为钟情的叙事空间，他知名的那些小说灵感也大多来源于此地。既然已经提及梁晓声笔下的"东北叙事"，就免不了要和近年来崛起的"新东北作家群"比较一番。在"东北叙事"突然崛起的当下，再重读梁晓声的东北故事，具有特别的文学史意义。

"新东北作家群"的概念由黄平于2020年提出，是以双雪涛、班宇、郑执三位80后作家为代表的东北籍作家群体，他们的小说大多围绕20世纪90年代东北工人"下岗潮"的历史叙事展开，在东北的后工业时代书写国企改革为工人阶层带来的时代阵痛。他们主要基于自己的青少年时期的记忆，在小说中表达亲历性经验。他们笔下的东北绕不开工厂的萧条和衰败，以及下岗工人们（往往是他们的父辈）的无助和困窘。双雪涛的艳粉街、班宇的工人村、杨知寒的蓝桥饭店，都聚集着失落的人群，滋生着阴暗乃至罪恶，"呈现出异质空间的边缘化特征，凸显出下岗工人阶级的边缘人身份，在其溃败的表象下，揭示着社会主流意识对工业生产态度的转变。"[1] 他们笔下的人物很难走出萧条的20世纪90年代，在21世纪依然咀嚼着旧日的苦难。

① 王晓迪：《东北"铁西三剑客"的铁西叙事研究》，北京语言大学硕士学位论文，2022年。

第三章　当代现实主义的"史诗性"典范

　　梁晓声与双雪涛、班宇、郑执等 80 后作家所叙述的东北故事在时空上是有交集的，也写到了工人下岗、国企改革、市场经济的冲击等主题，同样揭示了东北底层民众（特别是工人家庭）所遇到的生活困难与精神创伤。然而阴暗和罪恶仅仅是梁晓声叙述的历史表象，他更为看重的还是文本的召唤作用，大多数小说最终会弘扬积极向上的乐观精神。中篇小说《钳工王》便是这类题材的一部代表之作。东北某处军工厂被港商收购，大多工人面临下岗的窘境，少数留下的工人也不能再从事原有的生产。他们和双雪涛笔下的老工人一样，在挫败感和自责感中消极度日。在工友们束手无策之际，有"钳工王"之称的姚老师傅主动站出来，号召大家停止抱怨，铭记往日的荣光并主动融入新环境，在不确定的未来继续发扬军工精神。"钳工王"的演说不仅打动了工人，甚至改变了港商的想法，书写了一个比较理想化的结局。

　　相比于年轻的小说家，梁晓声笔下的东北地域更为广袤，除了城市以外，他的空间叙事拓展至中苏边境，令人物在艰苦的气候环境中飞速成长。《鹿心血》明确表现了五位知青成长的轨迹。他们刚到边防哨所时都有不同程度的性格缺陷，有人过于教条，有人内心怯懦，有人受个人英雄主义的影响而向往牺牲……然而在与猎狗"娜迦"和苏联老人的交往过程中，他们心底的阴霾与对"左"倾意识形态的恐惧感逐渐被正义感和怜悯所代替，并不约而同地表现出了巨大的勇气。容易被遗忘的是，始终伴随五位知青成长历程的是乌苏里江畔的自然风景，当这些年轻人处于迷茫、怨恨、凶恶的情绪中，哨所的周遭也是天寒地冻，危机四伏。江面融化之际，众知青内心的良知也随之觉醒。在根据《鹿心血》改编的电影《那年的冬天》的结尾，教堂的钟声与唱诗班的歌声伴着旭日东升同时响起，隐喻着人性的救赎与希望。当《鹿心血》的主体故事被平移到《知青》里之后，中苏边境线与兵团马场、周边农村、森林、雪山等场景组成了一个更为庞大的复合空间，为赵天亮、齐勇、孙敬文、周萍等知青的成长提供了更为广阔的场域。

三、人物成长与空间迁移的联系

有关《知青》的探讨也可以引出"空间拟人化"之外的另一个空间叙事特征，同样表现了梁晓声小说"人在历史中成长"的主题。那便是人物成长之路上的重大转折往往伴随着空间的迁移。如果说初到兵团的赵天亮还是血气方刚但理性不足的热血青年，那么去过陕北坡底村后，体验过底层百姓疾苦的他已然实现了人生境界的升华，成长为一个意识到自己的责任，并勇于承担责任的男人。这使得他主动承担起照顾周萍的责任，帮助她度过在北大荒最困难的时光。然而赵天亮的能力尚不足以隐藏哥哥托付给他的秘密，后一项使命要到赵天亮与战友在雪山经历生死考验之后才能实现。这也符合人的成长规律——在经历人生的重大转折后实现成长。

梁晓声非常善于为"人生大事"营造矛盾冲突激烈、产生紧张刺激效果的大场面，随之而来的往往还有空间的碎裂与重组。比较典型的例子就是《红磨房》，那间远离人群的磨坊是紫薇村为束缚卓哥设下的"禁制"，卓哥只要生活在里面，唯有绕着磨盘为村民拉磨，永远没有实现自我成长的机会。当淳朴的少年在小琴的帮助下意识到周围人的真实面目，自由人格独立后的第一件事就是逃离这个束缚他的空间。多年之后，卓哥故地重游，记忆中的景象已经随着历史变迁而发生了巨变，当年残存下来的物件已经成为旅游景点了。见到此景后，卓哥虽然也感到悲伤，但更多还是对未来满怀的期待。这种积极的情绪便是他成长的证明。

《我和我的命》里人物与空间迁移的紧密联系更为明显。方婉之在贵州玉县生活安逸，不知不觉间滋生了傲慢的情绪，与母亲共赴神仙顶义诊之后，特别是见到了自己的几位血亲（虽然当时方婉之与他们还没有相认），她的内心自此种下了谦逊的种子，而且极大地提高了她的共情能力。成年后遭遇家庭变故，方婉之选择在深圳开启新的人生，她的坚强、独立、怜悯，甚至"拜金"的喜好都是伴随着这座年轻的城市的发展而生长的。在租住的地下室里，方婉之与自己的"天命"达成和解，基本走出了原生家庭的阴影。她与李娟创业初期，经常在小店的阁楼夜聊。加斯东·巴什拉在《空间的诗学》里告诉我们，地窖和阁楼，以及类似的狭小"庇护所"性质的空间会"唤起我们的中心意识"[1]。方婉之人生里最关键的成长步骤便是在这些空间里完成的。李娟毫无保留的分享使她逐步加深了对社会阶层分化的进一步认识，不再以自己的"庙堂之理"去要求李娟的"丛林之理"。"我俩像虔诚的信徒，对各自的'理'都愿墨守成规——即使对于友谊，珍惜的方式也是那么不同，这使我俩虽已肝胆相照，虽能同舟共济，却又难以'志同道合'。"[2]

---

① [法]加斯东·巴什拉：《空间的诗学》，张逸婧译，上海：上海译文出版社，2013年，第20页。

② 梁晓声：《我和我的命》，北京：人民文学出版社，2021年，第206页。

梁晓声小说的历史叙事研究

　　带着对"丛林之理"的认识与宽容，方婉之与李娟维持了一生的友谊，同时也释怀了自己与神仙顶血亲的羁绊，不再为此感到特别烦恼，坦然地面对自己的"实命"。等到与高翔移居上海后，方婉之很快迎来了她成长之路上的"终点"——死亡。就小说而言，方婉之在这份最后也可能是最严峻的考验面前的成长叙述略显单薄，梁晓声也没有像叙述神仙顶、玉县和深圳的情节那样，将上海的空间地理特征与主人公的成长历程巧妙地结合起来，从而让读者可以更直观地体会到"小人物"在"大时代"成长的历史感。但是从这些结构的布局里可以明显看出，将人物的成长转折与空间迁移对应起来，几乎成了"梁氏"成长小说的套路。徐刚在评价《我和我的命》时也提道：

　　　　在他（即梁晓声）的小说中，自我与价值，成长和命运的讨论，总会被不失时机地引向深入。而围绕这些议题，普通人看似寻常又起伏跌宕的一生显然令他无比着迷。于是我们看到，小说的主人公方婉之，从她出生到最后死亡的完整过程，构成了小说情节展开的基本框架。而在方婉之这里，短暂一生的诸多经历，都可以看作其"自我意识"在"世界"的"精神历险"。[①]

　　因此，梁晓声小说虽然熟练地操作空间切换用以讲述"成长的故事"，而且将空间的物理结构、自然风貌与人文景观与之密

----

　　① 徐刚：《成长叙事中的"平凡"之志与"好人"哲学——〈我和我的命〉的命运书写与价值观问题》，载《中国当代文学研究》，2021 年，第 4 期。

切结合,但是熟悉的形式频繁出现在不同的作品中,也难免给读者带来审美疲劳。就《我和我的命》来说,梁晓声首次尝试以女性第一人称的视角写作长篇小说,无疑是一次富有自我挑战精神的尝试,却收效甚微,主人公的性别特征并不是很明显,这也是《我和我的命》最令人遗憾的地方。

四、梁晓声小说的"文本成长"

梁晓声善于沟通自己不同时期创作的不同作品,进而将自己的创作谱系形成有机的整体,营造一种"自文本的互文"效果。像《年轮》《黄卡》《知青》《返城年代》等长篇小说,它们的部分情节来自作家早期创作的中短篇小说。最典型的例子就是长篇小说《年轮》,它几乎是一部由梁晓声的其他小说"拼贴"而成的作品。《老师》《黑纽扣》《为了大森林》《白桦树皮灯罩》的主体情节被挪移到《年轮》的前三章。小说 20 世纪 80 年代的叙事情节与《雪城》的下册又几乎相同。梁晓声自己也坦言,"在创作此电视剧剧本时,从《雪城》中移用了几处片段"[1]。直至小说的叙事时间进入世纪之交时(最后三章),《年轮》才给读者带来了全新的故事。还有,《非礼节性的"访问"》《捕蝗》与前文提到的《鹿心血》都被挪移到《知青》中,成为这部长篇小说的一部分。

除了"拼贴"之外,体现"自文本的互文"特点的还有"扩写"。

---

① 梁晓声:《此情难再》,载《梁晓声文集·长篇小说 17》,青岛:青岛出版社,2014 年,第 4 页。

创作于 1982 年的短篇小说《西郊一条街》的情节与近 20 年后的长篇小说《黄卡》的主干内容基本一致，最大的区别便是前者的叙事时间止于 1981 年，而后者将故事"续写"到了 2001 年。不过"续写"的篇幅比较短小，与《西郊一条街》讲述过的 1950—1970 年的故事完全不成比例，所以很难说《黄卡》有自身的叙事情节。

对于以上现象，读者反映强烈，学术界的讨论却不多。据笔者的有限调查，相当数量的读者会在自媒体平台谈论梁晓声的自我"重复"，这个话题在网络上从"博客时代"被讨论到"短视频时代"，足以证明其并非快餐式话题。由于网络资源的不稳定性，本文不便将它们列在参考文献之中。在自媒体平台上发声的读者对于这一现象的批评较多，认为梁晓声此举有"吃老本"之嫌，是缺乏创作能力的表现。学术界有几篇文章提过此事，但都如蜻蜓点水一般缺乏深究。只有《从"重复"看梁晓声知青小说的创作误区》①一文专门讨论了以上现象。作者乔琛认为，梁晓声中短篇小说之中原本蕴含着浓郁的人文情怀，当它们被"组合"成一个整体之后，情怀就必须让位给观念化的结论。这样一来，《知青》等有明显"拼凑"痕迹的长篇小说就"不是正常的历史书写，而是非常的神话建构"②。

就这个问题而言，笔者不能赞同读者在网上达成的"共识"，并且不完全认可论者乔琛的观点，我的结论与之走向相反的方向。

---

① 乔琛：《从"重复"看梁晓声知青小说的创作误区》，《淮北师范大学学报》，2013 年，第 5 期。
② 乔琛：《从"重复"看梁晓声知青小说的创作误区》，《淮北师范大学学报》，2013 年，第 5 期。

首先，知青情结、理想主义、英雄主义等被频繁提及的梁晓声小说主题精神的负面效果一直存在，从历时的角度去观测，这些负面影响是越来越弱的。正如本项研究的第二章所总结过的，梁晓声在 21 世纪之后的小说很少表现仇恨等偏执的念头，较之过去更为宽容温和。所以 20 世纪 80 年代的中短篇小说里张扬的"人文情怀"也没有十分必要的保留意义。其次，正所谓"小说以忠于个人经验为己任"①，梁晓声重写自己熟悉的故事，本身就是符合创作规律的，而且赋予了这些老故事以新的生命，也是实现了"文本的成长"。这便是笔者要将这个话题放置在本节的原因。令已有的文本继续成长，进而跟上时代的步伐，不仅是困难的，也是作家们很少尝试的事情。大多数小说家都会在创作过程中追求个人风格的强化和写作题材的革新，像梁晓声这样在不同时代坚持书写同一段历史的作家并不常见。

梁晓声的执着也带来了收获，不仅一定程度上纠正了自己早期因历史理性不足而导致的偏狭，而且进一步挖掘了历史的丰富性与复杂性。《西郊一条街》在 20 世纪 80 年代初期的中国文坛是一部非常特别的小说，梁晓声敏锐地捕捉到了新户籍制度下的城乡矛盾，题材非常新颖。车红梅谈道，《西郊一条街》"透视历史进程中人性变迁、描摹个体生命状态、探寻人生价值"②，是一篇极具历史深度与现实关怀的作品。更可贵的是，它不仅写到了"农村人进城"的迷茫，还描绘了"城里人下乡"的无助，

---

① 曹文轩：《小说门》，北京：人民文学出版社，2010 年，第 55 页。
② 车红梅：《〈西郊一条街〉：城乡对立与融合的历史书写》，载《天津师范大学学报》，2020 年，第 4 期。

进一步书写城乡"二元对立"社会格局的同时，也为反映矛盾中的人性本质和"城乡互助"的温情叙事提供了广阔的空间。如此庞大的写作计划，自然不是一部短篇小说的体量能够承载的。实际上，《西郊一条街》的整体节奏过快，很多情节都未能展开，结尾也过于仓促。扩写之后的《黄卡》虽然没能成为经典之作，但是完成度较之《西郊一条街》更高。同理的还有内容高度一致的短篇小说《葛全德一家》与中篇小说《人间烟火》，两部作品的创作时间只隔了3年，后者从人物塑造的完整性与艺术性来看，确实比前者要高出很多。再反观《年轮》和《知青》这两部与多篇前作重复度较高的长篇小说，我们也必须客观地认识到，它们确实存在问题，但这种问题并不是"拼贴"的行为本身所带来的，而是源于之前作品原本就有的生硬感。

综上所述，笔者认为梁晓声将部分中短篇小说融合到长篇小说之中的做法是完全合理的，而且为促成"文本的成长"做出了勇敢而有益的尝试，只不过由于作家创作速度过快等技术原因，情节之间缺乏磨合，没有达到最理想的效果。梁晓声"整合"不同文本，力求将不同的历史叙事纳入一种"统摄性"的理念里，进而打造宏大现实主义巨著的行为，都表明了他内心对创作"史诗性"小说的极度渴望，也反映了他类似于"总体历史"的历史意识。巴尔扎克"把作品联系起来，协调成为一部完整的历史，其中每章都是一部小说，每部小说都描写一个时代"① 正是他创

---

① ［法］巴尔扎克：《〈人间喜剧〉前言》，陈占元译，选自《西方文艺理论名著选编（中卷）》，伍蠡甫、胡经之主编，北京：北京大学出版社，1987年，第111页。

作《人间喜剧》的大致思路，梁晓声虽然没有巴尔扎克那么大的野心，但基本理念是与其保持一致的。正是因为"总体历史"理念的存在，梁晓声小说才有接近"历史真实"的最大可能，这些正是本章最后一部分要探讨的核心内容。

第三节　经典的生成："总体历史"观与三重维度的"历史真实"

提到"总体历史"这个术语，我们首先会想到卢卡奇在《小说理论》等著作当中围绕史诗提出的理论。在那部"从历史哲学论伟大史诗的诸形式"的重要著作之中，卢卡奇拒绝将"史诗性"的文学作品视为独立的个体来看待，而是努力将它们纳入一种普遍的评价范畴。他提出"以美学范畴的本质，即文学形式的本质为依据，以历史为基础"[1]的辩证标准来重估文学艺术的价值。从中可以看出，卢卡奇力图在思想上把握历史变迁中"不变"的本质。从古希腊的史诗到托尔斯泰的现实题材长篇小说，《小说理论》中列举的经典文本都是一种"历史的经验总体"[2]。以上"内

---

[1]　[匈]卢卡奇：《小说理论：从历史哲学论伟大史诗的诸形式》，燕宏远、李怀涛译，北京：商务印书馆，2018年，第7页。

[2]　[匈]卢卡奇：《小说理论：从历史哲学论伟大史诗的诸形式》，燕宏远、李怀涛译，北京：商务印书馆，2018年，第32页。

在性重现的渴望"① 与康德、黑格尔以来的德国古典哲学传统存在内部联系。黑格尔试图将一切历史经验全部整合进"绝对精神"的宏伟蓝图在前文已多次提及，无须赘述。从时间上更早的康德也提出过"普遍的历史观念"，与卢卡奇的"总体历史"具有内在的一致性。

一、"总体历史"的内涵与事实维度"历史真实"的意愿

在康德的历史哲学视域下，个体很难依凭私人经验窥见历史的规律与目的，似乎世界历史就是一笔"毫无意义的偶然世界的糊涂账"（何兆武语）。但是放眼全人类的历史进程，哲学家们又可以观察到自由与理性自觉地走向完全的自我实现。《在世界公民底观点下的普遍历史之理念》中的第二定律便是："在人身上，为其理性之运用而设的自然禀赋只会在种属之中而非在个体之中得到完全的发展。"② 我们从中不难体察到来自德国古典哲学与生俱来的傲慢姿态，也可以确认"普遍历史"在康德那里是一种先验的认识，它是康德"永久和平"的国际伦理理想的基础，也是"目的王国"与"必然王国"统一起来的结果。

仅从范畴论来看，黑格尔无疑继承了康德的傲慢，甚至犹有过之，将先验的历史观引向神秘主义的深渊。卢卡奇的"总体历

① ［匈］卢卡奇：《小说理论：从历史哲学论伟大史诗的诸形式》，燕宏远、李怀涛译，北京：商务印书馆，2018年，第33页。
② ［德］伊曼努尔·康德：《康德历史哲学论文集》，李明辉译注，桂林：广西师范大学出版社，2020年，第5页。

史"观则改变了这种趋势，把康德与黑格尔语境里"可预测的、规律性的、普遍的"历史从精神层面拉回了现实层面。《小说理论》直接指出：

> 史诗的总体概念，并不因此像在戏剧中那样，是一个从出生形式产生出来的概念，是一个先验的概念，而是一个"经验的—形而上学的"概念。它在自身中把超验性和内在性不可分割地结合在一起……史诗的主体总是生活中以经验为依据的人。①

以上转变对于"史诗性"小说评价标准的建立具有非常重要的意义，而且和中国小说传统的体系存在一致性。由于小说与历史的复杂纠葛，与历史对小说长期以来的压制（详见本文第三章第一节），我们也习惯于以"总体性"的眼光审视小说的历史叙事，并且以不容置疑的态度将其作为定义经典的原则。特别是当代中国现实主义题材的小说，对这些与时代变革联系密切的文学艺术作品来讲，依据社会进程与宏观历史制定的评价标准至关重要。

陈晓明在《表意的焦虑：历史祛魅与当代文学变革》的序言里表达了中国当代文学普遍存在的渴望与焦虑，它们（尤其是现实主义小说）承受着巨大的历史压力，又急于摆脱历史的束缚，却难以拒绝历史的延续性。学术界试图勾勒中国当代文学"总体性"思想轮廓的研究实践，与那些有"史诗性"追求的当代作家

---

① [匈]卢卡奇：《小说理论：从历史哲学论伟大史诗的诸形式》，燕宏远、李怀涛译，北京：商务印书馆，2018年，第40—41页。

的希冀是一致的。令他们困扰的"总体性"类似于"意识形态的总体表象"①，却又因为不同社会力量与思想观念的影响而无法确切地反映出来。在这种现实情况下，卢卡奇的"总体历史"观便可以作为有效的理论工具和判断标准，无论在创作领域还是研究领域都具有极强的实用价值。基于以上术语内在属性的广泛交集，笔者可以断言，"总体性"与"史诗性"对文艺作品的要求基本一致，可以被树立为当代史诗典范的小说有必要符合"总体历史"的内在要求。

论及至此，中国当代作家对于叙述事实维度"历史真实"的意愿便呼之欲出了。乍看上去，这是一项围绕着过时理念的复述，经过新历史主义与解构主义等理论浪潮的洗礼后，还原"历史真实"已经是一项被证伪的命题，它已然成为一个永不可及的美好理想。

笔者自然承认"历史真实"不可复原的客观性质，但要格外强调的是，我们重申叙述"历史真实"的价值，并非为了还原历史面貌，而是将这种叙述姿态作为路径，促使作品接近我们期待的精神境界。毕竟海登·怀特也承认"意义的真实与真实的意义并不是同一回事"②，历史叙事固然虽然表现为虚构，但是历史叙事的存在的目的从来都不是虚构。人们之所以热衷于讲述历史，根本原因还是为了尽可能接近现实的本质。对于不断处于剧变的

---

① 陈晓明：《表意的焦虑：历史祛魅与当代文学变革》，北京：中央编译出版社，2002年，第1页。

② [美]海登·怀特：《元史学：19世纪欧洲的历史想象》，陈新译，南京：译林出版社，2013年，第3页。

当代中国就更是如此。自 20 世纪 70 年代末以政治运动为主题的时代结束之后，"新时期"文学遭遇旧历史"总体性"的瓦解，作家们急需重新确立新的历史起点，只有这样才能论证自身作为创作主体的合法性，进而去认识或建构新时代历史的"总体性"，呈现新时代的"史诗性"作品。

从创作实践来看，"走向历史深处，讲述历史真实"也是那些满怀现实焦虑的作家们的普遍选择，陈晓明谈道，"人们讲述历史，目的是找到现实的起源。文学叙事似乎总是在为现实寻找历史……似乎每一个新的现实都有它的合乎必然的历史，历史就这样成为现实的延伸、前缀或虚构"[①]。其实这段论述仅仅概括了"新时期"小说历史叙事的主要趋势，具体到实践层面，作家们还是热衷于以"历史真实"作为连接历史与现实的纽带。论述中"必然的历史"则是尽可能接近真实的历史，至少要易于获得集体意识的认同。概言之，小说若想建构"总体历史"，就必须通过叙述"历史真实"的路径，历史只有在文本化的语言中才能尽可能地接近真实。

二、在情感维度"还原"历史

明晰了上述理论逻辑和时代背景之后，我们再以全新的角度审视梁晓声的小说创作。毕竟，梁晓声五十年的写作生涯里从未放弃过有关"历史真实"的叙述与思考，更是将建构当代中国的

---

① 陈晓明：《表意的焦虑：历史祛魅与当代文学变革》，北京：中央编译出版社，2002 年，第 10–11 页。

"总体历史"视为文学创作的毕生追求。他始终关注着这个命题，认识和叙述策略上也有过大的转折。作家创作初期的历史叙事策略尤其朴素真诚，他试图通过小说还原个体在历史中日渐迟钝的生命经验。梁晓声在《今夜有暴风雪》等早期北大荒知青小说中，不曾有意规避特殊时代对个体生命的戕害，但是也不会过于强调这些负面因素乃至忽略了始终在场的人性之善。他善于通过细节描写在局部重塑历史场景，借助坐标性的历史符号，从而营造强烈的真实感。这也是那些作品能够唤醒一代人回忆，令历史的亲历者始终热泪盈眶的根本原因。

但是，这个时期的梁晓声由于没有放下"还原过去"这个不切实际的叙事目标，过于追求复现记忆里的历史景观，不仅导致小说里的镜头语言太多，造成一定程度的文本臃肿，还会在描述自己不够熟悉或过于复杂的事物面前显得有些吃力。这个问题在《雪城》中就已经出现，到了《年轮》就更为明显了，由于这部小说跨越的年代太长，历史场景又太过复杂，导致 60 万字的篇幅还显得捉襟见肘。上册的贫民窟少年成长情节和北大荒知青经历情节仿佛被按下了"加速键"，每个叙事片段的连接处几乎没有停顿和转折；下册围绕中日公司商务贸易合作展开的故事进度确实慢了下来，但是细节的还原程度又明显与前文不成正比了，取而代之的是大篇幅的心理描写。再加上梁晓声在同时期农村题材小说中也存在类似的现象，笔者有理由认定，这些问题是作家的个体经验不足所导致的，而理想化的叙事目的又放大了问题。

步入 21 世纪后，梁晓声不再追求全景式的历史还原，他的叙事策略越来越纯熟。首先，他保留了早期小说里带给读者巨大情感冲击的历史细节，特别善于借助空间叙事反映历史的变迁（详见本文第三章第二节），还时常借助民间史与野史的记载弥补宏大历史在微观部分的欠缺（详见本文第三章第一节）。其次，他的细节描写大多基于自己的人生体验展开，也就是说，相比于拓展叙事内容的广度，作家更专注于挖掘熟悉领域的深度，很好地实现了扬长避短。再加上梁晓声尝试通过不同的视角叙述相同的历史，比如，《人世间》里周秉义与郝冬梅的北大荒知青生活与《知青》里赵天亮和周萍的体验全然不同，但那种理想主义的青春激情却保持了内在的一致。最后，也是最重要的，梁晓声深知小说无法还原事实层面（或称客观层面）的"历史真实"，他亦拒绝故意破坏或模糊"历史真实"的叙述技巧。也就是说，梁晓声反对在小说中别有用意地"修改历史"，这表现了他坚持现实主义的创作手法，也是忠诚于自身历史情感的集中体现。

其实历史本身就是存在多种解读方式的，何兆武的说法可以为以上思路提供充足的信心，他认为历史具有两重性，"作为自然人，人的历史是服从自然的和必然的规律的，但作为自由和自律的人，他又是自己历史的主人，是由他自己来决定自己的取向的"①。作家创造文学作品，主动选择接触历史的情感是再合理不过的事情。因此，我们围绕"历史真实"的讨论就不能仅仅从认知维度（或称事实维度）展开，不然终究还是会回到"还原过去"的死胡同里去。为了避免评价标准落入偏狭，有必要在历史叙事

---

① 何兆武：《历史学的两重性论略》，载《苇草集》，北京：生活·读书·新知三联书店，1999年，第3页。

的解读中悬置"辩难"的研究方法，暂时回避"是非"的价值论断。黄子平有关"革命历史小说"的研究为本文提供了方法的信心，正如洪子诚评价《灰阑中的叙述》一书时提炼道"当代叙述的秘密是在于界定'真实'的标准，分配享受'真实'的等级"①。从某种程度上讲，区分多重维度的"历史真实"有利于主体与历史的对话，避免像克罗齐定义的"编年史"那样，将个体的声音完全溶解于死板的史实记录里。李杨也格外强调以上原则在文学研究中的运用：

> 这里的"历史化"是指任何理论都应当在特定的历史语境中加以理解才是有效的，与此同时，"历史化"还不仅仅意味着将对象"历史化"，更重要的还应当将自我"历史化"……因此，选择从"文学自身"进入"历史"，而不是在"历史"或"政治"的环境中讨论"文学"。②

这些理论方法给我们的启示在于，中国当代小说依旧没有走出被历史笼罩的阴影，一味强调小说无法还原事实层面的"历史真实"，还是以"史传"传统的标准限制小说自我表达的表现。特别是对经过时代沉淀的、已经被"经典化"的作品来说，它们使得"历史真实"的侧重面在不经意间悄然发生了转变，从事实维度向情感维度发生了挪移。文学经典的艺术魅力使得它们的传

---

① 洪子诚：《"边缘"阅读和写作》，载黄子平《灰阑中的叙述》，北京：北京大学出版社，2020年，序言。

② 李杨：《50—70年代中国文学经典再解读》，北京：北京大学出版社，2018年，第357–358页。

第三章　当代现实主义的"史诗性"典范

播范围远比史料广泛，也更易于进入社会历史无意识，它们创造的历史意象与历史场景往往在不知不觉间被时光雕刻于集体经验之上。可以说，逐步令社会忘记其虚构本质是文学作品"经典化"的必经之路，也是学界评价其是否属于经典的重要衡量尺度。然而这一过程中也暗藏危机，那便是容易受到主流意识形态话语体系的限制。当我们回顾1950—1970年的"红色经典"时，恐怕任何人都不会怀疑它们被"经典化"的合理性，但是也不会有声音否认，它们的存在封锁了新民主主义革命历史在集体意识里的叙述空间和想象空间，历史化身为证明当下话语体系合法地位的工具，也"阉割、扼杀、抽空了未来，使未来耗尽其指涉能力，蜕变为一个'空洞的能指'"[1]，最终将历史变为不容置疑的指令。"一旦'未来'也被精心纳入权力的策划之中，由语言文字呈现出来的'历史时间'也就彻底丧失了原本虚幻的深度"[2]。笔者认为，这也是一种形式的历史虚无主义，已然在一定程度上走向了历史唯物主义的反面。

那么，如何避免文学作品在"经典化"的过程中陷入上述危机呢？这就必须强调情感维度的"历史真实"。毕竟，我们在任何情况下都不能忘记文学作品的美学价值，它们可以通过修辞手段建立起联系时代心理意识的独特方式，从而在感性的层面上还原"历史真实"。就以对中国社会影响深远的知青史为例，包括梁晓声在内的无数亲历者都表示"时代是荒谬的，情感却是真挚

---

① 黄子平：《灰阑中的叙述》，北京：北京大学出版社，2020年，第23-24页。
② 黄子平：《灰阑中的叙述》，北京：北京大学出版社，2020年，第27页。

的"。既然如此，将理想主义的热忱与人间真情传递给广大读者，就成了文学作品的应尽之责。接受了来自历史的情感传递，与过去产生情感共鸣之后，也更有益于读者们认识"荒谬的时代"。王德威曾经犀利地指出：

> 只有在我们认清历史具有文本特质（textuality）及叙述活动性质之时，我们才能开始讨论历史话语陈述；而历史陈述"可信度"的达成主要并非仅根据众说纷纭的"事实"，而是来自人类对事物"可理解性"（intelligibility）所做的努力。这种立论或许有其风险，因其可能使历史书写的层次降低至预铸式叙述模式的地位，也可能过于低估传统史家所重的考证训诂的重要性。但历史对过去"意义存在"（meaningfulness）的肯定，可能源于历史所享有的陈述或对话。①

正是在创作主体与历史对话式的叙事之中，小说得以重现往日的气氛，在情感维度营造切身的真实感，至于其中的情节是否真的发生过，细节上又有多少不符合史实的成分，便已经无须过于严格地计较了。当"中国小说"逐渐走向"小说中国"已是必然的事实之后，又何必去质疑"小说中国"事实维度的真实性呢？

梁晓声的小说无疑是描绘历史情感的佳作。首先，当然是因为作家在创作过程中倾注了浓烈而真挚的个人情感。无论是理想主义的情怀还是人道主义的关切，抑或底层阶级的立场，包括

---

① 王德威：《想象中国的方法：历史·小说·叙事》，天津：百花文艺出版社，2016年，第297页。

第三章 当代现实主义的"史诗性"典范

1980—1990 年转型之际的矛盾与挣扎，全部是梁晓声内心情感的真实写照。此外，梁晓声格外留意小说里人物的情感体验，努力从人性的角度出发表现他们的内心活动，还原符合他们性格特征的情绪。《雪城》《年轮》《知青》《人世间》等与作家人生经验和当代中国社会高度契合的小说无须多言，与不同社会阶层、不同身份的读者产生了高度的情感共鸣。叙事背景唯一发生于中华人民共和国成立之前的长篇小说《重生》，也能够营造高度的"历史真实"，便要归功于梁晓声对复杂人性的把握。王文琪身负惊世之才，却因战乱隐居于家乡的村庄里，与世无争，说明他本性内敛温和；他看到村民遭受日军凌辱，挺身相救，至少在那一刻是将生死置之度外的，说明他有充沛的正义感和勇气；在敌营生活的时间里，他巧妙地与敌人周旋，成功获取了日军的信任，为后续的谍报工作奠定了基础，说明他有智慧；与此同时，王文琪时刻处于恐惧之中，在敌人的面前确实也表现过奴相，并没有始终保持着革命者大无畏的精神；他还贪恋日本军妓佐艺子的美貌，甚至在向组织提交的汇报中扬扬得意地复述了他们肌肤之亲的过程，这里的王文琪无疑显露了他好色之徒的一面，甚至有些不知羞耻了。这些复杂的性格特征融合在一起，使得王文琪明显有别于传统"红色经典"里那些献身革命的抗日英雄，却十分符合真实的人性。并且，这些抗日活动中暴露出的情感冲突为他之后陷入的身份危机埋下了伏笔，那些负面的情感体验，让他不由得怀疑自己是否沦为一个真正的"汉奸"。可以说，王文琪绝对是当代中国抗日题材小说中特别的存在，《重生》也是一部被严重忽视的小说。在"谍战"题材小说如此盛行的今天，梁晓声这部"自我突破"的长篇小说应在其中有一席之地，完全有可能随着时间的推移被"经典化"。并且，能够在历史叙事中把握普遍存在的情感，也应当是一种"总体性"的表现。毕竟时间改变的只有场景与事件，人的本性却是永恒的。

不过，《重生》存在着一个明显的问题，这恐怕会成为其"经典化"的道路的障碍，而且这个问题在梁晓声同时期的作品里并不多见，反而常常出现在他早期的作品里。那便是王文琪的经历和能力过于特殊，过于富有传奇色彩。他的情感无疑属于普通人，但生命体验却毫无平凡可言，在一定程度上为阅读带来了隔膜的感觉。实际上，梁晓声的绝大多数小说都非常注意自己小说里主要人物的社会阶层代表性，这也是他能够通过有限的文本空间反映"总体历史"的重要叙事策略。

三、依据社会阶层建立历史叙事的秩序

创作"总体性"反映社会全景的长篇小说是历代中国作家的夙愿，然而探索这条创作道路的过程却相当坎坷。茅盾立志以重大社会事件为题材，创作出反映社会全景，表现时代精神的长篇巨著，可是那些宏伟的写作计划大多半途而废，《虹》《霜叶红似二月花》《锻炼》等创作计划均未实现。当时就有人评价"'长篇小说'这个暗含卢卡奇所谓'总体性'神话的名目，颇像《子夜》中吴荪甫那个悲剧性的'企业乌托邦'"①。不过，我们并不能

---

① 韩侍桁：《〈子夜〉的艺术，思想及人物》，载《现代》，第4卷第1期，1933年11月；转引自黄子平：《灰阑中的叙述》，北京：北京大学出版社，2020年，第43页。

第三章　当代现实主义的"史诗性"典范

因为先驱的创作理想遭遇困境，就宣布"总体性"的长篇小说不可实现。如果想要寻求具体的叙事策略，还是要从现实主义长篇小说的本质特征说起：

> 这种叙事形式（指现实主义长篇小说）相信自身有机地"再现"世界的能力，现实中孤立分散的事件被作家以造物主般的天才之手彼此协调地组织起来，在一个自足的作品世界中获得一种整体意义、普遍联系和等级秩序，历史借此被赋予了虚假的但却似真的时间向度和目的性，作家对历史的理解转换为一种普遍意义，经由这种叙事形式合法地强加给读者和世界。[1]

笔者从以上论述中捕捉到一个关键词：秩序。

想要创作一部由"总体历史"指导，追求"史诗"风格的长篇小说是极为困难的。因为琐碎复杂的叙事容易使得整个文本陷入混乱无序的状态。所以，只有找到秩序并将其呈现出来，"史诗性"的长篇小说才有出现的可能。所谓秩序，便是事物发展运动的规律，"规律性"正是历史唯物主义的核心要求（详见本文第一章第一节）。如果一部小说还原了所叙述历史的秩序，那么它就把握住了这段历史的核心，也就最大程度地复现了"历史真实"。

从这个角度上讲，梁晓声细致地观察现实与历史，提炼社会不同阶层的主要特征，再创造植根于不同社会阶层的典型人物来

---

① 黄子平：《灰阑中的叙述》，北京：北京大学出版社，2020年，第8页。

做"代言人",便可以在很大程度上规避茅盾陷入的困境,使得创作"总体性"的长篇小说不至于显得力不从心。纵览那些最能代表他艺术成就的长篇小说,无一不是准确把握了历史规律的叙事特征,进而把握秩序的协调。

以梁晓声的集大成之作《人世间》为例,我们可以清晰地发现每位主要人物都不是孤立存在的,所有个体的背后都是一个社会阶层或某一社会群体的代表。周家老父亲,中华人民共和国第一代建筑工人周志刚是民族独立的见证者,国家富强的建设者,亦是人间苦难的承受者。他为家庭奉献了一切,却不能完全摆脱封建家长的专横跋扈。如果说周父代表了新旧中国转型时期成长起来的体力劳动者,那么周母就是同时代城市底层家庭妇女的缩影。她勤劳、诚实、善良、热心,同时也因为过于有限的人生阅历只能为孩子们提供生活保障与品格的引导,特别是在其精神错乱之后,集中展现了她对家人纯粹的爱,寄托着梁晓声对母亲形象的美好歌颂。至于周家三兄妹所代表的群体就更加有针对性,周秉义和周蓉都是知青出身,又成为恢复高考之后第一代名牌大学毕业的学生,但是毕业之后踏上了完全不同的道路。周秉义走上仕途,最终成为主政一方的官员,为人民的安居乐业鞠躬尽瘁,他的后半生完美地诠释了"人民公仆"的内涵,是国家需要、人民期待的"理想型"干部。周蓉则始终是一位向往自由、追求理想主义的知识分子,始终保持着对社会现实的关注。虽然她具备很强的自我反思能力,但是空谈和清高等缺陷也一直束缚着她的脚步,影响着她的命运。周秉昆更是足以在文学史上留下重要痕迹的经典人物形象,他以"知青时代的留城青年"的身份出场，要知道"留城青年"在历史中是一个相当庞大的群体，但是文学作品里却鲜有反映，梁晓声也是第一次将叙述视角聚焦于他们身上。再后来，周秉昆多次进行身份转换：工人、编辑、销售、文艺工作者与个体户，其间还因过失伤人入狱。他和妻子郑娟辛劳的一生正是城市底层民众五十年来的真实写照。以及先后加入周家的冯化成和蔡晓光，他们都具有艺术家的气质，前者远离世俗，后者亲近大众。在作家与编剧两种职业之间深耕多年的梁晓声通过他们，也概括了两种类型的文艺界人士。还有周楠、周玥和周聪，《人世间》对这三位"进入文本"较晚的"周家第三代"着墨不多，但是周玥的"开放"与周聪的任性，以及他们（除了早逝的周楠）与周秉昆们这些"光字片的儿女"①的代沟和冲突也还原了民间社会的重要现象。再加上乔春燕、曹德宝这对精于算计的"小市民"，在物欲面前堕落的知识分子唐向阳，不堪生活与病痛磨难选择自裁的肖国庆，钻营投机倒把的犯罪分子骆士宾，本性纯良却走上贪腐之路的基层官员龚维则……因篇幅有限，本文不能将《人世间》里更多的人物及其所对应的社会群体逐条列举。但是《人世间》人物的阶层代表特性已经非常明晰。

这些例子可以证明，梁晓声把握叙事秩序，提炼历史规律的策略是非常直接的，即梳理某个社会群体的生活习惯、思维方式与价值立场，再依据这些要素塑造富有代表性的人物形象，继而

---

　　①　《人世间》在出版前的原名是《光字片的儿女》，梁晓声在编辑的建议下修改了书名。详见朴婕、梁晓声：《有严霜，就有傲骨——梁晓声访谈录》，载《小说评论》，2019年，第5期。

把这些"典型人物"有机地组合到叙事情节之中。这并非属于事实层面的还原，如果我们以现实生活对照文本来观察，就会发现周家五十年的人事变迁也许并不具有普遍性。特别是一个贫寒的百姓之家出了"他姐周蓉这样的大美人"和"他哥周秉义这样有情有义的君子"①，就使得周秉昆与他朋友们的生活并不算平凡。只不过秩序维度的"历史真实"已经被极高程度地还原，读者们便没有理由去苛责事实维度的"历史真实"了。如华莱士·马丁所言"最好的现实主义叙事作品——它抓住了我们历来所了解的，尽管也许是极其朦胧地了解的经验的真实"②。王德威也谈道"这种类型的小说讲求细腻记述小说人物的内、外在经验，重新表达曾历经该历史事件的人物所感受到的冲击，以达成对过往时代个人身历其境的刻画效果"③。小说的本质是虚构的艺术，能营造模糊的真实感，唤醒读者的情感共鸣已实属不易。

　　梁晓声小说历史叙事的策略解释起来很简单，但想要在文本中实现却对作者有着极高的要求。创作者必须长期观察社会各阶层群众的生活细节，并将获取的微观信息放置于宏观的历史背景之下，才能归纳出共性的元素。很难说这些知识储备与小说创作有什么直接关系。而这些困难并未给梁晓声带来太多干扰，因为他原本就是"手握两支笔"写作的作家，自 20 世纪 90 年代至今，梁晓声始终坚持非虚构写作，陆续发表了包括《中国社会各阶层

---

① 梁晓声：《人世间》（下册），北京：中国青年出版社，2017 年，第 503 页。
② [美]华莱士·马丁：《当代叙事学》，伍晓明译，北京：北京大学出版社，1990 年，第 59 页。
③ 王德威：《想象中国的方法：历史·小说·叙事》，天津：百花文艺出版社，2016 年，第 302 页。

分析》《郁闷的中国人》《忐忑的中国人》《梁晓声说：我们的时代与社会》在内的大量社会时评。正是通过长时间的社会观察与思考，梁晓声实现了"作家视野向社会学学者视野的转变"①。再加上他曾经连续担任3届全国政协委员，并根据自己的经历创作了长篇小说《政协委员》，所以他拥有敏锐的社会观察力便也不意外了。梁晓声的《中国社会各阶层分析》里，将国人大致划分为"资产者""中产者""知识分子""城市平民""城市贫民""农民""农民工""灰社会"等群体。在2010年和2021年的两次修订中，大幅度修改了部分内容，并特意增加了"歌星""富二代"等群体，体现了与时俱进的特征。带着以上了解，重新审视《人世间》里那些人物与他们背后所代表的阶层，便可以大致明白讲述秩序维度"历史真实"所要具备的条件了。由于"梁晓声的中国社会阶层分析"的内容非常庞大，需要整合他数十年来创作的社会时评与历史进程展开研究才能得出结论，甚至可以围绕这个命题再做一篇博士论文，笔者暂不展开具体论述，在此对梁晓声小说中的"秩序真实"仅做"初探"性的研究。

　　统筹以上研究之后，我们可以清晰地发现，梁晓声的小说符合"总体历史"的内在要求，完全有资格、有必要被树立为当代"史诗性"小说的典范。尤其在处理小说文体与讲述"历史真实"的叙事需要时，梁晓声的小说提供了合理的叙事策略，没有执着于还原不可能复现的历史事实，而是在确保情感维度真实性的前提下，立足社会各阶层特性，还原历史秩序。这种做法不仅有助于

---

① 刘文嘉：《梁晓声：作家应该手握两支笔》，载《光明日报》，2014年3月3日。

调和小说"诗性"与"史性"的对立冲突，还拓展了小说历史叙事研究方法的边界，是梁晓声在叙事方法层面为当代小说所做的贡献。所以，本文的研究也从侧面佐证了梁晓声小说的经典价值，它们经得起多种理论方法的解读，有丰富的阐释空间，属于当代文坛常读常新的作品。

第四章　无处安放的历史之"重"

——梁晓声对历史的情感表达

通过分析梁晓声小说的历史认知、伦理诉求和叙述方法，我们完全能够确认他在创作过程中的真诚和严谨，然而透过文本的细节，又不能让人免于怀疑作家对作品的把控能力。毕竟，就历史观念而言，梁晓声的小说里就存在不少矛盾之处。作品内部自相矛盾的地方直接导致了评论者们争论不休，活跃研究氛围的同时，一定程度上也影响了"解码"梁晓声的进程。同时，依据导论部分的研究理路，本文理应将文本背后的作者也纳入研究对象中来，探讨梁晓声在小说历史叙事中的感性认识和情绪波动，为进入作家的精神世界开辟路径。

本章基于前文做出的研究，回归小说文本，尽可能还原作家的写作情感，直面梁晓声小说历史观念的矛盾之处。首先，需要给出答案的是梁晓声"回望"历史苦难时的基本态度。苦难究竟在那些小说的历史叙事中扮演什么角色？他是否认为苦难对于历史进程存在积极的作用？围绕这些问题展开的研讨也是为"梁晓声的理想主义叙事"（详情参见导论）这个热门问题的分析提供新的角度。

其次，本章为梁晓声在"历史进步论"面前的犹疑表现做出全面分析。论文的第一章曾讨论过这个问题，结论是"对梁晓声来说，'历史进步论'是一个常识性的写作前提"（详情参见本文第一章第一节）。但是具体到小说的历史叙事里，任何读者都不会否认，梁晓声深情地怀念着某些已经逝去的时光。他是否愿意回到过去，或者，他是否借抒发怀旧情绪拒绝历史进步的趋势，正是本文亟待梳理的问题。

最后，本章将聚焦于梁晓声小说里不时透露的悲观主义情绪，进而总结作家的宿命观。实际上，这个问题同样也是从第一章里延伸出来的，它终将回到"如何认识历史规律"中去。历史规律是所有涉及历史叙事的小说都不能绕行的，特别是那些受到历史唯物主义影响的文学作品。一个在形而上学层面对宿命展开终极叩问的梁晓声，难免与公众视野里那个热衷于书写现实的梁晓声相抵牾的，正因如此，它是整项研究体系里至为重要的一环，更是无可回避的一个问题。

本章有许多内容都是围绕第一章的"再解读"（包括"历史进步论"和"历史规律"），这就需要我们以全新的视角进入相同的作品，力求透过文学作品，结合其他相关材料，解读小说背后的作者。相比于前文侧重于从历史理性的角度出发，这部分将着力把握梁晓声对历史的情感表达。作家创造文学作品，主动选择接触历史的情感是再合理不过的事情，作为研究者，有必要将他们的情感从文本中提炼出来。与此同时，研究"历史情感"也呼应了后现代史学的基本要求。和立足实证主义和科学主义的传统史学不同，后现代史学发掘历史的文本性、语言性、修辞性、意识形态特征等主观建构因素，从而对传统史学的客观性、确定性、规律性等概念做出了挑战。历史情感是人的主观情感的重要组成部分，理应视作本项研究的基本议题。海登·怀特于《后现代历史叙事学》指出，历史与文学的话语形式都是叙事性的，"为了赋予对'过去发生的事件'的叙事以可理解的发展进程的属性，就仿佛戏剧或小说的表达一样，情节结构就成了历史学家'阐释'过去的一个必要成分。"[1] 情感高度参与的"文学想象"正是确保后现代史学立足的基石。

反观文学领域，与后现代史学内涵指向高度一致的"新历史小说"产生的影响绵延至今，在"新时期"的中国文学史上具有里程碑式的意义。时至当下，"新历史小说"的原初形态虽然已经不复存在，但是它对历史展开的修辞已经作为一种方法深入文学的创作和研究。回顾这些小说的创作历程时，陈晓明满怀浪漫色彩地谈道："对于书写历史和感受历史的人们，都无疑是一次膜拜与痛悔交织的秘密仪式。"[2] 我们看到，梁晓声作为"新时期"中国文学重要的建构者，他在这场"秘密仪式"里同样经历了无比深刻的情感"历险"，五十年间，他的历史情感充满了波动，唯一不变的是将其视为一种沉重的压力，而且充满了焦虑。正如他笔下不经意间流露出的疲惫："历史太悠久了不见得是好事，

---

① [美]海登·怀特：《后现代历史叙事学》，陈永国等译，北京：中国社会科学出版社，2003年，第82页。

② 陈晓明：《历史颓败的寓言》，载《钟山》，1991年第3期。

悠久的历史会将作家的思想压扁，变形。"[①]

第一节　关于历史苦难的书写和理想主义精神

恐怕没有人会质疑文学与苦难天然存在的密切联系，当我们回望古今中外那些文学大家的作品时，往往会感叹于他们书写苦难主题的作品的深刻思想与复杂形式。同时也不难发现，像"新时期"中国文学这样，如此广泛地将苦难表现于小说的历史叙事中，也是极为少见的文学现象。正所谓"没有任何一种反思性的情感能像苦难一样构成人类历史的内在性力量，因而苦难构成人类历史的本质也就是不可动摇的历史自我意识。"[②]在"新时期"文学重建叙事主体的过程中，有关苦难的书写与提炼历史本质直接相关，"伤痕文学"与"反思文学"皆是生长于"反映历史苦难"的现实主义创作法则之中。

一、将历史苦难视为精神财富

置身于 20 世纪 80 年代初期的梁晓声表现出了不少与文坛主流相契合的地方。最为典型的就是《父亲》《母亲》《京华见闻录》

---

① 梁晓声：《真历史在民间》，北京：民主与建设出版社，2014 年，第 139 页。
② 陈晓明：《表意的焦虑：历史祛魅与当代文学变革》，北京：中央编译出版社，2002 年，第 404 页。

第四章　无处安放的历史之"重"

《从复旦到北影》等影响广泛的纪实小说。[①] 梁晓声在这些作品里真诚地记录了一些难忘的经历，关于苦难的体验在其中占据着最重要的位置。2021 年，他用类似的写法创作了长篇自传体小说《我那些成长的烦恼》。相较于 20 世纪 80 年代的作品，这部长篇小说的语言风格较为轻松，但是主体部分依旧是围绕苦难的叙述。当我们历时地审视这些纪实小说时，可以断定它们与"伤痕文学"的创作初衷有相似之处。梁晓声谈及苦难的情感态度虽然远没有老鬼的《血色黄昏》那么愤怒，也没有金宇澄的"北大荒知青小说"那样哀伤，但是他同样表达着渴望控诉的宣泄情绪。哪怕梁晓声"诉苦"的欲望没有"伤痕文学"那么强烈，我们也不能否认其真实地存在着。

与此同时，梁晓声没有止于描述历史苦难，还做出了不少理智深刻的历史反思。《一个红卫兵的自白》就是最好的例证，它不属于纪实小说，但梁晓声又坦言其具有"纪实的色彩"，"书中所写的林林总总的现象是我亲历的"[②]，这使得隐含作者与叙述者的身份区别极为模糊，又经常跳出文本与读者直接展开对话，从而打破了小说虚构的特质。梁晓声之所以采用这种"反小说"的自传性叙事方式，很大程度上源于他希望借助历史叙事展开反

---

①　有必要事先说明的是，这些作品的体裁存在一定争议。比如，青岛出版社的《梁晓声文集》将以上四部作品均收入《梁晓声文集·散文卷》；在国家统编版语文教材里，《母亲》的片段《慈母情深》也是作为记叙类散文被收录的。然而它们最初都是以小说的体裁被发表的，《父亲》曾获 1984 年全国优秀短篇小说奖，《从复旦到北影》曾两次以长篇小说的形式出版。权衡考量之后，本文将它们均视作纪实小说来进行研究。

②　梁晓声：《一个红卫兵的自白》，载《梁晓声文集·长篇小说 14》，青岛：青岛出版社，2014 年，序言。

思。《一个红卫兵的自白》不再过多聚焦于历史创伤的外在观察，而是侧重于拷问苦难的成因。小说里的王文琪因阶级成分不好，为获得组织认可，与父亲断绝关系，并对亲人带头批斗，成为红卫兵以后又难以压抑内心的忏悔、恐惧和欲望，最终被这些情绪折磨致死。王文琪不是孤立存在的生命个体，他是那段岁月里某个历史群体的高度概括。梁晓声通过这部诚意满满的作品，不仅告诉了我们苦难的具体形态，还尝试回答了"历史何以至此"的沉重疑问，而这正是"反思文学"的核心之义。另外，文学史上的"伤痕文学"与"反思文学"从来没有明确的界线，梁晓声小说的诉说与沉思往往也是相互交织的。

不过，梁晓声对于历史的凝视始终保持着独特的角度。在相当长的一段时间里，梁晓声是将历史苦难视为一种精神财富的。这点在第二章第一节里分析《飞罗旋》时已经提到，本节将展开更为详细的论述。梁晓声的知青小说从来不会吝惜有关北大荒自然风貌的描写，这使人们直观地感受到苦难的强悍力量。在他的笔下，这里荒无人烟、滴水成冰、野兽横行，充满了恐惧与神秘的气息，恶劣的环境严重损害了知青们的身体，甚至残忍地夺走了不少年轻的生命。伤病与死亡让北大荒知青的身心受到了极大的折磨，但是也磨炼了他们坚强、勇敢、正直的高尚品格。李晓燕、王志刚、梁珊珊、曹铁强、裴晓云等知青重视荣誉和尊严，面对苦难不怕牺牲，迎难而上，这正是理想主义精神的集中体现。

理想主义具有宽泛的内涵，而且梁晓声笔下的知青确实存在盲目和蛮干的成分，所以我们必须进一步界定梁晓声知青小说理想主义的内核。车红梅极富创见性地提出"梁晓声的知青小说所

第四章　无处安放的历史之"重"

具有的理想主义精神，是以自身成长为基础，以青春的理想为外壳，以北大荒军垦精神为内核的。"[1] 这项研究对笔者有很大的启发，因为对北大荒人影响深远的军垦文化本身既具有英雄主义和爱国主义的深厚情结，又天然地排斥"阶级斗争"思维方式的滥用，哪怕在特殊时期，梁晓声所处兵团的核心任务也是生产建设，而非政治运动。兵团知青高呼"向地球开战"的口号时，也会对自然生态保持基本的敬畏之心。施新佳提出："梁晓声的小说中融合着人类对自然的态度，在反思着人与自然的失衡问题时，也在构建着与自然和谐共存的发展模式。"[2] 在北大荒军垦精神的教育和影响下，梁晓声小说的理想主义迥然不同于更富战斗热情的"革命理想主义"，而是独具特色，塑造的典型人物也别具一格。

已经有多位研究者谈到，梁晓声北大荒知青小说里最经典的形象当属一众"硬汉"，然而鲜有观点将"硬汉"与苦难的关系从情节中剥离开来集中讨论。笔者认为，梁晓声笔下的苦难与硬汉形成一种潜在的因果关系，没有苦难，就没有硬汉。曹文轩认为，梁晓声笔下的硬汉"是充满魔力的'满盖荒原'和充满苦难的东北边陲的知青生活逼出来的。"[3] 从结果上看确实如此，李晓燕立下"军令状"，率领垦荒先遣小队出发时，兵团知青们对自己

---

① 车红梅：《论梁晓声知青小说的理想主义叙事》，载《当代作家评论》，2020 年第 4 期。

② 施新佳：《论梁晓声知青小说的生态意识》，载《文艺评论》，2019 年第 4 期。

③ 曹文轩：《中国八十年代文学现象研究》，北京：人民文学出版社，2010 年，第 272 页。

将直面的泥沼与狼群并没有清晰的认识，所以他们彼时的理想主义更多的是热血激情。苦难的逼迫才使得他们迸发出前所未有的强大力量与坚韧意志，热血青年得以真正蜕变为硬汉。

除了自身的勇敢与毅力外，硬汉往往还需要炽热的情感作为与苦难搏斗的精神支柱，这恰恰为理想主义的内涵提供了更为丰厚的人性元素。无论《这是一片神奇的土地》还是《今夜有暴风雪》，大量的篇幅都用于叙述主人公之间的"三角恋情"。这种言情小说常见的套路看起来与知青题材风马牛不相及，然而在梁晓声的笔下却成为丰富硬汉形象的重要部分。在苦难面前，硬汉们宁愿牺牲生命，也不会抛弃爱情，王志刚与曹铁强坦率承认身处的"三角恋情"，并基于道义做出感情抉择。这不仅不会损害他们的硬汉精神，反而赋予其"铁汉柔情"的人格魅力，这同样是理想主义精神的魅力。相较之下，同属知青文学代表作家张承志的名作《北方的河》的情爱叙事全然不同。从北京而来的女记者被主人公霸蛮的性情与强健的体魄折服，并深情迷恋着这个"奔向雄浑大河的男人，一个精灵般的河的儿子"[①]，不过胸怀壮丽河山的男子汉从未在意过身边柔弱女子的痴情目光。仅就此来看，张承志笔下饱经苦难的硬汉的英雄气质可能还要超过梁晓声塑造的北大荒知青，但是缺少了柔情的映衬，恐怕理想主义精神在后世读者中引起的共鸣也会相应减少。

当梁晓声的视线离开那片荒凉的土地，重新回到现实之中后，

---

① 张承志：《北方的河》，载《张承志作品系列·卷二》，北京：东方出版社，2014年，第148页。

缺乏"土壤"的传统硬汉形象也就难以寻觅了。然而苦难的精神滋养作用依旧存在着，百废待兴的城市里有许多善于反思的智者，他们善于从历史的苦难里挖掘有益于人性的营养，以它们为媒进行历史反思和自我救赎，很多时候也能向他人传递精神力量，这无疑也是理想主义情怀的集中体现。《在 A 城》（1981）讲道，有位德高望重的老导演曾借自己的威望影响评审结果，最终使品学兼优的青年演员刘珂失去了原本属于他的深造机会。之后，导演在劳动改造时与刘珂相遇。刘珂原本毫不掩饰自己对导演的憎恶，但是在一次意外中却救了导演一命，并因此受到政治牵连，进而遭遇另一场意外失去双腿。已经残疾的刘珂坦然接受了自己的命运，还成了雕塑家，而且暗地里默默支持着老导演的艺术创作。刘珂历经多重苦难洗礼，具有非同一般的人格魅力，不仅将老导演从愧疚与自责的"历史之痛"里解放出来，甚至感化了一位因历史创伤走上歧途的劫匪。这部作品依旧存在转折生硬与人物扁平的稚嫩痕迹，不过梁晓声对历史苦难的情感态度却是鲜明的。《飞罗旋》（1981）里洞悉人心的刘志尧，《穿警服的姑娘》（1982）的作家李梦学入狱一年，反而克服了对警察的偏见，劝说女警裴娜重回公安队伍，《生活不是梦》（1984）里通过咀嚼苦难实现自我疗伤的音乐家刘宁，均从历史苦难里汲取了足够的正向精神能量，实现了人生的蜕变。在这些现实题材的小说里，梁晓声也难免流露出傲慢的情绪，似乎遭受过历史伤痛，便自然拥有了指导他人的能力。这显然是一种认识上的局限。

二、理想主义与苦难书写的纠缠

彼时处于青年时期的梁晓声对于自身的局限并非全无认识，可是他看起来缺乏解决相关问题的清晰思路，这使得他的小说创作存在着割裂的痕迹。短篇小说《记忆中的梆声》（1982）就完全走向了"历史苦难是精神财富"的对立面。返城知青国凡经历过贫穷的童年时期与动荡的青年时期，邻家女孩小玥是他痛苦生活之中唯一的慰藉。他们再次相遇之时，小玥正在舞厅里跳舞。仅因小玥与自己记忆里的形象相距甚远，国凡便怒不可遏，断定她已然堕落，他想到"一个在农村磨炼了十年的人，一个把青春慷慨地交付给了动乱年代的人，我相信，谁都会在那时那刻产生憎恨。"[①] 看得出，国凡在小玥的面前具有极高的优越感，而且认为自己对拯救她具有强烈的使命感，他当下就决定"把小玥从那个世界之中拉出来，拉回到我这个世界的生活中来……我要把那个世界之中一切美好的和原本是美好的东西找回到这个世界中来。"[②] 在优越感与使命感的双重情感驱使下，国凡强迫小玥脱离之前的生活状态，转而从事体力劳动，并备考医学院，且小玥都顺从了。但是小玥的改变和顺从并没有换来两个人的幸福生活，国凡拒绝承认自己爱着小玥，并认为爱情的存在有损于自己的人格尊严，甚至逼迫小玥嫁给了别人。最终，得知小玥意外身亡的国凡终于承认了自己的虚伪，却已追悔莫及。梁晓声告诉读者，

---

① 梁晓声：《记忆中的梆声》，载《创作》，1982 年第 1 期。
② 梁晓声：《记忆中的梆声》，载《创作》，1982 年第 1 期。

第四章　无处安放的历史之"重"

是苦难扭曲了两个青年的心灵，当然，国凡遭到的戕害可能更大一些：

> 一颗美好的心灵，其堕落过程，也必定是这一颗心灵被恶劣的处境和可悲的命运所扭曲而绝望、而挣扎、而自贱的极端痛苦的过程。
>
> ……
>
> 真诚的友情，没有。爱情，没有。理想，没有。人起码的尊严，没有。受教育的权利，没有。正当的职业，没有。没有、没有、没有……
>
> 一切人所应有的属于情感范畴的东西……都没有……
>
> 真善美就这样一点一点地逐渐在一颗正常的心灵之中被挤压尽净，最后，变成了一颗风干的核桃。最有价值的内涵，被裹在了一层坚硬的外壳里。①

《记忆中的桫声》为读者展现了一个全然不同的梁晓声，它不仅没有肯定苦难的正向精神价值，反而将历史苦难视作摧毁未来的暴力武器。尼采曾反问保守的历史主义者，"是否因为自己的历史客观，就有权在比另一个时代的人更高的程度上宣称自己是强大和公正的呢？"②梁晓声在这篇小说里的答案显然是否定的，不过同时期的更多作品都会给出完全相反的回答。

如果要追溯以上撕裂感的源头，还是要回到理想主义那里去。

---

① 梁晓声：《记忆中的桫声》，载《创作》，1982 年第 1 期。

② ［德］弗里德里希·尼采：《历史的用途与滥用》，陈涛、周辉荣译，上海：上海人民出版社，2020 年，第 59 页。

梁晓声"在理想主义和现实主义之间左顾右盼"的焦点问题正是如何处理历史苦难。因为在他的笔下，理想主义与历史苦难是紧密纠缠着的，否认历史苦难的正向价值，基本等同于一并消解了理想主义的价值。这个矛盾在梁晓声20世纪80年代后期的创作之中已经变得极为明显，《雪城》里大部分返城知青都不具有稳定的价值立场，其中以严晓东和姚玉慧最为明显，他们也是返城知青里处于较高社会阶层的两个人，已经脱离了底层社会。这种设定无疑暗示着梁晓声的民间立场，这正是理想主义生长的另一片土壤。

《雪城》（下）的严晓东无疑是一个人格分裂的形象。一方面，他快速地适应了改革开放以来的城市生活，并敏锐地把握住了商业社会的时代逻辑，化身拜金主义者，奉行及时行乐的理念。另一方面，他又时刻处于自责之中，不仅用知青时期的理想主义道德标准审判自己，而且对于可能会遗忘历史苦难的事实恐惧万分。似乎忘记历史曾给予的痛苦，他的生命也就失去了全部意义。归根结底，严晓东的焦虑来源于理想主义在现实社会的生存危机，这个人物的心境正是梁晓声内心活动的映射，作家同样无法在理想与现实之间找到一个平衡点，只得以拼命抓住残缺记忆的方式暂时缓解自我厌憎的情绪泛滥。

相比于自相矛盾的严晓东，姚玉慧更像一个"浑不吝"，她回到城市后的行为逻辑已经超出了"矛盾"的范畴，而是混乱且不可预测的。有论者谈及"她的本我和自我处在紧张的对峙与斗争之中，介于两者之间的自我不得不在被时代与政治所异化了的思想观念和本能的生命情感冲动之间徘徊。"① 笔者却认为,姚玉慧被"异化"的不仅是思想观念,她的"情感冲动"也遭到了严重的破坏,失去了基本的情感判断能力。姚玉慧并不能区分哪些经历给她带来过实际的伤害,哪些人和事又曾真正给予过她温暖。她对张复毅莫名其妙的狂热迷恋,以及不顾一切地讨好"小俊"都说明理想主义并未消亡,而是陷入了"无物之阵"般的虚无境地。梁晓声数年之后创作的《浮城》可以被视作这一境地的隐喻,置身于现实社会的理想主义正如"浮城"般坠入迷幻而荒诞的世界里。

三、以讲述苦难作为历史使命

纵观《雪城》发表之后的 20 世纪 90 年代,梁晓声的创作理念发生了剧烈的转折,一时间"对于理想主义表现出反常的嘲讽态度"② 笔者也同样不质疑张志忠的判断,认为嘲讽理想主义的情绪确实广泛存在于梁晓声这时期的小说之中。但是笔者需要再次强调,理想主义具有丰富的内涵,在梁晓声同时期发表的农村题材小说里,可以看到更强烈的责任意识,这同样是一种理想主义精神的体现。

在《雪城》以及之前的小说里,梁晓声书写的苦难主要包括贫穷生活与政治创伤,叙述空间主要局限于北大荒及周边城市。

---

① 徐晓东:《〈雪城〉:徘徊在理想与世俗之间的精神殉葬之作》,载《理论与创作》,2004 年第 3 期。
② 张志忠:《在理想主义与现实主义之间左顾右盼——梁晓声研究谈片》,载《中国文化研究》,2019 年,冬之卷。

虽然也有《苦艾》《天若有情》等农村题材的小说问世，但体量很小，不便展开系统研究。进入 20 世纪 90 年代之后，梁晓声创作了十余篇发生于现代中国乡土社会的中篇小说，这些故事里的苦难更多来自落后的封建文化与普遍的人性之恶，《冰坝》《红磨房》与《苦恋》是其中的代表作品。

《冰坝》向我们介绍了一群愚昧而蛮横的底层民众。以勤劳致富的老村长翟老松被同村乡亲所抢劫，犯罪者扬言道"何年何月，抢要成为财主的人也总归没错吧。"① 现任村长翟茂生少时成绩优异，遭到了村里文盲的排挤，在他高考落榜之后受到了更多的蔑视，这使得他对村民报以相同的厌恶。这两个站在乡亲们对立面的男人原本也有着难以化解的矛盾，但是在可能毁灭整个村子的自然灾害（冰坝）面前都暂时放下了仇恨，携手劝说村民逃难。然而村民们不相信他们的话，也不相信专业人士的科学观测，反而认为这两个人酝酿着其他阴谋。最终，翟老松被冰坝砸死，翟茂生放了一把大火，逼迫乡亲们离开的同时也埋下了更深的憎恨。梁晓声通过这个绝望的故事批判了底层社会的自私和落后，这当然也属于历史苦难，它的根源之一是封建文化里"平均主义"思想的滥用。翟村大多数百姓没有翟老松的勇气和魄力，也缺乏翟茂生那样接受教育的机会，便希望他们不要打破贫穷和愚昧的集体现状，这实际是村民们不愿听从两任村长劝说避难的根本原因。李泽厚表示"清醒冷静而又温情脉脉的中庸心理，让

---

① 梁晓声：《冰坝》，载《梁晓声文集·中篇小说 6》，青岛：青岛出版社，2017 年，第 196 页。

这个民族在适应迅速变动的近现代生活和科学前进道上显得蹒跚而艰难。"[1]梁晓声在这里看到的正是以上"不患寡而患不均"的平均主义文化与人性之狭隘交织的负面作用，用一个极端的故事向读者讲述了它的可怕。

《红磨房》则展现了一个披着"仁义"外衣，实则腐朽不堪的村庄。紫薇村的村长、治保主任和刘家夫妇等村民将孤儿卓哥轮流抚养长大，其间受到省电视台的采访，给紫薇村带来了"仁义"的美誉。然而看似民风淳朴的"仁义村"里却充满着丑恶的权色交易与犯罪活动。卓哥自幼将这些恶事看在眼里，却碍于"报恩"的心理从未提起。后来，村长为了满足自己的私欲，也为了维护村子虚伪的形象，强行拆散了热恋中的卓哥与小琴。最终，小琴不堪受辱自尽，看清现实的卓哥砸毁了村里象征"仁义"的石碑后被捕入狱，恶人们却未得到应有的惩罚。这个发生于现代社会的故事几乎是封建时代"吃人"历史的重现，纯真善良的卓哥自幼便被虚假的仁义道德绑架，无意识地成了掩饰罪恶的工具。在讲述村民为何利用卓哥时，文中说"用现在的说法，他们都觉得自己在他身上入了股的。"[2]这便是封建等级思想在现代中国依旧存在的真实体现。与《红磨房》同年发表的《苦恋》更侧重于揭示封建家庭伦理对女性的伤害，小说里的芊子和戴文祺均是历史苦难的承受者，但造成芊子悲惨命运的主要因素应是专制的

---

① 李泽厚：《中国古代思想史论》，北京：生活·读书·新知三联书店，2008年，第323页。

② 梁晓声：《红磨房》，载《梁晓声文集·中篇小说4》，青岛：青岛出版社，2017年，第54页。

父兄，社会环境对女性的歧视，以及自身缺乏独立意识，政治迫害则是次要因素。[①]

从上述梁晓声农村题材小说的抽样调查中，我们既要看到作家沉痛的心情与强烈的控诉愿望，也要看到他写作立场的变化。前文提到，20世纪90年代的梁晓声不再讲述"知青故事"，也就等于暂时隐去了自己的知青身份。那么他需要寻找另一种参与现实的身份。我们惊喜地发现，梁晓声在商业时代树立起"反封建"的旗帜，以传统知识分子的立场介入社会，反思历史。在经历了十余年的创作之后，梁晓声能够跳出自己的人生经历，去关注更广阔的中国社会，沉思更普遍的历史苦难，能够理性认识到"封建制度胚胎里带着的劣基因"[②]，体现了知识分子的社会责任感，这本身就是一种高度凝练的理想主义。让我们不由得想起鲁迅所说的：无穷的远方，无数的人们，都和我有关。[③]

在处于世纪之交的1999年，梁晓声发表了一篇题为《论"苦行文化"之流弊》的杂文，他彻底粉碎了"苦难成为精神财富"的可能性，他将宣扬苦难价值的意识视为"命祭文化"，评价道"这真是一种冷酷得近乎可怕的理念，也无疑是一种病态的逻辑意识。"[④] 完成了艰难的自我颠覆后，梁晓声的小说创作也发生

---

① 关于造成芊子悲剧命运多重因素的具体分析，请参见拙作《〈苦恋〉语言风格与梁晓声20世纪90年代创作观研究》，载《文艺评论》，2019年第4期。

② 梁晓声：《自古帝王不读书》，载《中国文化的性格》，北京：现代出版社，2020年，第29页。

③ 鲁迅：《这也是生活……》，载《鲁迅全集》（第六卷），北京：人民文学出版社，2005年，第624页。

④ 梁晓声：《论"苦行文化"之流弊》，载《中国文化的性格》，2020年，第325页。

了改变,他一度以"纯情"将历史苦难暂时"掩盖"了起来,在《伊人,伊人》的"爱情乌托邦"里,历史并非没有给乔祺带来精神摧残,但是他从爱情里汲取的力量却足以对冲精神上的痛苦。这种处理方式与《苦恋》是一致的,都是梁晓声小说理想主义基调的变奏与回旋。

四、以宽容之心化解历史苦难

2011 年起,随着《觉醒》等四部长篇小说问世,梁晓声围绕苦难的叙述情绪已经产生了根本性的转变,他真正放下了对历史苦难的仇恨,转而以宽容的态度仁慈地看待苦难本身。有必要加以强调的是,宽容不仅是一种道德立场(相关论述请见本文第二章第二节),还是一种接触历史的情感。于是,《返城年代》里罗一民和李玖通过忏悔与赎罪,最终得到了宽宥。这在梁晓声以往的小说里几乎是不可能发生的,因为罗一民与李玖都是历史苦难的实施者,他们的恶行直接导致了杨雯雯的残疾。虽然罗一民在兵团时期因救人也落下了残疾,但这项善举绝对不足以救赎他的罪恶。梁晓声显然在情节上有所设计,当林超然和大多数返城知青都在为生计问题焦头烂额的时候,罗一民和李玖已经过上了小富即安的稳定生活,他们在"返城年代"的历史使命仅有"如何得到救赎"。

当杨雯雯的外公忽然来到罗一民和李玖儿子的面前时,这场沉重的赎罪之旅才拉开帷幕。老人礼貌地请他制作十只铁桶,却拒绝告知它们的用途。当铁桶完成,老人又让罗一民将它们改成喷壶。罗一民和李玖接收到老人的暗示后,并未感到恐惧,更没有选择逃避，而是做出了最终的忏悔。李玖在挚友们面前毫无保留地承认了自己当年对杨雯雯的诬告，罗一民更是直接选择了自杀，被救活后还主动找到杨雯雯的外公忏悔。最终，两个人诚心的忏悔得到了老人的原谅，他们的灵魂也获得了彻底的救赎，放下包袱，开启崭新的生活。

那么，梁晓声在小说里创造这场富有仪式感的活动意图又是什么呢？他似乎是在揭示文学之于历史的价值。历史的苦难不需要被摧毁，而是需要被救赎。文学正是历史必须踏上的一条救赎之路。张重岗在解读梁晓声20世纪90年代长篇杂文时提道"文学之所以能够有补于历史，不过是它触及了人性那温润的一面而已。"①正是它温润的本质，才使其具有了宽容的能力。宽容了苦难的梁晓声无须宣泄，也无须压抑，他的历史情感趋于平和稳定。

只不过，被赋予温润气质的理想主义似乎也到达了它的终点，至少是感性认识的终点。在梁晓声2011年之后围绕苦难的历史叙事里，再未发生剧烈的情感波动，宽容的主题也未曾改变。然而宽容不等于遗忘，梁晓声虽然对苦难带来的影响不再产生新的情绪，但是对于苦难的本来面貌却产生了巨大的执念，进而开始事无巨细地搜集记忆碎片和历史痕迹，试图还原历史细节。"我想将从前的事讲给年轻人听，让他们知道从前的中国是什么样子，对他们将来的人生有所帮助。"这是《人世间》随书附赠的书签

---

① 张重岗：《梁晓声的转向与历史救赎——1990年前后的状况及小说阅读笔记》，载《名作欣赏》，2013年第7期。

上所写的内容。

对小说的创作来说，"还原历史真实"的愿望自然是不合理的，历史的真实永远不可能被还原，只可能被想象。它的本质"就是将某一事件置于一个语境之中，并将其与某一可能的整体联系起来。"[①] 不过梁晓声应该没有完全放弃这个已经被证明不可实现的愿望。从《田园赋》里频繁提及的"长辈有责任教育年轻人认识历史"的话语，到梁晓声 2020 年后连续出版的回忆性散文集《那些岁月……》和《文艺的距离》，以及自传体小说《我那些成长的烦恼》，我们还是能够看到梁晓声讲述历史苦难时的犹疑态度。但我们可以确定的是，一旦进入历史叙事，梁晓声将不可遏止地陷入怀旧情绪中，他对此并不缺乏清晰的认识，只是缺乏加以控制的意愿。

第二节　始终在场的怀旧情绪

梁晓声中篇小说《红磨房》的开篇，是一长段有关怀念南方乡村的语言：

> 它们的成熟风韵和那一种任岁月流逝从容的祥静，使人觉得在它们面前永远也长不大似的。至于那些始终被绿水柔

---

① [美]海登·怀特：《后现代历史叙事学》，陈永国等译，北京：中国社会科学出版社，2003 年，第 186 页。

塘滋润得姿色绰约的南方乡村，却常会使我们缅怀起我们曾孜孜地暗恋过的某个清丽的少女了。

如果一个男人离开了它十几年乃至二十几年后，带着下巴上刮不尽的胡碴儿和额头上抚不平的皱纹，带着妻子和儿女又出现在他面前了，他会因村口某一株老树的枯死而暗自忧伤；他会因小河不再像记忆中那么波纹涟涟那么明澈洁净而叹息；他会因某几户人家的篱笆上不再开着记忆中的花儿而倍感失落……尽管可能正有别种样的花儿开得姹紫嫣红。[①]

这篇小说发表于1997年，那是梁晓声创作"产量"最高的时候，也是他语言最为辛辣、批判意识最强的阶段。他同时执两支笔，一面出版了以荒诞手法讽刺现实的长篇小说《尾巴》和百万字的中短篇小说，另一面发表了大量与现实社会密切相关的时事评论，《中国社会各阶层分析》也是在这年问世。正是在了解到具体的创作背景之后，笔者才会感到《红磨房》开头这段优美而哀婉的怀旧叙述尤为突兀，由于《红磨房》本身也不是一篇以怀恋故乡为主题的小说，因此这段文字与整部作品的基调格格不入。

在通览过梁晓声的全部小说之后，笔者重读《红磨房》时便不再对它的开头感到困惑了。因为浓烈的怀旧情绪普遍地出现于梁晓声所有时期的文学创作之中（包括散文创作），不论作家的艺术风格与创作主题做出何种调整，怀旧情绪始终在场，几乎成了梁晓声小说创作的一个身份标识。

---

① 梁晓声：《红磨房》，载《梁晓声文集·中篇小说4》，青岛：青岛出版社，2017年，第1—2页。

第四章　无处安放的历史之"重"

一、怀旧情绪在梁晓声小说中的表现

以历时的角度观察，很容易将梁晓声围绕怀旧情绪展开的叙事纳入一场规模更大的"怀旧"潮流里。彼时的中国文坛被"世纪末"的时代焦虑笼罩着，无论是王安忆的《长恨歌》（1995）、苏童的《城北地带》（1995），还是标志王朔"重返文坛"的《看上去很美》（1999），都透露着对往日毫不掩饰的深情怀恋。

然而梁晓声的作品并不属于这场"怀旧潮"的产物，因为他的怀旧情绪并不是在"世纪末"到来之际才开始"泛滥"，早在20世纪80年代初期，他就不加掩饰地表现了近乎极致的怀旧感。那些小说的主人公甚至愿意放弃未来的全部可能，将余生都奉献给残存的记忆。《白桦树皮灯罩》（1983）就讲述了一个北大荒知青为履行对亡友的承诺，放弃了回到上海与家人团聚，选择留在了战友的故乡，最终与一位和亡友妹妹同名的残疾女孩结婚。这个如童话般纯净的故事通篇以第一人称叙述，蕴含的个人情感显然远大于现实关怀，也是梁晓声早期风格比较独特的一篇小说。同时期的《鹿哨》（1984）、《黑帆》（1985）和《夜宿"蛤蟆通"》（1986）都有大段独白，表达了主人公对于往日生活纯粹的怀念。虽然小说的主要目的还是聚焦于现实的抉择，但是多半会被篇幅过长的怀旧情感宣泄所挤轧。《雪城》与《年轮》均是如此。这种"怀旧的插叙"一直被沿用到《人世间》之中，周秉义遭遇宦海浮沉，总是会陷入有关北大荒兵团岁月的回忆，他这般坚强理性的人也往往不能自已。实际上，无法自拔的人不仅是周秉义，也是作家自己。在梁晓声不同时期的知青小说里，总是会出现少年老成，心智远超周围人群，对未来能够做出准确预测的青年，比如，《白桦树皮灯罩》里的林凡，《知青》里的赵曙光，《返城年代》里的林超然，他们或多或少都隐含着作者在文本里的自我投影。

经过提炼，梁晓声在小说里所怀念的内容大致可以归纳为四项具体表现。首先，梁晓声非常重视讲述青年主体意识觉醒的过程，这往往是伴随着青年融入社会公共生活展开的，他极其善于描写其中发生的细节。《我和我的命》的方婉之在父母的庇护之下成长到 20 岁，她那时虽然已经步入大学校园，然而她的生命体验依旧局限于家庭之中。家庭发生变故之后，方婉之抛弃了学生的身份，她这样选择的核心诉求是想拥有把握自己命运的权利，是"对命运的创造，是主体对生命意义和生存方式的主动把握"①。方婉之冲动的性情与一往无前的勇气，都是青年具有的魄力，也是梁晓声在小说里着重歌颂的。

其次，梁晓声经常在作品里抒发对大自然的热爱，怀念前商业时代里和谐的人地关系（面对人地关系的矛盾，梁晓声也有反思和批判，但不符合本节讨论主题，暂不展开）。《知青》的齐勇是一个富有豪侠气质的青年，完全不认可赵天亮和周萍等希望"在广阔天地大有作为"的青春理想，他只愿纵情山水，远离世俗纷争。特别是放下了与孙家姐弟的仇恨之后，他更是无所顾忌，终日与马匹做伴。虽然齐勇因战友与爱人的牵绊再次"入世"，但他的心绪始终在北大荒的牧场之上。这类人物在梁晓声早期的

① 李玲：《中国现代文学的性别意识》，北京：人民文学出版社，2002 年，第 132 页。

第四章 无处安放的历史之"重"

知青小说里并不少见，不过隐含作者与主人公之间的距离却随着创作的进程拉开了。有论者认为，梁晓声的"北大荒叙事"在1985年前后完成了从"共名"到"无名"的转变，以《黑帆》为分界线，梁晓声已经不再将自己视为北大荒的建设者，将垦荒运动仅视为一段值得追忆的往事。[①]因此，当作家在《知青》里讲述齐勇的故事时，参与感已经非常稀薄，取而代之的是有历史感的怀念。

再次，梁晓声认为通过读书可以收获纯粹的快乐，无论是私人阅读还是与人分享的过程都极为美好，值得反复描写。周家三兄妹与郝冬梅、蔡晓光的"读书会"是贯穿《人世间》的一条"暗线"，那是五位青年人格独立、精神自由的开端，也是两对夫妇爱情的起点。小说里的2013年除夕夜，五位已经步入晚年的亲人在周秉义的书房里再次畅谈，从国家大事聊到生活琐事。这个场景宛如时光倒流，与40年前在"光字片"周家老宅的"读书会"何其相似，周秉昆依旧是那个插不上话的小弟。唯一的改变，就是屋外的人从周母换成了郑娟，但是无须怀疑两位女性对于"读书会"五人的同质意义。梁晓声借周秉昆的视角怀念起关于读书的往事，也是在感慨自己已经逝去的青年时代。

最后，令梁晓声格外留恋的是感恩亲情或爱情的瞬间。要知道，感恩不同于感知，依恋父母家人是人类无须习得的本能，但是体会到亲人或爱人对自己的重要意义，并感恩他们的存在，则

---

① 关于梁晓声在1985年前后创作主题和现实主义手法的技术性转变，以及为何以《黑帆》作为分界线，请参见耿娴：《北大荒的"共名"与"无名"——谈梁晓声现实主义创作方法的转变》，载《文艺评论》，2019年第4期。

是每个人成长之路上的重要一课。梁晓声以慈悲的语言讲述人物
（特别是青年）在家庭中的成长，也是在反观自己成长过程中的
生命体验。鉴于"成长"的主题叙事已经在第三章第二节有更丰
富的论述，在此处暂不举例展开说明。

虽然梁晓声在怀旧叙事上付出了很多努力，也得到了许多读
者的共情，但是过于浓烈的怀旧情绪是一把双刃剑。无论对于小
说创作还是作家自身的精神都可能产生消极影响。尼采认为，铭
记历史对于个人或者民族都是有必要的；但是这种情感如果超过
了一定的限度，就会有损于个人与民族面对未来的决断：

> 如果一个民族的判断力就这样僵化了，而历史服务于过
> 去的生活只是为了毁掉更深刻、更崇高的生活；如果历史感
> 不再是保存生活，而是将它变为木乃伊，那么大树就会从上
> 至下不正常地枯死，最后树根自身也会枯萎。①

实际上，也有中国学者意识到相同的症候已经在高速发展的
中国社会蔓延开来，戴锦华归纳 20 世纪 90 年代的中国文化现象
时谈道：

> 一边是现代性或曰启蒙的话语，关乎个人、权利与"人
> 性的档案"，这一切显然有赖于中国社会的"进步"来完成；
> 一边则是对"现代化进步"的质疑，是对现代景观的批判与

---

① [德] 弗里德里希·尼采：《历史的用途和滥用》，陈涛等译，上海：上海
人民出版社，第 31–32 页。

厌弃。[1]

从这个角度来看，再次说明了梁晓声小说对现实生活的反映之深刻，不过对于如何从上述困境里突围，却依旧是需要被解决的问题。毕竟，怀旧情绪的泛滥让历史"指导"现实的伦理诉求也会因此遭到不可避免的损害，这自然再次加重了梁晓声创作的撕裂感。

二、以忠实于记忆为历史叙事的原则

面对中国社会的"怀旧热"，有相当多的作家选择借此机会消费历史，将优雅的怀旧情绪作为文化市场的热销卖点。把历史变为攫取利益的工具，也符合商业时代的思维逻辑。梁晓声自然是不会认可这种行为的，他基本是处于对立面的。相比于市场经营规律，他更愿意忠实于自己的记忆展开历史叙事。

当然，记忆本身也是极不可靠的，阿斯曼夫妇有关"文化记忆"的研究告诉我们，记忆分为"功能记忆"与"存储记忆"，由于前者的存在，后者的客观性是无法保证的，它们会"受到一个有目的的回忆政策或遗忘政策的控制，包含着回忆的扭曲、缩减和工具化的危险"[2]。我们很难从 20 世纪的"语言学转向"之后的国际思想界找到为记忆辩护的理由，记忆的真实性在结构主义的语境之下几乎被彻底消解。罗兰·巴特将历史事件与其中的

---

[1]　戴锦华:《隐形书写: 90 年代中国文化研究》,北京: 北京大学出版社,2018 年,第 108 页。

[2]　[德]阿莱达·阿斯曼:《回忆空间: 文化记忆的形式和变迁》,潘璐译,北京: 北京大学出版社, 2016 年, 第 6 页。

真理高傲地还原为语言的游戏，海登·怀特则不厌其烦地宣布历史等于虚构。保罗·利科的历史哲学是为数不多能给予"历史真相"最后存在空间的理论之一。利科认为，只有纯粹的历史真相才能为现实带来意义，而真相必须来自初始的记忆，那些"多样性及其不同程度差别"的事件"被自发给予优先性"。[①] 他表示结构主义搭建的叙述逻辑是人为建构的，在此之前，人类就存在先天的叙述本能。基于本能讲述的历史需要得到承认，这同样是现代伦理社会的内在要求。

不过保罗·利科为历史真相做出的争辩似乎是无力的，因为他依旧不能在认知层面还原历史的原貌。也许是为了缓解这一诠释学的危机，保罗·利科承认了情感的力量，表示"在回忆的努力结束那一刻，这个真实性的诉求把自己表达出来。我们因此感觉到并且知道某件事过去了，某件事发生了，而我们作为行动者、遭受者、见证者牵涉其中。让我们把这个真实性的诉求称为忠实性"[②]。明晰记忆价值的指向从"真实"到"忠实"的转变之后，我们便可以从中看到文学的意义。只要作家忠实于内心的情感体验，并将其如实表达出来，便是有益的创作实践。

从以上分析出发，我们能够看到梁晓声自言自语式的怀旧叙事表达了对历史的热爱，构成了几乎全部小说历史叙事的底色。这种表现与本文在第一章第二节曾谈及卢卡奇在消除敌对阶级过

---

① [法]保罗·利科：《记忆，历史，遗忘》，李彦岑等译，上海：华东师范大学出版社，2017年，第29页。

② [法]保罗·利科：《记忆，历史，遗忘》，李彦岑等译，上海：华东师范大学出版社，2017年，第69页。

程中所体会到的历史参与感有所区别。梁晓声的热爱既是对于历史本身的高度认同，又是对于"历史中的人"的极大尊重。

梁晓声通过追忆的方式重新确立了个人在历史中的主体地位，符合了人道主义的内在要求。虽然这种意愿一如既往地急迫，甚至于使某些环节的情感表达发生了错位。于是，我们看到《雪城》里的返城知青不知多少次诅咒过 A 城，时刻提醒着我们"扭曲的历史能够使一代人对一座城市由亲而恨"[1]。然而透过这些人物的言行，读者也并未感觉他们真正仇恨着自己的家乡，只是在困境之中想要寻找一个宣泄情绪的出口而已。这便是梁晓声真正希望向读者、向社会揭示的历史真相。相较于还原历史的事实，作家更期盼着还原返城知青曾经的情绪，怨恨是真实的，留恋也是真实的。这些复杂的元素组成了一场情感的共鸣，亦是一次审美体验。

三、怀旧叙事的美学价值

梁晓声的小说基本上聚焦于激烈的社会矛盾或个人生活中的重大转折，这使得作品的整体风格过于沉重，高强度的叙事、快速的空间迁移和密集的人物对话带来了压抑的阅读氛围。不时出现的怀旧情结稀释了其他叙事带来的压力，它们就像小说的风景，看似与情节的推进无关，实际上为人物提供了历史背景，衬托了他们面对现实的心情。怀旧作为重要的叙事成分和美学元素参与

---

① 梁晓声：《雪城》（上），载《梁晓声文集·长篇小说》，青岛：青岛出版社，2014 年，第 445 页。

到小说的创作里，为梁晓声的小说叙事提供了"喘息"的时机。毕竟，从小说的结构艺术来看，没有节奏变化的叙述，是一种存在遗憾的叙述。曹文轩在《小说门》里谈道：

> 小说要让读者在一定的时间内，从忙碌中起一份闲心，暂时中断一种节奏，而进入一种悠闲的、放松的状态。他面对的是片赏心悦目的好风景，这片好风景使他们一时忘记了劳累，而让紧张的心获得了一种舒展。①

40 余万字的《黄卡》与 60 余万字的《田园赋》恐怕就是未能让读者"一时忘记劳累"的作品，这两部超长篇小说跨越的年代很长，叙事内容极为丰富，几乎没有喘息的时候，也难怪有的研究者称之为"时代的流水账"②。相比而言，《欲说》的叙事节奏就要舒展得多，其实这部"故事时间"③仅过了 24 小时的小说是梁晓声创作谱系里气氛最为紧张的作品。正因为插入了王启兆、郑岚、刘思毅等人深情而哀伤的怀旧，才使得激烈的"反腐"斗争得到了舒缓，人物的形象也更加饱满。

怀旧不仅有助于优化梁晓声小说的结构，还能赋予其部分作品以古典情调的美学特性。除了本节开篇提到的《红磨房》外，

---

① 曹文轩：《小说门》，北京：人民文学出版社，2010 年，第 303 页。

② 张细珍：《论作为症候的"梁晓声现象"》，载《中国现代文学研究丛刊》，2014 年，第 8 期。

③ "故事时间"是虚构文本内客观的、线性的情节发展时间，就《欲说》而言，它的"故事时间"自除夕夜金鼎度假村的恶性事件起，至大年初一夜里王启兆自杀、赵慧芝等贪腐官员被捕为止。具体的术语阐释可参见谭光辉：《小说叙述理论研究》，北京：商务印书馆，2019 年，第 210–218 页。

在梁晓声的中篇小说里，历史时常得以借助怀旧情绪，作为单纯的审美象征被描述。《沿江屯志话》里赵不白、赵悦白父子将编纂"屯志"作为毕生的使命，无论时代如何变化，他们只是沉浸于"史家笔法"和"《聊斋》文采"，并履行着他教书先生的本职。当吴部长准备给赵悦白扣上"混淆阶级战线"的帽子，并准备依据"屯志"重新划分整个村子的阶级成分时，仅一墙之隔的后者不仅毫无察觉，还在为屋下的蟋蟀之死大动恻隐之心。得知自己和父亲苦心编纂的"屯志"失去了原有的神圣地位后，赵悦白未经犹豫便选择自杀。对赵悦白来说，他从来都不需要拒绝现实的改变，因为其本身便是属于历史的。当"屯志"失去了历史所赋予的意义，赵悦白也不再有留恋世间的理由。仅从美学角度审视，赵悦白的死亡为这个充满阶级斗争话语的故事添加了一抹陌生化的美感。除此之外，《旧庄院的废墟上》（1986）的"虎义山庄"里人们自历史沿袭而来的生活细节，《山里的花儿》中A君"临终"时回忆与女知青共同生活的日常琐碎，以及叙事空间在城市，主人公为儿童的小说《白发卡》（1991）里有关邻家姐姐的点滴回忆，揭示着羞涩且纯情的少年心性。我们都能从中感受到梁晓声暂时放下了焦虑的心境，全身心地沉浸于文学带来的审美感受中。

2021年，"梁晓声人世间系列童书"之一的《北方印象》以轻松明快的语言重现了埋藏于作家记忆深处的童年风景。童书的定位使梁晓声完全放下了历史叙事的沉重感，以近乎赞美诗的形式讲述了故乡哈尔滨市的风景和人文景观。《北方印象》的结尾处，听罢往事的少年常乐乐不相信长辈的讲述，但他又讲道："真假很重要吗？我认为一点儿都不重要。即使当成故事听，我也喜欢这个故事。"①首先应当承认，常乐乐又是一个"少年老成"的人物，同时我们也要发现《北方印象》里无处不在的历史感，虽然以审美的路径去体验这种感受更应该是成人读者的做法。

从创作心理的角度考量，梁晓声以怀旧叙事换来的"喘息"也是理所应当的。历史学家玛格丽特·麦克米伦分析人们乐于怀旧的心理因素时说过：

> 历史还可以成为逃避现实的出口。当复杂的现实世界正在迅速发生变化的时候，人们不知道世界究竟向更好或是更坏的方向发展，故而人们会愿意沉浸在他们误以为的那个更单纯和简单的过去。②

以上缘由用来揭示梁晓声的怀旧心理再合适不过了。虽然他怀念的往事主要集中于1950—1970年。本文在上一节已经讲到，梁晓声深切地体验到生活贫困和政治迫害带来的苦难，然而那段时间对他而言还意味着珍贵的青春情怀。特别是在2011年以来，他已经与历史苦难宣布和解，自那之后的怀旧叙事里，布满青春气息的体验在梁晓声的笔下便如初恋般青涩而美好，使其作品的美学价值更为丰厚。

---

① 梁晓声：《北方印象》，济南：山东教育出版社，2021年，第55页。
② [加拿大] 玛格丽特·麦克米伦：《历史的运用与滥用》，孙唯瀚译，桂林：广西师范大学出版社，2021年，第22页。

四、怀旧叙事的现实意义

围绕怀旧展开的叙事片段为梁晓声的小说营造了重要的温情氛围，然而它们并不仅仅具有美学价值，同样具有文化建构的现实意义，也能反映出作家的理性认识。就社会层面来考量，怀旧的历史叙事不仅具备商业价值，还是一次有关历史形象的建构，这两个要素是互相成就的关系。富有诗意的历史想象"有效地以怀旧之情填充了大背景隐没、大背景失效后的空白，那么它同样在不期然间缝合、连缀起因不同的权威话语的冲突而断裂、布满盲视的历史叙述。"① 的确，怀旧情绪在它浪漫的表象背后，实则是一次带有集体无意识的自我疗愈，历史会给予现实巨大的安全感，进而为失去理想主义信念的人们建立庇护性的生存空间。在新的空间里，人们不仅通过集体回忆缓解现实的焦虑感，而且有助于实现新的身份认同。查尔斯·泰勒在其论著里专门设置了名为"背离历史解释"的环节，意在强调群体的认同感来自天然的道德框架，然而他又自我矛盾地承认了"现代认同是有关历时性原因的问题……理解认同观念的力量在什么地方，就是认识某种与它们怎么样在历史上进入社会核心相关的事情。"②

这种观念上的摇摆实则反映了历经剧烈变迁的中国民众的真实心境，特别是梁晓声所属的"中华人民共和国成立后的第一代"

---

① 戴锦华:《隐形书写: 90 年代中国文化研究》,北京: 北京大学出版社,2018 年,第 117 页。

② [加拿大] 查尔斯·泰勒:《自我的根源: 现代认同的形成》,韩震等译,南京: 译林出版社,2012 年,第 290 页。

群体，他们亲身体验了中华人民共和国成立以来的狂喜，参与国家建设的自豪，以及政治运动带来的伤痛。这些经历当中，最难忘的恐怕就是"知青岁月"，其间的激情与沉沦恐怕是其他群体无法理解的，更无法给出解脱的策略。当中国社会进入20世纪90年代乃至21世纪之后，知青们渐渐老去，他们的声音也渐渐远离中心话语，"知青作为一个虚拟群体已经成为一种散漫状态，知青群体进入等待命名的空白期。"① 所以，怀旧的情绪极其有助于知青群体的互相疗愈，使这些面临疾病、退休或"下岗再就业"，与子女的"代沟"的人们团结自救。

在上述背景之下，梁晓声小说之中的精神思想无疑为重新团结起来的"知青群体"提供了一种极具参考价值的"怀旧方式"。深入梁晓声小说的历史叙事，我们会发现他从来没有背弃过理性认知领域的"历史进步论"。他始终坚定地认为，所有的历史都是面对未来的，人们不可能在现实里重新体验过去。他激情澎湃地在《知青》和《返城年代》里讲述知青们往日的理想与信念，还有《人世间》里满怀深情地凝视"光字片"的人间烟火，绝非渴望再现往日的场景，而是与历史诀别之前的紧紧相拥。当小说叙述的内容最终迈入现实，梁晓声浓烈的怀旧情绪也随着历史的谢幕而渐渐淡去。

---

① 杨健：《中国知青文学史》，北京：中国工人出版社，2002年，第457页。

第三节 在历史的必然性与偶然性之间

——梁晓声小说的宿命观与悲剧美

梁晓声虽然暂时克制了怀旧情绪的泛滥，但是他并不能做到向未来无所顾忌地昂首迈进，因为从历史中获得的丰富经验告诉他，可称为"宿命"的确定性力量掌握着历史的进程，而所有未来的结局都是被纳入无处不在的历史规律中。至此，横亘在梁晓声面前的是一个困扰人类的终极问题。在梁晓声小说的创作谱系里，对于"宿命"的思考与表述经历了漫长的探索过程。他不仅将情感融入小说的历史叙事，并且随着愈加深入宿命主题的内核，梁晓声小说也展现愈加丰富的悲剧美。

一、乐观主义的"历史必然性"：未来是历史的延续

纵览梁晓声20世纪80年代初期的中短篇小说，主人公与叙述者面对未来都不会表现出太过于复杂的情绪。那些北大荒知青小说里，扎根于艰苦自然环境之中的垦荒者、边防战士、少数民族及知青的家属们大多数以乐观的心态面对即将到来的世界。他们之所以能在看似永无止境的苦难面前保持激情，很大程度源自对历史规律的绝对信任，这也是历史唯物主义指向的必然结果。

正所谓"唯物史观构造的历史理性，从根本上说，是一种理想主义的宏大叙事，所有挫折和不幸都被当作暂时的琐碎细节弃之不顾；光明或前进比黑暗或落后更能符合它的历史真实逻辑。"①在当时的梁晓声看来，未来是必然性的，也是可以预见的，它只不过是历史的延续，所以没有什么可担忧的。

出于对历史规律的充沛信心，梁晓声笔下的人物基本不会因命运产生迷茫的情绪，也很少有犹豫的行为。《荒原作证》的主人公方婉之明知自己设计的"北大荒人"收割机远比不上进口机器的性能，但是依然向美国工程师普赖斯主动发起挑战。她甚至得不到女儿情感上的支持，方芸芸在普赖斯的指导下亲自驾驶JD7200 与母亲竞赛，她心想：

> 芸芸打定主意今天要使母亲领教失败的滋味。她无法理解，母亲压着几分调令，为什么不肯离开北大荒？不肯离开这个没有前途的农机具制造厂？是由于知识分子的偏执吗？是由于性格上的倔强吗？可是这种偏执，这种倔强，对母亲，对这个农机具制造厂，对北大荒，对中国，对四化，究竟有什么实际意义呢？芸芸认为一点意义也没有。也许只有失败，才能令母亲清醒地正视现实吧。②

实际上，梁晓声想要告诉读者的是，方芸芸完全没有理解母亲的真实想法，只看到现实的她才是这场竞赛之中唯一迷茫的人。

① 路文彬：《历史想象的现实诉求——中国当代小说历史观的承传与变革》，南昌：百花洲文艺出版社，2003 年，第88 页。
② 梁晓声：《荒原作证》，载《丑小鸭》，1983 年第8 期。

方婉之与普赖斯从来没有关注过当下的结果，他们谈论的已是"四化"完成之后北大荒的美好前景。他们预测未来，就像分析历史那样笃定，甚至精确到了具体的时间。《黑帆》的主人公"我"在返城之后，毅然决然地回到北大荒继续垦荒的伟业，这并非完全出于"怀旧"情绪或是逃避现实，更多的因素还是来自历史规律的必然性认同，以及认同感带来的万丈豪情。现实题材小说《妈妈别难过》（1980）里的一对年轻夫妻收入微薄，无房可住，却不假思索地拒绝男方父母动用权力为他们解决生计问题，并自信地劝说女方的母亲不必担忧。笔者看来，这种盲目的乐观是比较幼稚的，但是也真实地表现出那个时期青年们极其纯粹的信念感。除了《遗失》等少数几部与知青经验完全无关的小说之外，乐观主义的历史观贯穿了梁晓声这一时期的大多作品。

从以上解读可以看出，梁晓声早期的小说对宿命的理解比较简单，并未意识到历史规律之下蕴含的复杂元素。换言之，青年梁晓声并未对宿命本身投入过多的情感，导致小说中的情绪不管如何波动，叙事内容只能停留在历史现象的表层。不过缺乏命运忧虑的历史叙事并未影响其美学价值，反而使它们的表征更为集中，具有与古典悲剧同质的崇高美。

于是，梁晓声所持的乐观主义"历史必然性"理念虽然缺乏对历史本质的叩问，但是这种观念指导下创作的小说却生长出具有崇高美的悲剧。按照康德的美学思想，悲剧所激发的情绪便是崇高感：

前者（即悲剧）表现出为他人的福祉而慷慨献身、在危险中的勇敢坚定和经受住考验的忠诚。爱在这里是忧郁的、温存的和充满敬意的；他人的不幸在旁观者的胸中激起了同情的感受，使他慷慨的心房为他人的困窘而跳动。他被温柔地打动，感受到他自己的本性的尊严。①

接下来，康德又谈到"复仇"与"求死"的崇高之美。荷马笔下的阿喀琉斯总是处于愤怒的情绪中，从而令身边的人感到恐惧。然而"一个令人恐惧者的愤怒是崇高的……蒙受奇耻大辱之后公然肆无忌惮地复仇，这本身就带有某种伟大的东西，在叙述中都仍然以恐惧和圆满打动人心……他也还在某种程度上通过无畏和轻蔑地对待死亡而使自己的死亡变得崇高。"② 这些论述很容易让我们联想到"摩尔人"王志刚、曹铁强等一众北大荒兵团知青勇敢刚毅、坚韧不拔的人物特性。

虽然曹铁强等知青英雄已经具有崇高美的要素，但是按照古典悲剧的标准考量，梁晓声的知青小说依旧存在很大的美学空间。因为悲剧也是一种复杂的艺术形式，按照亚里士多德的著名论断，悲剧应当使人产生"怜悯与恐惧"③ 的复合情绪，仅为读者带来恐惧的作品的美学张力是不够的。

---

① [德]伊曼努尔·康德：《关于美感和崇高感的考察》，载《康德著作全集·第2卷》，李秋零译，北京：中国人民大学出版社，2013年，第212页。
② [德]伊曼努尔·康德：《关于美感和崇高感的考察》，载《康德著作全集·第2卷》，李秋零译，北京：中国人民大学出版社，2013年，第213页。
③ [古希腊]亚里士多德：《诗学》，陈中梅译，北京：商务印书馆，1996年，第63页。

二、"不可知"的"历史必然性"：无法认识历史 规律

若要在悲剧作品里表现怜悯情怀，就不能选择对宿命的多重可能视而不见，因为怜悯产生的内在因素要涉及宿命的关怀，"形而上学对永恒、天意和我们灵魂的不死的考察"[①] 将成为悲剧作品不可回避的主题。我们也确实看到，1986 年之后的梁晓声对宿命的认识更为丰富，从而产生的焦虑感也越发强烈。从《雪城》的人物命运里便可以清晰地发现，"历史的归宿"已经具有越来越多的未知。这种转化来得过于迅速，甚至走向了另一个极端。

《雪城》里着重描写的多位主要人物身份不同，社会阶层差异巨大，可是他们绝大多数都置身于迷茫的情绪之中。姚玉慧是市长的女儿，返城之后过着衣食无忧的生活，工作、学业，甚至婚姻均不用花费心思。实际上，姚玉慧确实没有为谋生付出足够的努力，也不抗拒父辈为自己精心谋划的人生蓝图。她的主要精力都用来梳理各种矛盾的念头，希望通过总结历史经验，进而获得一种确定性的未来。然而这一切均以失败告终，姚玉慧也沦为一个现代社会的"多余人"。她的知青战友刘大文常年混迹于社会底层，事业刚有起色又经历丧妻之痛，一度只能靠朋友们的接济维持生活。按理说，他们精神世界的交集只应存在于与历史有关的回忆，然而他们在现实里却能产生很多情感上的共鸣。刘大

---

① ［德］伊曼努尔·康德：《关于美感和崇高感的考察》，载《康德著作全集·第2卷》，李秋零译，北京：中国人民大学出版社，2013 年，第 216 页。

文日后的沉沦与姚玉慧也是极为相似的，他们的共鸣正是来自返城后对宿命的感受，随着知青时期乐观主义历史观的破灭，又无法重新建立起新的理性认识，便导致了恐惧情绪的泛滥。

但是，恐惧尚不足以导致真正的绝望。姚玉慧几次滑稽剧般的恋爱经历证明她还在坚信自己有能力认识并把握宿命的必然法则，这本质上还是由乐观主义的历史观所推动的。还有转型成为"倒爷"的严晓东，他在坐拥丰厚的物质财富之后也陷入了巨大的精神危机。为了缓解焦虑，严晓东热心助人，享受奢侈生活，参加体育运动，甚至强迫自己"坠入风尘"，不过都无济于事。他在情人小婉面前表现出极大的自卑感，正是因为小婉的生活有自己的"原则"，即一套自洽的行为逻辑。按照严晓东的理解，小婉能够准确预测自己的未来，宿命是掌握在自己手里的，这正是他此刻最为渴求的。因此，当他向小婉支付了买春的费用后，却"悲哀地认为自己在精神上确实是一个懦夫了，连一点索性堕落的勇气都没有了。"① 在极度痛苦之下，近乎癫狂的严晓东包下酒吧里的乐队，让他们彻夜演奏"红色音乐"，用历史幻象麻痹自我。这代表着返城知青一次出于本能的自我拯救，只有历史的符号才能让他们的灵魂得以片刻喘息，只不过这种自救无异于饮鸩止渴。

梁晓声创造的人物想要重新掌握宿命的必然性，作家本人却持有完全不同的看法。当《雪城》的主人公们苦苦追问"历史的

---

① 梁晓声：《雪城》（下），载《梁晓声文集·长篇小说2》，青岛：青岛出版社，2014年，第684页。

归宿"时，文本之后的梁晓声已经有了答案。如果从隐含作者"全知全能"的视角俯瞰 A 城众人的生活轨迹，便会发现梁晓声并不认可这些返城知青的行为逻辑，甚至怜悯着他们的宿命。《雪城》的叙事立场与北大荒知青小说是全然不同的，最典型的便是王志松的故事。相比于其他兵团战友，王志松最大限度地坚持了"北大荒人"的英雄主义情怀，似乎也确实凭借自己的坚韧与能力"扼住了宿命的咽喉"。他在返城初期便找到了工作，扛起了家庭的重担；不假思索地收养了北大荒弃婴宁宁；在得知事情的真相后谅解了"仇人"郭立强和徐淑芳；将曾经伤害过自己的吴茵从水深火热的生活里拯救出来，与她重续前缘。我们似乎又看到了一位富有豪侠气质的知青英雄，这也是王志松的自我定位。

返城数年后，王志松是少数没有陷入迷茫的返城知青，依旧保持着昔日的雄心，他将小说《教父》奉为行为准则，坚信自己可以做宿命的主宰。只不过此时的王志松已经在不自觉间改变了价值判断的标准，他的"雄心嬗变为野心……最初的屈辱感被克服了，取代的是幸运儿的踌躇满志。他与那个圈子进行赌博，赌注是他自己。"①毫无疑问，王志松认知中的"那个圈子"不是实体，而是指代着无法感知的宿命。梁晓声借吴茵之口，向堕落的英雄表达怜悯，除此之外再无其他。至于《雪城》里另一位"扭转宿命"的女企业家徐淑芳，她的成功经历很多要归功于机缘巧合。从情节的叙事重点来看，徐淑芳的传奇人生似乎更多是为了反衬刘大

---

① 梁晓声：《雪城》（下），载《梁晓声文集·长篇小说2》，青岛：青岛出版社，2014年，第854页。

文的失意。

综上所述，梁晓声在《雪城》里有关宿命的认识依旧是必然的，只不过这种必然性带有"不可知"的色彩。置身于现实之中的每个人都身不由己，无论如何挣扎皆无济于事，历史仿佛一个巨大的谎言，从其中总结的经验毫无用处，然而历史规律又是客观存在的。如果赋予其哲学比喻的话，康德在《纯粹理性批判》提出的"物自体"原理可以为之提供参照。[①]再回顾第二章的论述，我们不难发现，梁晓声小说历史叙事的自我矛盾在这个时期到达了顶点——他一方面号召"以历史指导现实"，另一方面又不承认"历史对现实有指导作用"。然而，正是看似完全不能调和的矛盾，进一步推动了梁晓声小说的悲剧之美。

如果说乐观主义的"历史必然性"从侧面赋予了梁晓声小说崇高美，那么无法认识的"历史必然性"为梁晓声小说带来了忧郁的情调。梁晓声无处安放的苦闷心绪在审美层面凝结为忧郁的情调。无论在任何历史时期，忧郁都是文学普遍存在的情绪。在人们的常识中，已经将其视为浪漫主义美学价值的衡量标准之一。那么，忧郁缘何会引起如此广泛的情感共鸣？朱光潜在《悲剧心理学》中提出"忧郁本身已成为快乐的一个源泉"[②]，他解释道：

> 大多数浪漫主义者都是个人主义者，所以都各有按照自己意愿来改造世界的幻想。世界并不总是那么柔顺，于是他

---

① 在《纯粹理性批判》中，康德将客观世界的真实面目命名为"物自体"，它永远不能被人类认识到。人类所体验/感知到的客观世界是经"先验认知形式"处理之后的表象。

② 朱光潜：《悲剧心理学》，北京：中华书局，2012年，第156页。

们就起来反抗。就像小孩子的意愿得不到满足就发脾气一样，浪漫主义者们也是远远躲在一角，以绝望和蔑视的眼光看这个世界。他们不胜惊讶而且满意地发现，在忧郁情调当中有一种令人愉快的意味。这种意味使他们自觉高贵而且优越，并为他们显出生活的阴暗面中一种神秘的光彩。于是他们得以化失败为胜利，把忧郁当成一种崇拜对象。[①]

也就是说，忧郁是人类的一种审美本能。还有很多观点支撑着以上结论，海德格尔从存在论层面提出"在世的本质就是操心"[②]，也可以从侧面印证忧郁情绪存在于人类精神文化之中的合理性。但是，笔者从梁晓声不同时期的小说里，看到的更多是作家对忧郁情绪的自我压制，这自然是以历史唯物主义指导文学创作而产生的消极作用。它过度强调了文学建构宏大叙事的历史使命，却忽视了来自情感世界的人文关怀。比如，先后出现过数十位人物的《黄卡》，似乎没有一位人物拥有忧郁的性格，只有性情温和的张成民在青年时期表现出了一点忧郁的倾向，他无意加入两家围绕城乡户口的争斗，只想逃避到自己热爱的办学事业中。随着时间的推移，步入中年的张成民也开始操控学生兼继子岳自立的人生选择，并逐渐显露出凶恶的一面。为何一部规模宏大的"史诗性"小说却无法包容忧郁的存在呢？根本原因还是梁晓声在《黄卡》的创作过程中封锁了自己的情绪波动，整部作品

---

① 朱光潜：《悲剧心理学》，北京：中华书局，第154页。
② [德]马丁·海德格尔：《存在与时间》，陈嘉映等译，北京：生活·读书·新知三联书店，2014年，第222页。

的所有情节严格地围绕着"城乡矛盾变迁"的主题服务。这种思想下创作的小说几乎没有个人情怀的生长空间，偶发的忧郁倾向也不是源于审美的本能，而是为建构主题所做出的回应性表演。

我们由此便可得出一个看似有违于日常逻辑的结论：梁晓声小说历史叙事认知层面的自我矛盾（"承认历史规律存在"与"认为历史规律不可认识"）极大程度上解放了文本的美学价值，向读者传递丰厚的情感意义。在小说被撕裂的地方，梁晓声的忧郁情绪从宏大叙事的压抑下破土而出，极大地冲击了乐观主义历史观的统摄地位。在 20 世纪 90 年代前后的梁晓声小说里，"未来"也许不是绝望的，但一定意味着历史的毁灭。荒诞题材小说《尾巴》里的人类社会在基因变异之后依旧有序发展着，只不过历史的秩序已经荡然无存。这恐怕是一幕走向极致的历史悲剧。

笔者认为，荒诞或悲伤的叙事情节背后是作者无比真诚的情感，而真诚又为作品带来了全新的崇高之美。其实梁晓声完全没有必要以如此激烈的方式自我折磨，他只要抛弃历史之"重"，走向虚无主义或者享乐主义的价值立场，便自然可以获得解脱。梁晓声面对物欲诱惑时始终保持犹疑的态度，证明了他并非没有考虑过抛弃历史的方案，只不过最终没有付之行动。《又是中秋》《表弟》（1992）和《学者之死》（1996）等中篇小说里，叙述者均以第一人称的身份出场，讲述的内容也带有纪实的色彩。看到从历史中走来的其他人物在"商业时代"无所适从的窘迫现状，梁晓声的愤怒日益衰退，也并未给予对方持续性的援助，表现出了"哈姆雷特式"的犹豫。钱理群认为，哈姆雷特的思虑并不限于复仇本身。对他来说，复仇仅仅是反抗现实的一种手段，因此，他要考虑的是，如何活在这个世界上，对现实人生应采取什么态度这一人生哲学的根本选择。[①]对梁晓声来说，无论现实的悲剧是否由历史造成，都已经不再重要。他最关心的其实是自己在这个时代的精神去向。

梁晓声真挚的情感与深刻的沉思使他的悲剧美学具有深远的进步意义。针对中国传统悲剧的进步，《窦娥冤》《长生殿》和《赵氏孤儿》等中国古典悲剧均以"大团圆"的结局收尾，无疑大大减弱了作品的美学价值。如胡适所评价，"团圆快乐的文字，读完了，至多不过能使人觉得一种满意的观念，决不能叫人有深沉的感动，决不能隐忍到彻底的觉悟，决不能使人起根本上的思量反省。"[②]上述弊病同样大量存在于中国当代小说中，这正是被上文强调的乐观主义历史观所决定的。笔者在数年前的一篇拙作里提出，"在历史的发展中，中国人形成了一种乐于接受超现实的慰藉的审美心理。"[③]

如今看来，拙作存在一个很大的知识漏洞，即没有意识到西方古典悲剧美学的宏伟体系揭示了另一种形式的"大团圆"结局，导致将中西悲剧视作完全对立的艺术形式。康德、黑格尔等美学家采用演绎的方法，从既定的美学标准出发，先验地认识悲剧艺术。这种审美方法的前提是承认历史规律的绝对客观性，即"理

---

① 钱理群：《丰富的痛苦——堂吉诃德与哈姆雷特的东移》，北京：生活·读书·新知三联书店，2015年，第24页。

② 胡适：《文学进化观念与戏剧改良》，载《胡适文存》（第一集），上海：上海科学技术文献出版社，2015年，第116页。

③ 韩文易：《胡适与鲁迅悲剧观念之比较》，载《名作欣赏》，2018年第3期。

性是世界的主宰,世界历史因此是一种合理的过程。"①归根结底,他们还是将宿命视为一种可以预测的事物,从根本上封锁了悲剧的审美空间。笔者非常认可朱光潜对此展开的抨击:

> 他们提出一个玄学的大前提,再把悲剧作为具体例证去证明这个前提。但在这样做的时候,他们恰恰是用前提去说明悲剧的本质,忘记了需要论证的正是前提本身。黑格尔为我们提供了这种恶性循环论证的一个典型例子。他从一般的绝对哲学观念出发,假定整个世界都服从于理性。②

因此,"绝对精神"带来的"永恒正义"便是黑格尔美学体系之下悲剧的唯一结局。不过要补充强调的是,本文并不是要整体否定西方古典悲剧的体系,仅不认可以"永恒正义"作为悲剧的确定性结局。在后文便会谈到,黑格尔美学理论将"善的冲突"作为悲剧的结构形式,依旧是值得参照的重要标准。

三、承认"历史偶然性"的存在:必然与偶然的辩证统一

梁晓声 20 世纪 90 年代之后的小说便抛弃了历史规律的必然,揭示了人生的偶然性与悲剧的永恒性,进而打破了对未来的单纯幻想,亦是回归现实的美学理念。《人世间》的周秉昆历经五十年的社会剧变,体验了命运的起伏跌宕,终于和妻子郑娟过上了

---

① [德]黑格尔:《历史哲学》,王造时译,上海:上海书店出版社,2006 年,第 8 页。
② 朱光潜:《悲剧心理学》,北京:中华书局,2012 年,第 13 页。

安稳的生活，他感恩历史，却不对未来抱着希望：

> 他想，他们这一门周姓人家最精彩的历史，居然与自己的人生重叠了，往后许多代中，估计再难出一个他姐周蓉这样的大美人儿，也再难出一个他哥周秉义这样有情有义的君子了。
>
> 寻常百姓人家的好故事，往后会百代难得一见吗？
>
> 这么一想，他的眼泪又禁不住往下流。[①]

到这里，我们便再也不能忽视梁晓声对宿命的偶然性认识了，其实早在《泯灭》里便出现了萌芽。狂妄至极的翟子卿自称已经完全认识了历史的规律，正值他的自负达到顶点之时，宿命便以一种极其偶然的方式将他的人生完全摧毁。"梁晓声"回首挚友一生的几次重大转折，努力想从他的童年经验和时代进程里梳理因果逻辑，却无功而返。这种无力感同样出现于作者梁晓声的内心世界，毕竟作者视角之下《雪城》的人物宿命还有迹可循，《泯灭》中翟子卿的行事作风也符合虚无主义和享乐主义的原则，但"梁晓声"的人生轨迹已经处于一种无序的状态，标志着作者的宿命观从绝对的必然性转向"必然与偶然"的交织。

卡尔·波普尔的历史观向我们揭示，承认命运的偶然性是非常有必要的。如果过于倾向历史的必然性，致力于把握历史演变规律的历史唯物主义者可能会陷入危机。波普尔虽然针对马克思主义的理论提出了不同意见，但是他批判的并不仅限于后者，《历

---

① 梁晓声：《人世间》（下册），北京：中国青年出版社，2017年，第503页。

史决定论的贫困》里提道"我说的历史决定论是探讨社会科学的一种方法，它假定历史预测是社会科学的主要目的。"[1] 由此可见，他的意图是颠覆 17—18 世纪以来的历史主义观念。波普尔表示，历史不存在普遍的、必然的且可以被认识的规律，任何规律性的原理只能适用于某一特定的历史时期，尤其不能用于预测未来。如果坚持传统历史主义的观念，人类社会将"导致极端的相对主义，以致认为社会科学中只有成功——政治上的成功——才是重要的，而客观性和真理的理想全都不能应用。"[2] 进而引发伦理道德层面的社会危机。基于上述批判，波普尔强调关注历史中的个人，他说"在社会生活和社会机构之中，人的因素是根本上不确定的和难以捉摸的要素。"[3] 在另一部著作里，波普尔较为详细地提出"形而上学的自由意志"，表示"我们的观点和行动不是完全地和唯一地由遗传、教育和社会影响决定的……偶然的经验也发挥了它们的影响。"[4] 据此，他提出抛弃事物的规律和性质，通过直觉悟性直接感受历史。

那么，波普尔批判历史理性的观念与梁晓声的小说创作又有何种关联呢？答案之一便在波普尔的局限性中。波普尔虽然条理清晰地驳斥了"历史决定论"倾向的理论体系，但是并未完全领

---

① ［英］卡尔·波普尔：《历史决定论的贫困》，杜汝楫等译，上海：上海人民出版社，2015 年，第 33 页。

② ［英］卡尔·波普尔：《历史决定论的贫困》，杜汝楫等译，上海：上海人民出版社，2015 年，第 47 页。

③ ［英］卡尔·波普尔：《历史决定论的贫困》，杜汝楫等译，上海：上海人民出版社，2015 年，第 18 页。

④ ［英］卡尔·波普尔：《开放社会及其敌人（第二卷）》，郑一明等译，北京：中国社会科学出版社，1999 年，第 328 页。

悟马克思主义唯物辩证法的内涵。历史的必然性与偶然性并不是对抗的关系，而是相互依存的，也可以相互转化的。梁晓声2010年之后小说的历史叙事基本实现了必然性与偶然性的辩证统一。《重生》的王文琪先是沦为"汉奸"，然后加入"敌后武工队"，进而成为"民族英雄"，多年后又被打成"右派"，最终云游四方，留下一段传奇。王文琪人生中的几次重大事件均是偶发的，然而在一系列偶然性事件之下，还有始终存在的"道德必然"和"情感必然"。王文琪坚持正义、怜悯弱小、宽以待人，这是始终不曾改变过的。波普尔在研究马克思的伦理学后，准确地总结"历史主义道德理论的基本决定是建立在科学的历史预言之上。"[①]但是他的态度是全盘否定的，这恐怕来源于波普尔看到斯大林的极权统治后，基于现实得出的结论，不过这与本项研究讨论的话题已经无关了，因此不再讨论。

梁晓声与波普尔更密切的关系在于体验历史的方法。作为"不自觉的历史唯物主义者"，再加上小说天然具有的审美属性，使得梁晓声一直是通过直觉悟性的方法接触历史、感知历史。在历史的必然性与偶然性之间，梁晓声表现出了辩证的态度，但是他并没为形而上学的理念辨析花费太多精力，这使得他小说里的辩证比较"随意"。然而正是在"随意"的历史叙事中，梁晓声小说的悲剧美才得以展现。《返城年代》的林超然与何凝之原本是一对恩爱的夫妻，他们的结合促使林家与何家建立了跨越阶层

---

① ［英］卡尔·波普尔：《开放社会及其敌人》（第二卷），郑一明等译，北京：中国社会科学出版社，1999年，第323页。

的情谊，两家人为了设想中的美好未来而共同努力，然而一切却随着何凝之难产去世而不复存在。这场意外无疑是偶然性的，两家人据此做出的反应与后来的矛盾却是必然的，是可预测的。因为他们都重情重义，都希望由自己承担更多的痛苦与罪责，结果因理解角度和阶层立场的差异造成了误解与冲突。后来，这场矛盾因为何静之对林超然的爱慕而大大加深了。以上的情节结构恰恰符合黑格尔提出的"善的冲突"：

> 这里基本的悲剧性就在于这种冲突中对立的双方各有它那一方面的辩护理由，而同时每一方拿来作为自己所坚持的那种目的和性格的真正内容的却只能是把同样有辩护理由的对方否定掉或破坏掉。因此，双方都在维护伦理理想之中而且就通过实现这种伦理理想而陷入罪过中。[1]

在《返城年代》的这场悲剧性冲突里，林家与何家的长辈加倍谨慎地保护着还活着的亲人，亲情是"在人类意志领域中最具有实体性的力量"[2]，是一种神性的因素，自然是善的；林超然无法忘记亡妻，也不愿给两个家庭再添加误会，更不愿让自己成为限制何静之未来发展的因素，故而压抑自己的爱情，也代表着善的力量；何静之勇敢地追求爱情，帮助林超然走出心魔，同时愿代替早逝的姐姐，以母亲的身份抚养外甥。她的行为除了彰显

---

① [德]黑格尔：《美学》（第三卷·下册），朱光潜译，北京：商务印书馆，1997年，第286页。

② [德]黑格尔：《美学》（第三卷·下册），朱光潜译，北京：商务印书馆，1997年，第284页。

人性之善外，还因为无惧世俗眼光，超越了所处的时代而富有陌生化的美学价值。这些善良的人彼此不能达成理解，导致长时间的矛盾。

梁晓声在后续的情节里继续以偶然的巧合化解着必然的冲突。随着林超然被捕，释放后任职知青办公室副主任，醉酒拥吻何静之等意外出现。两个家庭之间因为有效交流而冰释前嫌，林超然也慢慢放下过去，与何静之携手开启了新的人生。《返城年代》与梁晓声的其他作品不同，它的情节推进更为紧凑，叙述者很少停下正在讲述的故事转而与读者交流主人公的思想活动。这虽然使得小说的叙事结构比较密集，但是也因此使得读者能够更直接地体会到"善的冲突"而带来的崇高感，以及必然性与偶然性在历史发展中的对立统一过程。《人世间》也基本沿用了相似的手法，将围绕宿命的沉思消融于历史细节的描述之中。

四、《我和我的命》：将偶然性重新融入必然性

相比于之前的作品，2021 年出版的《我和我的命》却做出了颠覆性的改变。因为这部小说的核心主题便是宿命本身，梁晓声竭力从理性认知的层面解读宿命的内涵、成因与结果。这无异于一次对宿命进行的"名词解释"。在小说中，梁晓声非常理性地阐发了宿命的定义：

> 人有三命：一是父母给的，这决定了人出生在什么样的家庭和基因怎样，曰天命。二是由自己在生活中的经历所决定的，曰实命。生命生命，也指人在生活中所恪守的是非观，

是生活与命的关系的组合词。三是文化给的，曰自修命。[①]

这段解读不仅条理清晰，而且透露着梁晓声充沛的自信和勇气。他并没有故作谦虚的姿态，从而为他人留下讨论的空间，而是斩钉截铁地给出决定性的阐释。在当下的中国文坛，有这份魄力的作家恐怕不多。梁晓声的自信来源于他对历史与人性的透彻理解，正因如此，《我和我的命》并没有用大量篇幅来介绍历史背景。小说的叙事时间超过 40 年，篇幅仅有 30 万字，是梁晓声的创作谱系里节奏最快的一部长篇小说。

然而这也带来了另一个结果，那就是梁晓声抛弃了以直觉悟性体验历史的审美路径。方婉之在梁晓声的笔下并没有太多的自主性，更像是为印证"宿命的定义"而被创造出来的工具形象。梁晓声回望历史，痛心于"成功主义"在中国的泛滥，表示国人"不应该对'平凡的人生'深怀恐惧"[②]。他为此要追问宿命的答案，这便是创作《我和我的命》的初衷。要想解决作家的疑问，只能以必然性的结论作为答案。方婉之四十年的人生便是梁晓声向宿命提交的完美答卷。

于是我们看到，随着宿命的神秘感被打破，历史叙事的陌生化美学特征遭到了极大的弱化，原有的悲剧美学效果也被挤压。历史的偶然性重新被纳入必然性的范畴里。《我和我的命》告诉读者，"天命""实命"和"自修命"对个人的影响力并不是等

---

① 梁晓声：《我和我的命》，北京：人民文学出版社，2021 年，第 50 页。
② 梁晓声：《为什么我们对"平凡的人生"深怀恐惧？》，载《记者观察》，2020 年，第 34 期。

同的。家庭教育是其中起到决定作用的一环，它不仅是"天命"的组成部分，还直接会影响到"实命"与"自修命"的发展趋势，它实则是一种必然性的力量。至于完全不能由人力控制的"基因"，笔者在另一篇拙作里分析过，方婉之"每次与血缘上的亲人相见，她都用心观察，希望能够找到一些自己身上的优点，但总是无功而返。这也说明'基因'并不是'天命'中起决定作用的要素。"①由此可见，梁晓声对宿命的阐释最终落在了"道德的必然性"之上，这也是践行了历史唯物主义的内在要求。

梁晓声通过《我和我的命》里无处不在的历史反思，不仅实现了"好人文化"在伦理层面的建构，而且弥补了之前在认知层面对宿命的理性认识。至于美学价值的缺失，可能是为建构前两者所必须付出的代价。作为研究者，我们也无须对这份遗憾过多苛责。另外，梁晓声小说历史叙事之中原本丰厚的情感成分也日渐趋于平淡，这意味着梁晓声已经基本具备承担历史之"重"的能力。他的心绪不再"无处安放"。随着不断的写作实践，作家亦实现了自我成长，才使得梁晓声具备书写"史诗性"巨著的能力。

---

① 韩文易：《〈我和我的命〉："好人"的塑形过程与伦理反思》，载《枣庄学院学报》，2021年，第6期。

结语 站在历史"阳面"的 "知青立场"叙事

    本书聚焦于梁晓声小说历史叙事的基本问题，从文本层面和创作主体层面展开解读。在前三个章节，本书分别从认知、伦理、美学三重维度出发，讨论梁晓声小说的历史理性认知、历史叙事伦理诉求和历史叙事方法。通过研究可知，梁晓声小说的历史观具有"不自觉的历史唯物主义倾向"。梁晓声小说历史叙事主要的伦理诉求是从历史中汲取经验和教训，为现实社会发展提供有效建议。梁晓声小说历史叙事的主要策略是立足于现实主义，追求"史诗性"艺术效果。最后一章，本书主要研究梁晓声在小说中进行历史叙事的情感表现，发现历史对作家而言有一种难以摆脱的沉重感。总结下来，本书基本上实现了"以历史叙事为线索，对梁晓声小说做出整体而系统研究"的目标，极大程度上勾勒出梁晓声文学创作的概况。

    同时，笔者从梁晓声小说历史叙事研究的基本问题中，可以看到一些同质性的要素。无论是历史唯物主义的倾向，还是以历史"指导"现实的伦理诉求，以及现实主义"史诗性"巨著的艺术理想，作家真实表达自身情感变化，都是以朴素直接的叙述视角进行历史叙事。后文将会揭示，梁晓声可称得上是一位站在历史"阳面"写作的作家。

陈晓明曾经写过一篇名为《在历史的"阴面"写作——论〈长恨歌〉隐含的时代意识》的论文。这篇文章以王安忆《长恨歌》中讲述"老上海的世俗生活"的情节为切入点，提出了一种相当普遍的历史叙事姿态：在历史的"阴面"写作。大致表现便是：刻意回避喧闹的现实社会，转身叙述被现实遮蔽的历史。这是一种彰显作家主体历史情感的叙事策略，也是拒绝遗忘的写作实践。具体到《长恨歌》，便是王安忆在"新上海"高速发展的20世纪90年代，对所有现实中的人文景观选择视而不见，专心在文本中修复往昔的上海。我们看到王琦瑶从被情爱笼罩的历史深处款款走来，却止步于历史与现实的边界，永远地留在了她钟情的时代。

再看梁晓声，作为与王安忆经历相似的同时代"知青作家"，他同样一往而深地迷恋着历史，孜孜不倦地讲述着历史。然而，梁晓声不会止于历史"阴面"的叙事，无论他笔下的人物是否愿意，都会被作者强行拖入现实世界，接受现实的评价。换言之，梁晓声的历史叙事永远观照当下、永远面向未来。他的小说甚至会直面当下的重大社会事件，保持与时俱进。20世纪80年代的知青返城大潮，20世纪90年代市场经济带来的生活变化与思想冲击，再到近年来的反腐倡廉（《人世间》）、精准扶贫（《田园赋》）、青年创业（《我和我的命》）。梁晓声的小说从不回避热点问题，也不止于讲述客观发生的故事，还要直接表达自己的认识和建议。这便是站在历史的"阳面"讲述，即"有一种历史的前进性，要代表和体现一种批判性的历史意识，无疑是一种强大的写作"①。

　　整合本文的全部论述之后，我们可以断定，梁晓声就是这样一位"强大"的作家。纵览中国当代文学史，坚持写作五十年，始终保持着旺盛创作精力的作家并不多见。而梁晓声的小说风格又比较单一，题材范围也不算广泛。那么他究竟为什么能够在保证质量的前提下进行"持续性写作"呢？笔者认为，秘诀可能就在于历史"阳面"的叙述立场。历史本身的叙事空间是很有限的，但只要将历史引向现实，就等于赋予其近乎无穷尽的故事情节和不断革新的思想立意，也就为文本持续不断地注入着活力。当然，本文绝没有贬低叙述历史"阴面"作品的意图，梁晓声的《伊人，伊人》《欲说》也采用了"以情感包裹历史"的叙述策略，两种立场并不是对立的。但是从宏观的角度审视文学史，我们可能更需要站在历史"阳面"的作家，他们可以更准确地把握时代脉搏，讲好"中国故事"，成为中华文化繁荣兴盛的支柱。

　　既然谈到文学史，就不能回避导言部分提出的问题：如何重估梁晓声在中国当代文学史上的位置？我们需要明确的是，为梁晓声找到文学史的定位至关重要，历史唯物主义和"总体历史"观念都要求评论者绝不能片面、孤立地看待一个作家的创作。作家自己可以保留个人的创作理念，甚至无视文坛的主要趋势和各种流派，但是学术界绝不能因为作家的个人喜好就视之为"游离"于文学史之外的存在，那样等于拒绝从作家身上汲取一种理解"总

---

　　① 陈晓明：《无法终结的现代性：中国文学的当代境遇》，北京：北京大学出版社，2018年，第328页。

体历史"的可能性。

　　笔者在导言中已经谈到，从历时性的角度观察，并不能将梁晓声简单划分为"知青作家"，更不能将他的小说统一归类为"知青文学"。但是笔者也能隐约地察觉到，"知青"几乎是梁晓声小说的"胎记"，在那些主人公不是知青的小说中，也总会有与知青历史相关的人物或事件登场，推动情节发展。更重要的是，梁晓声始终将"知青"视作社会身份，他的思维方式与价值立场也与这个来自历史的身份紧密相连。这很可能是一个更值得学界关注的文学现象，相当一部分 20 世纪 50 年代出生的作家都有过知青经历。对他们来说，"知青"绝不仅仅是一个历史名词，而是一项实实在在的社会身份。这个在中国历史当中极为特殊的群体，给文学史留下的绝不仅仅是几部知青文学经典那么简单。特别是在 20 世纪 80 年代末期后，知青返城的大潮落下帷幕，往日庞大的知青群体消融于 20 世纪 90 年代的商业社会之中，"知青文学"似乎只是零星见于文坛，形式也多种多样。往日的"知青作家"张承志、史铁生等大多转移写作焦点，知青在他们的笔下偶有出现，也仅视作一种普通题材。除了一个天马行空的韩少功，长期关注知青群体，直到 21 世纪还坚持创作知青题材小说，且出身于知青中间的作家，也只剩下梁晓声了。

　　针对以上现象，郭小东提出，20 世纪 90 年代之后的知青文学"突然间以一种后现代姿态挑战原初知青文学的辉煌"①。根

---

　　① 郭小东：《中国知青文学史稿》，北京：北京十月文艺出版社，2012 年，第 21 页。

据他的论述，我认为郭小东等学者敏锐地指出了知青文学已经进入多元叙述状态，摆脱了"伤痕文学"的诉说心理，更加重视作品的文学性。但是，当下学界仅仅看到了"浮出历史地表"的知青题材小说，没有对怀揣"知青立场"的老作家进行深度追踪，从而简单断定传统的知青文学随着"集体记忆的历史书写"热潮之后已经断裂。如此一来，诸如王小波的《黄金时代》、韩东的《知青变形记》、阿蛮的《逆神》与陈德民的《红杉树下》等"后知青文学"也就是解构传统知青叙事的文学实验，有对知青历史进行想象叙述的"嫌疑"，"知青史"存在即将被耗尽叙事潜能的创作危机。

然而，梁晓声通过五十年的创作历程告诉我们，与知青有关的历史元素还不至于只能被视作"历史阴影"。至少在他本人的创作历程中，"知青立场"始终是支配其创作理念的重要力量。那么，我们完全有理由相信，知青作家与他们的文学世界依旧存在巨大的解读空间，蕴含着宝贵的精神财富。挖掘并认识它们，对于我们通过文本进入历史，探索当代小说的历史叙事的魅力将起到重要的作用。

考虑到这部论文之后要进行的拓展性研究，笔者基于现有的成果提出几项学术设想：其一，若要梳理梁晓声文学思想的形成过程，就必须勾勒其早期创作的多重"面孔"。梁晓声彼时的小说风格尚不稳定，还处于学习和探索的过程，可以从创作中分析他成长蜕变的历程。本文已经尽可能多地涉及了梁晓声早年的习作，但仍不够全面。仅在1979—1985年，梁晓声就发表了60余部中短篇小说，若能将这些文本做系统研究，一定会呈现"青年梁晓声"更为丰满的精神面貌。其二，有必要从那些对梁晓声影响重大的文学资源入手，也就是导论部分提及的，目前空白较大的"影响研究"。如此这般，我们便可以在文本之外开辟梁晓声研究的新路径，也更方便将研究对象纳入历史的范畴之中。其三，有必要在小说创作之外，将梁晓声的散文和社会时评视作一个新的体系进行归纳整理，他毕竟是以"两支笔"写作的作家，仅从某一方面入手，自然无法对其做出全面的评判。

只不过，受篇幅所囿，以及笔者的学识有限，上述设想未能通过本书完成，的确是一个不小的遗憾，但也从侧面证明了梁晓声作为当代文坛的重要作家，他的小说作为经典文本，还具有丰厚的阐释空间。

附录　《中文桃李》：梁晓声的自我凝视

在笔者撰写本书的初稿期间，笔耕不辍的梁晓声先生创作了近 40 万字的长篇小说《中文桃李》。小说出版于 2022 年的 4 月，笔者在彼时已经写了超过一半的初稿，而且基本框架已经完成建构。出于保证原有逻辑结构完整性的考虑，笔者决定暂不将新出版的小说纳入正文的研究对象，而是于本书的末尾单独设置一节做专题讨论。

从文本之外的作家主观意愿与《中文桃李》自身的主题思想来看，对其展开专项研究也是相当有必要的。其一，梁晓声在这部小说出版之后首次明确表达了封笔的想法。在作家出版社专门为这部小说举办的座谈会上，梁晓声主动谈道："《中文桃李》是我倒数第二部长篇小说，还有一本在写着，那本写完后，不管水平怎么样，'梁记面食店'就要关张。"[1] 既然作家在写作时带着结束创作生涯的意愿，那么，《中文桃李》所表现出的精神

---

① 《走出"人世间"的梁晓声：我想写写 80 后的爱情》，"作家出版社"微信公众号，2022 年 4 月 27 日。

气质自然会与之前的作品有所不同。

其二，通过阅读文本可知，《中文桃李》无疑是一部具有"自我总结"性质的作品。小说中的不少情节都是梁晓声真实经历的自我投射，特别是前半部分的校园叙事，作家沿用了"回望"的姿态讲述着自己的教学生涯。梁晓声于 2002 年起任教于北京语言大学中文系，大学教授是他人生中至为重要的身份之一，然而鲜在小说里作为主题表现。《中文桃李》的线索性人物，中文系教授汪尔淼的言行主张无疑是梁晓声的"夫子自道"，他自己也坦然承认"小说里那位汪教授就是我，包括他讲课的内容基本上也是我讲过的课。"① 如此直截了当地将个人经验呈现于文本之上，这种写作方式在梁晓声早期的小说里还能寻得蛛丝马迹，但是到了 21 世纪以来的长篇小说中是绝无仅有的。所以，以历史叙事为线索梳理梁晓声创作生涯的绝大部分小说之后，再来解读这位老作家的总结性作品，学术价值不言而喻。

纵览全文，构成《中文桃李》主体的依旧是熟悉的"梁氏配方"。诸如面向平凡民众的人文关怀，理想主义精神的探索和现实主义的创作手法，这些要素在《中文桃李》中依旧被沿袭下来，较之过去的作品没有发生根本变化。说明这些要素已然成为梁晓声小说创作的一贯追求，依旧是我们解读《中文桃李》的必经之路。

---

① 《走出"人世间"的梁晓声：我想写写 80 后的爱情》，"作家出版社"微信公众号，2022 年 4 月 27 日。

一

　　与那些无意通过小说建构伦理价值的当代作家不同，梁晓声近乎偏执地强调文学的社会责任感。哪怕他笔下的情节设置和语言表达已经随着时间的推移愈加温和，但是其作品的现实关怀程度并没有做出任何改变。继《我和我的命》之后，《中文桃李》依然聚焦80后青年群体，以文字的形式讲述他们在21世纪的命运和抉择。相较于前者，《中文桃李》虽然也是通过李晓东的第一视角展开叙事的，但是塑造了更为丰富的80后群像，辐射到的社会面更为广阔。不难看出，梁晓声格外突出了阶层差异对于青年们的重要影响。李晓东来自地级市的中产阶层，过着衣食无忧的小康生活；徐冉的父母都是菜农，家境贫寒；两人的挚友王文琪则出身不凡，几乎时刻享受着特权带来的好处。小说最重要的三位人物存在着极为鲜明的阶层差异，这种差异对他们的性格生成几乎具有决定性作用，亦是指导其行为的主要动力。

　　"苍生的女儿"徐冉是小说里对自身所属的阶层最为敏感的人物，她的"阶层焦虑"几乎贯穿始终，直至与李晓东在灵泉安家后才得到了缓解。不管是冒着触怒教授的风险向汪尔森申请翘课去学对外汉语专业知识，还是在攻读学位之余努力提高自己的英语水平，乃至成为"京漂"后不辞辛苦地加班攒钱，徐冉以上行为的根本动力都得归因于实现"阶层跨越"的强烈渴望。她向李晓东说"我的一切努力，都是挣命表现，不挣巴就无法改变。

而你不需要挣命，你只要顺命，你的人生就不至于差到哪儿去。"①
言语之间，既有奋发图强的决心，也有对自身家境的无奈，以及
对李晓东殷实家境的嫉妒。这些情绪贯穿了徐冉的整个青春岁月。

出乎徐冉意料之外的是，她认为只要"顺命"的李晓东成为"京
漂"后也加入了"挣命"的群体。这种变化同样也不在李晓东的
人生规划之内。李晓东的转变除了源于对徐冉的责任感，还得归
结到"阶层差异"的刺激。自从来到北京，李晓东在灵泉的优越
感和在省城的安全感荡然无存，青年时期的小资情调在高昂的房
价和物价面前不堪一击，甚至一度陷入对挚友王文琪的嫉妒情绪
中不能自拔。再看王文琪，他没有"阶层焦虑"，也没有进一步"阶
层跨越"的野心，而是满足于潇洒人生。然而就是这样一个睿智
豁达的王文琪，却在父亲被"双规"后突发心脏病去世时崩溃。
他之所以这般难以自持，除了父子情深之外，也难免有几分原因
是不能接受家道中落的事实。三位主人公的人生际遇和内心活动
无时不在强调着当代中国社会的阶层差异对于 80 后的决定性影
响，和随之而来的巨大焦虑。

置身于时代的浪潮之中，80 后该如何释放焦虑，与自我达成
和解？梁晓声给出的答案还是文学。在文学滋润人生的过程中，
大学的文学教育起着尤为关键的作用。梁晓声保持着一贯的真诚。
他丝毫没有回避中文系在大学被边缘化的尴尬处境，而且学生的
浮躁与功利之心日盛，这无疑会使大学里已经所剩不多的人文精
神进一步遭受挤轧。面对事实，梁晓声搁置了批判的武器，转而

---

① 梁晓声：《中文桃李》，北京：作家出版社，2022 年，第 242 页。

选择了妥协。遭到徐冉等同于挑衅的要求之后，汪尔森很快压抑了愤怒和相伴而生的耻感。不过汪尔森并未因此改变自己的教育理念，他的退让只是为了给青涩的学生留出更广阔的思考空间。在电影《出租车司机》的鉴赏课上，他继续耐心地引导徐冉思考文学之于人生的重要意义。多年之后，汪尔森埋在她心中的种子才得以盛开，温润的人文关怀缓解着她的精神内耗。

汪尔森的执着自然也是梁晓声的坚守，前者通过文学教育给学生们带来的持续影响，同样是梁晓声心底的愿望。尽管他已经在当代中国的教育隐痛面前步步退让，但还是尽可能地为文学教育保留希望的火种。李晓东是《中文桃李》里唯一保持阅读文学名著习惯的主人公，他步入中年后的安稳生活也得益于此。恰如徐冉与儿子闲谈时说道"你爸的人生，现在仍靠文学那碗饭垫底儿"①。像李晓东从文学教育中获得谋生本领，像徐冉从文学教育中汲取精神营养，正是梁晓声最希望看到的，也是作家藏于《中文桃李》之中的理想主义情怀。

二

令很多读者想不到的是，《中文桃李》的理想主义成分似乎已经在来势汹汹的社会现实面前彻底投降。相较于《人世间》底层百姓坚守的道义担当与《我和我的命》不计利益得失的姐妹情谊，《中文桃李》的80后青年则普遍务实到近乎冷血的地步。按照前几部作品的标准来看，很难从这部新作里觅得"好人"的

① 梁晓声：《中文桃李》，北京：作家出版社，2022年，第425页。

踪影。

全书开篇第二句"她成为我妻违背我的人生规划"①便是一句值得结合整部作品深究的陈述。初入大学校门的李晓东曾仔细思考过选择人生伴侣的标准，"我这人比较俗，在男婚女嫁方面，还是有些门当户对的旧思想的"②。出于家境的考量，李晓东的最初"目标"是同阶层的郝春风，徐冉根本不在他的考虑范围之内。二人在省城同居期间，李晓东对于二人的未来也产生过担忧，不愿为实现她远大的志向而改变自己小富即安的念头。心想"倘若她的人生目标太高大上，那么我只能忍痛割爱了，我想我的人生将注定是平凡的"③。只不过李晓东的人生规划最终为爱情做出了让步，特别是为获得省城户口而做环卫工人的举动，让我们看到了些许《伊人，伊人》和《欲说》里那种为爱情而奋不顾身的理想主义纯情。反观徐冉，她对李晓东的爱情毋庸置疑，但是实现"阶层跨越"的人生目标显然比恋人重要得多。徐冉甚至多次坦言，如果李晓东和她的家境相仿，或是学历不高，是断然不可能与之携手步入婚姻的。至于王文琪和郝春风理所当然地享受特权服务和将爱情完全视作游戏的表现，更是与梁晓声之前着力塑造的"好人"形象全然不同。笔者以为，"好人"的退场正是梁晓声仔细观察生活，观察80后青年得出的结果。有文章批评《中文桃李》"以这一时代（世纪之交）为背景，却没有表现出这一时代应有的面貌……其直接后果是对社会转型中的思想价值的变

---

① 梁晓声：《中文桃李》，北京：作家出版社，2022年，第1页。
② 梁晓声：《中文桃李》，北京：作家出版社，2022年，第28页。
③ 梁晓声：《中文桃李》，北京：作家出版社，2022年，第97页。

化书写不到位。"① 笔者却认为《中文桃李》已经尽可能地涉及世纪之交前后消费主义和大众文化在中国社会的兴起，充分考虑到了人文精神和利己主义的对立形势，尤其表现了 80 后大学生在那段历史中独到的思维方式。梁晓声没有将 80 后与自己最熟悉的 50 后、60 后底层社会青年做同质化的描写，至少说明他明确注意到了批评者提出的问题。

与在夹缝中求得生存的文学教育命运相似，理想主义精神也陷入了四处碰壁的困境。或者说，两者在《中文桃李》中是一致的，至少都集中表现于汪尔森的身上，他的课堂与引导学生们编刊物的举动无疑是理想主义精神的现实表达。然而汪尔森的执着也不过是一厢情愿。本文正文曾多次提及梁晓声"在现实主义与理想主义之间左顾右盼"的苦恼，到了《中文桃李》这里，作家已经完全倒向了现实主义一侧。小说里曾有一段关于"两种理想主义"的论述性话语，便是梁晓声借李晓东之口开展的议论：

> 我们"七条汉子"已不同程度地中了"文学之毒"，都想日后践行"为文学"的人生，而且似乎都将无怨无悔。这似乎是很理想主义的。但某些女生其实也是理想主义者，只不过她们的理想与我们的理想甚为不同——她们是"为人生"的理想主义，"为人生"在她们那儿又几乎等于是为一种自己"中意"的生活；那么，专业兴趣也无关紧要了。②

---

① 祁泽宇：《〈中文桃李〉的乏力与缺失》，载《文学自由谈》，2022 年第 4 期。
② 梁晓声：《中文桃李》，北京：作家出版社，2022 年，第 197 页。

这段话的态度倾向已经相当明显，梁晓声基本否定了"为文学"的人生。后续的故事情节佐证了这一点，"七条汉子"除李晓东外，全部放弃了从中文系学来的知识，更没有人继承汪尔淼引导他们去理解的人文关怀。而那些"为人生"的女生，如徐冉和郝春风，都过上了大学时梦想的生活，将理想照进现实。徐冉曾以文体比喻生活，说自己憧憬"报告文学"类的生活，但是"完全像报告太乏味了。所以，得多少有点儿文学性，将小说啦、散文啦、诗啦那些元素不斤不厘地往里加点儿"①。这些"不斤不厘"的元素正是理想主义的成分。从梁晓声的叙事立场可以看出，徐冉的人生轨迹虽然不是完美的，但是得到了作者的肯定。在"为人生"与"为文学"之间，梁晓声立场鲜明地选择了"为人生"。毕竟，在令人疲于奔命的现实生活面前，文学虽然会给予我们巨大的力量，但是无法代替生活本身。它能够帮助我们观赏人生之旅的风景，却不是终点。

三

若论梁晓声在《中文桃李》中实现的最大突破，便是塑造了80后大学生的人物群像。虽然《我和我的命》的主人公也是置身于世纪之交的80后青年，但是小说的主要内容还是聚焦于方婉之走向社会后的创业之路，而且除了李娟以外，与她产生密切交往的人群主要还是上一代人。从贵州到深圳，方婉之无愧于新时代的建设者，但是从客观事实的角度出发，为80后搭建创业平

---

① 梁晓声：《中文桃李》，北京：作家出版社，2022年，第253页。

台，提供建设机会的群体并不是 80 后群体。这一时代背景在《我和我的命》的叙事里也多有体现。因此，梁晓声在前作中的突破更多集中于叙事视角和人物内心刻画方面。到了《中文桃李》，梁晓声刻意缩小了故事背景，使 80 后真正成为小说的主体。如此一来，作家就要直面"代际书写"的困难。

开启进一步的文本讨论之前，应对"代际书写"做出概念的界定。当我们提及某部小说的"代际书写"，往往是为了研究作品内部隔代人物之间发生的关系，如父子关系、工作单位里中年人与青年人的关系等。然而本篇文章讨论的是文本之外的"代际书写"，重点关注时年 73 岁的 40 后作家梁晓声如何跨越现实的"代沟"，站在 80 后的视角叙述文本，他是如何理解青年的思维方式与价值立场，以及认识的程度如何，其中又产生了多少偏差，如何评价这场创作实践，都是本文的任务。

梁晓声非常清楚自己正在进行上述"代际书写"，并对此有独到的见解，且形成了写作标准。他在访谈里表示，80 后作家写自己的同代人时或多或少带有"顽主"气质，这是创作时有意的代际标签化，而《中文桃李》是必须打破这种标签的。"我倒更喜欢我笔下的这些 80 后，他们也开玩笑，也幽默，但他们身上没有那种'顽主'气质。无论任何年龄阶段，生活就是生活，生活中有很多事情是要庄重对待的，而不是将应该庄重思考和认知的问题掺杂进游戏里，掺杂讨好、取悦听众和观众的心思，至少我没有用这样的桥段。"① 梁晓声如是说。

----

① 何瑞涓：《除了真善美，其他都是过眼烟云——梁晓声谈新著〈中文桃李〉》，载《中国艺术报》，2022 年 4 月 27 日。

附录　《中文桃李》：梁晓声的自我凝视

　　《中文桃李》的确突破了梁晓声所避讳的代际标签化，笔下的 80 后丰富多样，性格迥异。其中有大量篇幅用于描写他们的内心活动，可以从中清晰地提炼人物的价值立场。令不同阶层的声音在文本中产生碰撞，进而奏响时代的强音，是梁晓声所擅长的叙事方式。然而，与丰富的思想活动共存的是贫瘠的生活细节。虽然《中文桃李》也描写了大学宿舍里的"卧谈会"，青年男女同居期间鸡毛蒜皮的琐事，以及"北漂"时遇到的困难，但是这些事实性的叙述与思想阐发的比例失衡，大有"叙述被论述所淹没"之感。空洞的描述不仅使小说的真实性打了折扣，还在一定程度上破坏了小说的结构，《中文桃李》的时空挪移速率过快，情节之间缺乏必要的过渡，造成了叙事情节的断裂。与梁晓声之前的长篇小说相比，这部作品的节奏感相对较乱，也是不争的事实。

　　比较苍白的描述和略显凌乱的结构恐怕会带来一个结论，梁晓声确实没能完全跨越"代际书写"的鸿沟，作者所期待的"你在沟那边，我在沟这边，我们还是可以亲密地交流"[①] 并未成为现实。对于《中文桃李》的这份遗憾，为数不多的评论已经出现了不同的声音。有人对此进行了严厉的批判，认为《中文桃李》无异于梁晓声的自我宣判，只要"离开了自己一贯熟知的领域，在作家本人与 80 后群体之间的代沟与隔阂中，书写这一代中文人的生活种种成了难以把握、表达的话题"[②]。也有的评论者表示梁晓声依靠文学本身的自由精神，以爱与包容弥补了事实的不

---

　　① 何瑞涓：《除了真善美，其他都是过眼烟云——梁晓声谈新著〈中文桃李〉》，载《中国艺术报》，2022 年 4 月 27 日。

　　② 祁泽宇：《〈中文桃李〉的乏力与缺失》，载《文学自由谈》，2022 年第 4 期。

足，从另一个维度消弭了代沟。

就笔者个人而言，还是倾向于梁晓声在"代际书写"方面没有实现预期的效果，但是过多争论这个问题的意义不大。相较之下，"文学"以及"中文系"之于当代青年的非功利价值更值得我们探讨。正如前文所述，梁晓声的人生观已经完全倒向了现实主义一侧，然而推崇务实精神并不代表要做"精致的利己主义者"，这也有违于作家一贯的伦理意识。梁晓声试图借《中文桃李》告诉读者，中文系的教育除了能够为学子提供谋生的技能之外，还会丰富个人的精神世界，进而在传统现实主义的叙述中营造崇高美。

四

纵览梁晓声以往的作品，崇高之美并不少见（详见本文第四章第三节），但是表现手法多依赖于古典形态的悲剧结构，与烟火十足的日常生活尚有距离。特别是小说的历史叙事进入 20 世纪 90 年代之后，宏大的历史命题得到消解，崇高美的张力也随即被削弱了。然而《中文桃李》让我们看到了崇高美在 21 世纪背景下的复苏，集中体现于中文系教师与学子的人物形象塑造上。

汪尔森无疑是功利时代逆流而上的独行者，他的执着是孤独的，是难以得到理解的，同时又是充满着关爱与包容的。这些都赋予了他悲壮而崇高的气质。有论者讲道，汪尔森和学生的关系"是一种爱的关系，这也是文学和人类之间的关系。"[1] 汪尔森

---

[1] 路文彬：《为文学招魂——评梁晓声长篇新作〈中文桃李〉》，载《群言》，2022 年第 10 期。

就是文学的人格化身，他所拥有的力量便是文学拥有的，这种力量润物无声，能在李晓东毕业十数年后依旧支撑他走出困境。

笔者曾在评论《我和我的命》主人公方婉之的一篇文章里阐述过，梁晓声着力塑造的"好人"原本存在两个问题，其一是"好人"与"庸人"的区别模糊，这个问题在《我和我的命》里已经得到了解决；其二便是笔者曾提出的"平凡陷阱"，拙作写道"方婉之对平凡充满了抵触心理，根本没有接受平凡的命运，也没有理解如何做一个平凡的好人。"① 也就是说，彼时的梁晓声还没有塑造出与"平凡的人生"达成和解的人物，作家自己对于如何在"平凡的人生"里实现自适也缺乏行之有效的方法。

李晓东这个人物便是梁晓声对《我和我的命》遗留问题的最好回答。文学虽然没有改变李晓东的社会阶层，但是使他拥有了认识世界的全新视野。因为接受了中文系的教育，李晓东养成了阅读经典的习惯，具备独立思考的能力，他平凡的人生不仅不再平庸，还收获了内心的安宁。从始至终，李晓东也没有改变过"三平凡"（平凡的父母、平凡的家庭和平凡的自己）② 的自我认知，但是他能够在信奉成功主义的商人乔泰面前自信地阐发有关《了不起的盖茨比》的独到看法，反对做资本的寄生虫，并最终为维护自己尊严愤然离职，做到了言行一致。他也可以通过阅读《小王子》反思与徐冉的亲密关系，使他们的爱情在困窘的状况下得以生长。李晓东的人生经历告诉我们，"平凡的人生"不是无可

---

① 韩文易：《〈我和我的命〉："好人"的塑形过程与伦理反思》，载《枣庄学院学报》，2021 年第 6 期。

② 梁晓声：《中文桃李》，北京：作家出版社，2022 年，第 27 页。

奈何之下的被动选择，而是让自我与亲友都感到舒适的生活方式。主动选择"平凡的人生"无疑是一种智慧，文学便是获得这种智慧的方法之一。在李晓东蝶变为智者的路上，中文系的教育自然是他最大的助力。当我们站在故事结尾时李晓东的立场再回望汪尔森的执着，很难不为之而动容，文学的关怀因为时间的沉淀而更加深沉。这恐怕也是梁晓声试图通过《中文桃李》所彰显的，文学与中文系教育之于人生的重大意义。

最后，我们还有必要讨论一下《中文桃李》在梁晓声小说谱系中的位置。相比于《人世间》等具有明显教化意图的小说（详见本文第二章），《中文桃李》更像是梁晓声对自身教学生涯做出的总结报告。从文中大段阐述文学观和教育观的论述可以看出作者对往日深情的留恋。不过，纵有万般不舍，梁晓声彻底告别文坛的决心却没有丝毫动摇。也许是为了尽可能地给自己的创作生涯画上一个圆满的句号，梁晓声并未在表达风格和伦理诉求方面做出大的调整，而是站在自己的延长线上，完善创作理念。不应避讳的是，《中文桃李》确实存在语言缺乏打磨，节奏感凌乱等不足之处，这些问题其实在梁晓声之前的创作中也有所表现，只不过这部作品表现得更为明显。虽有遗憾，但是我们或许不应对一位创作生涯跨越半个世纪的老作家做出太多苛责，因为梁晓声的自我凝视行为本身具有超越文本的意义。在中国当代文学史上，作家具有明确总结性质的作品并不多见，特别是梁晓声这样创作时间极长，创作数量庞大，创作影响广泛的知名作家，应将他毕生的作品视为一个整体，作为一种现象，放置于社会总体的历史进程下进行考察，必将发现超越文学范畴的学术价值。

主要参考文献

一、梁晓声文学作品

[1] 梁晓声：《梁晓声文集·长篇小说》（1～20卷），青岛：青岛出版社，2014年。

[2] 梁晓声：《梁晓声文集·中篇小说》（1～9卷），青岛：青岛出版社，2017年。

[3] 梁晓声：《梁晓声文集·短篇小说》（1～4卷），青岛：青岛出版社，2017年。

[4] 梁晓声：《梁晓声文集·散文》（1～15卷），青岛：青岛出版社，2018年。

[5] 梁晓声：《真历史在民间》，北京：民主与建设出版社，2014年。

[6] 梁晓声：《人世间》（三卷本），北京：中国青年出版社，2017年。

[7] 梁晓声：《狐鬼启示录：梁晓声说〈聊斋〉》，北京：现代出版社，2019年。

[8] 梁晓声：《梁晓声童话 第一辑》，济南：山东教育出版社，

2019 年。

[9] 梁晓声：《觉醒》，天津：天津人民出版社，2020 年。

[10] 梁晓声：《重生》，天津：天津人民出版社，2020 年。

[11] 梁晓声：《中国文化的性格》，北京：现代出版社，2020 年。

[12] 梁晓声：《中国人的人性与人生》，北京：现代出版社，2020 年。

[13] 梁晓声：《中国人的日常》，北京：现代出版社，2020 年。

[14] 梁晓声：《文艺的距离》，北京：中国民主法制出版社，2020 年。

[15] 梁晓声：《我和我的命》，北京：人民文学出版社，2021 年。

[16] 梁晓声：《中国社会各阶层分析（增订版）》，北京：人民日报出版社，2021 年。

[17] 梁晓声：《我那些成长的烦恼》，济南：山东教育出版社，2021 年。

[18] 梁晓声：《田园赋》，北京：作家出版社，2021 年。

[19] 梁晓声：《中文桃李》，北京：作家出版社，2022 年。

[20] 梁晓声：《小柱子》，哈尔滨：黑龙江人民出版社，1976 年。

二、中文著作

[1]《毛泽东选集（1～4卷）》，北京：人民出版社，1991 年。

[2] [唐] 刘知几：《史通》，[清] 浦起龙释，上海：上海古籍出版社，2015 年。

[3] 梁启超：《中国历史研究法》，上海：上海古籍出版社，2019 年。

[4] 李大钊：《史学要论》，上海：上海古籍出版社，2014 年。

[5] 李泽厚：《中国古代思想史论》，北京：生活·读书·新知三联书店，2008 年。

[6] 费孝通：《乡土中国》，北京：人民出版社，2008 年。

[7] 鲁迅：《鲁迅全集》，北京：人民文学出版社，2005 年。

[8] 朱光潜：《悲剧心理学》，北京：中华书局，2012 年。

[9] 何兆武：《历史理性批判论集》，北京：清华大学出版社，2001 年。

[10] 何兆武：《苇草集》，北京：生活·读书·新知三联书店，1999 年。

[11] 黄子平：《灰阑中的叙述》，北京：北京大学出版社，2020 年。

[12] 石昌渝：《中国小说源流论》，北京：生活·读书·新知三联书店，2015 年。

[13] [美] 王德威：《想象中国的方法：历史·小说·叙事》，天津：百花文艺出版社，2016 年。

[14] 洪子诚：《中国当代文学史》，北京：北京大学出版社，1999 年。

[15] 陈平原：《中国小说叙事模式的转变》，北京：北京大学出版社，2010 年。

[16] 陈平原：《千古文人侠客梦》，北京：北京大学出版社，2018 年。

[17] 陈晓明：《表意的焦虑：历史祛魅与当代文学变革》，北京：中央编译出版社，2002 年。

[18] 曹文轩：《小说门》，北京：人民文学出版社，2010 年。

[19] 刘小枫：《现代性社会理论绪论》，上海：上海三联书店，1998 年。

[20] 戴锦华：《隐形书写：90 年代中国文化研究》，北京：北京大学出版社，2018 年。

[21] 程光炜：《当代文学的"历史化"》，北京：北京大学出版社，2011 年。

[22] 张清华：《中国当代文学中的历史叙事》，北京：北京大学出版社，2004 年。

[23] 闫纯德：《20 世纪末的中国文学论稿》，北京：中国文联出版社，2003 年。

[24] 蔡翔：《革命 / 叙述：中国社会主义文学——文化想象（1949—1966）》，北京：北京大学出版社，2010 年。

[25] 贺桂梅：《"新启蒙"知识档案：80 年代中国文化研究（第 2 版）》，北京：北京大学出版社，2021 年。

[26] 李杨：《50—70 年代中国文学经典再解读》，北京：北京大学出版社，2018 年。

[27] 路文彬：《历史想象的现实诉求——中国当代小说历史观的承传与变革》，南昌：百花洲文艺出版社，2003 年。

[28] 路文彬：《中西文学伦理之辩》，香港：中国文化战略出版社，2019 年。

[29] 杨健：《中国知青文学史》，北京：中国工人出版社，2002 年。

[30] 赵冬梅：《小城故事：中国现代文学中的小城小说》，北

京：人民文学出版社，2006 年。

[31] 车红梅：《北大荒知青文学：地缘文学的另一副面孔》，北京：中国社会科学出版社，2012 年。

[32] 唐小兵主编：《再解读：大众文艺与意识形态》，北京：北京大学出版社，2008 年。

三、外文译作

[1]《马克思恩格斯选集（1～4 卷）》，北京：人民出版社，2012 年。

[2] [法] 潘鸣啸：《失落的一代：中国的上山下乡运动（1968—1980）》，欧阳因译，北京：中国大百科全书出版社，2013 年。

[3] [德] 伊曼努尔·康德：《康德历史哲学论文集》，李明辉译注，桂林：广西师范大学出版社，2020 年。

[4] [德] 黑格尔：《历史哲学》，王造时译，上海：上海书店出版社，2006 年。

[5] [德] 黑格尔：《精神现象学》，贺麟、王玖兴等译，北京：商务印书馆，1962 年。

[6] [德] 弗里德里希·尼采：《历史的用途与滥用》，陈涛等译，上海：上海人民出版社，2020 年。

[7] [德] 弗里德里希·尼采：《论道德的谱系》，赵千帆译，北京：商务印书馆，2016 年。

[8] [德] 恩斯特·卡西尔：《人论》，甘阳译，上海：上海译文出版社，2013 年。

[9] [英] 阿诺德·汤因比：《历史研究》（上、下），郭小

凌等译，上海：上海人民出版社，2010年。

[10][英]柯林武德：《历史的观念（增补版）》，扬·杜森编，何兆武等译，北京：北京大学出版社，2010年。

[11][英]卡尔·波普尔：《历史决定论的贫困》，邱仁宗等译，上海：上海人民出版社，2015年。

[12][德]马丁·海德格尔：《存在与时间》，陈嘉映、王庆节译，北京：生活·读书·新知三联书店，2014年。

[13][法]保罗·利科：《记忆，历史，遗忘》，李彦岑等译，上海：华东师范大学出版社，2017年。

[14][英]罗素：《论历史》，何兆武译，桂林：广西师范大学出版社，2001年。

[15][德]瓦尔特·本雅明：《启迪：本雅明文选》，[美]汉娜·阿伦特编，张旭东等译，北京：生活·读书·新知三联书店，2014年。

[16][英]约翰·穆勒：《论自由》，孟凡礼译，上海：上海三联书店，2019年。

[17][法]莫娜·奥祖夫：《小说鉴史》，周立红等译，北京：商务印书馆，2017年。

[18][意]贝奈戴托·克罗齐：《历史学的理论和实际》，田时刚译，北京：中国社会科学出版社，2005年。

[19][匈]卢卡奇：《小说理论——试从历史哲学论伟大史诗的诸形式》，北京：商务印书馆，2018年。

[20][匈]卢卡奇：《历史与阶级意识》，任立等译，北京：商务印书馆，1999年。

[21][美]海登·怀特：《元史学：19世纪欧洲的历史想象》，

陈新译，南京：译林出版社，2013 年。

[22] [美] 海登·怀特：《后现代历史叙事学》，陈永国等译，北京：中国社会科学出版社，2003 年。

[23] [德] 马克斯·舍勒：《道德意识中的怨恨和羞感》，刘小枫主编；罗悌伦、林克译，北京：北京师范大学出版社，2017 年。

[24] [美] 本尼迪克特·安德森：《想象的共同体》，吴叡人译，上海：上海人民出版社，2016 年。

[25] [法] 加斯东·巴什拉：《空间的诗学》，张逸婧译，上海：上海译文出版社，2013 年。

[26] [美] 理查德·利罕：《文学中的城市——知识与文化的历史》，吴子枫译，上海：上海人民出版社，2021 年。

[27] [美] 玛莎·努斯鲍姆：《诗性正义：文学想象与公共生活》，丁晓东译，北京：北京大学出版社，2010 年。

[28] [德] 阿莱达·阿斯曼：《回忆空间：文化记忆的形式和变迁》，潘璐译，北京：北京大学出版社，2016 年。

[29] [加拿大] 玛格丽特·麦克米伦：《历史的运用与滥用》，孙唯瀚译，桂林：广西师范大学出版社，2021 年。

[30] 张京媛主编：《新历史主义与文学批评》，北京：北京大学出版社，1993 年。

后记

    本书是我的第一部学术著作，它来自我博士论文的主体部分。

    自 2019 年考入北京语言大学攻读博士学位以来，我一直致力于研究、整理和编辑梁晓声老师的文学作品，度过了忙碌而又充实的四年。我的博士论文原有 25 万字。在修改书稿时，我删去了《梁晓声研究综述与反思》《梁晓声文学年谱》《中国当代小说历史叙事研究著作提要》等背景资料，并对部分章节进行了删改。如此一来，本书的结构更加清晰，观点更为突出。于我而言，此次修改也是对自己近年来所做研究的回顾与总结，获益良多。

    能够顺利完成博士论文，我首先应当感谢导师赵冬梅教授。赵老师学风严谨，她不但要求我的选题必须有鲜明的问题意识，而且所有观点必须有逻辑完整的论据支撑。与此同时，赵老师始终以极大的耐心倾听着我不成熟的思路，引导着我自主发现问题，在潜移默化中提升我的学术能力。在赵老师的影响下，我也不敢有丝毫马虎，尽可能认真地修改每处细节。读博的四年中，赵老师看似只教了我写论文一件事，实际上她把这世间的千万件事都教给我了。对于我们这种做文学研究的人，真正的学术是"活出来"的。如果不能将自己的生命体验和思想情怀浇筑其中，并从文学

后记

汲取营养反哺自身，那么研究的价值便止于一张文凭，肯定会有很多遗憾。回首四年来在赵老师的指导下做研究的时光，我自问没有任何遗憾。

我还要特别感谢路文彬教授、李玲教授和席云舒教授。三位老师都是我在北京语言大学的老师，不仅持续地关注着我的研究，还从不吝啬对我的帮助。未来我也许再没有机会在各位老师的教导下进行系统的专业学习，但是那些教诲我已铭记于心，它们在我今后的人生旅途中依旧起着不可替代的重要作用。张重岗研究员、沈庆利教授、路文彬教授、李玲教授和张冠夫教授参与了我的博士论文答辩，几位老师针对我的论文进行了热烈的讨论，从宏观和微观的不同角度提出了大量具体问题。借此，向各位老师表示感谢！还有，宋媛、李鲤和吴小书三位师妹为我的答辩和论文校对等工作付出了很多努力，没有她们的无私帮助，我的毕业绝不会如此顺利。

在四年的校园时光里，我的博士同学母华敏、常露文、陈秀娟、贾涵、赵璐、张燕婷、杨开润、崔芃昊、刘志远、袁田野、赵琪也为我留下了珍贵的记忆。难忘同学们课上课后热情似火的学术讨论与周末的小酌，在这个日渐喧嚣浮躁的世界里，我们却为了纯粹的理想而做过那么多无功利的努力。真诚地祝愿我们友谊长存！

需要感谢的朋友还有很多。北京师范大学的王璐莹博士、乔宇博士，南开大学的张晓晴博士，复旦大学的在读博士赵靖怡和中华书局的汪涵编辑为我的论文提出了重要的建议。向各位学界挚友一并表示感谢！

还有一位老师对我的影响是绝对不能忽视的，我也必须向他致以更为崇高的敬意，那便是我的研究对象梁晓声老师。四年以来，我几乎是"在显微镜下"审视了梁老师的人生经历和文学创作。他绝对忠诚于内心坚守的人道主义，无论眼见世间多少丑恶，胸中多少愤懑不平，都不会动摇对真善美的追求与赞美。梁老师是真正的理想主义者，而且是始终关怀着现实的理想主义者。

我还要感谢我的家人。而立之年，为父母长辈做的事情却屈指可数，使我的内心时常感到不安。结婚之后，这份内疚也翻了不止一倍。相对应的，家庭作为我"坚强的后盾"也坚实了不止一倍。每当感到压力较大、难以坚持的时候，想到身边有妻子相伴，远方的家乡有两个家庭的亲人在默默关心自己，便也不觉得难了。如果说真有什么遗憾的话，就是我的姥爷还没能看到这本书的出版，便匆匆告别了这个充满痛苦却又令他无比热爱的世界。姥爷的勤劳、无私、坚韧和乐观是对"英雄的人民"的完美诠释。为了说明这一形象，我写了上万字，可是与姥爷那渐行渐远的背影相比，那些文字却显得那么苍白。

最后，感谢北京语言大学"梁晓声青年文学中心"对本书的学术支持，感谢湖北新梦渡传媒有限公司的肖本亮先生和百花洲文艺出版社各位编辑的辛劳付出。

韩文易

2023 年 8 月 30 日

于北京天露园